Peter Wark

EPIZENTRUM

Peter Wark

EPIZENTRUM

Malthaners vierter Fall

*Bibliografische Information
der Deutschen Bibliothek*
Die Deutsche Bibliothek verzeichnet diese
Publikation in der Deutschen Nationalbibliografie;
detaillierte bibliografische Daten sind im Internet
über http://dnb.ddb.de abrufbar.

Die automatisierte Analyse des Werkes, um daraus Informationen
insbesondere über Muster, Trends und Korrelationen gemäß § 44b
UrhG (»Text und Data Mining«) zu gewinnen, ist untersagt.

Bei Fragen zur Produktsicherheit gemäß der Verordnung über die
allgemeine Produktsicherheit (GPSR) wenden Sie sich bitte an den
Verlag.

Besuchen Sie uns im Internet:
www.gmeiner-verlag.de

© 2006 – Gmeiner-Verlag GmbH
Im Ehnried 5, 88605 Meßkirch
Telefon 0 75 75/20 95-0
info@gmeiner-verlag.de
Alle Rechte vorbehalten

Lektorat: Claudia Senghaas, Kirchardt
Umschlaggestaltung: U.O.R.G. Lutz Eberle, Stuttgart
Gesetzt aus der 9,5/13 Punkt GV Garamond
Druck: Libri Plureos GmbH, Friedensallee 273,
22763 Hamburg
Printed in Germany
ISBN 13: 978-3-89977-665-2
ISBN 10: 3-89977-665-8

1

Zwei Wochen.

Zwei verdammt lange Wochen war es her, dass ein paar junge Wissenschaftler von der Universität Tübingen die männliche Leiche gefunden hatten – oder das, was noch davon übrig gewesen war, und noch immer war kein Wort an die Öffentlichkeit gedrungen.

Das bedeutete entweder, dass die Polizei völlig im Nebel stocherte und noch nicht einmal über den Hauch einer Ahnung verfügte, wessen Überreste sie da vom Boden aufgeklaubt hatte, oder aber es waren die bekannten *ermittlungstaktischen Gründe*, die die Kripo-Beamten veranlassten, ihr Wissen für sich zu behalten. Dabei mussten sie in ständiger Sorge sein, dass sich die Nachricht von einem Leichenfund im so genannten Hohenzollerngraben mitten auf der Schwäbischen Alb bald herumsprechen würde. Wenn sich das Gerücht erst einmal von der Universitätsstadt Tübingen bis auf die Alb hinauf verbreitete, dann entwickelte es sich zum Lauffeuer, so viel war dem Freien Journalisten Jörg Malthaner klar. Damit wäre es auch um seinen schönen Informationsvorsprung geschehen.

Außer ihm wusste noch keiner der Medienkollegen von der Geschichte, kein Zeitungsschreiber, kein Fernsehfritze, kein Radiomensch. Schlechte Nachrichten besaßen eine ganz eigene Faszination und gewannen in den meisten Fällen rasend schnell ihre Eigendynamik, wer wusste das besser als ein Journalist. Es war nur eine Frage der Zeit, bis auch andere Medienschaffende davon erfahren würden – dessen war sich Jörg Malthaner vollkommen bewusst. Trotz seines Stillhalteabkommens, das er mit der Polizei getroffen hatte, wollte er die Story auf jeden Fall als Erster bringen. So viel beruflichen Ehrgeiz brachte er allemal noch auf, auch nach vielen Jahren im Nachrichtengeschäft. Er war Journalist – was sonst? – und würde immer einer sein, diese Erkenntnis war schon in jungen Jahren in ihm gereift.

Die Seismologen aus Tübingen, die auf die Leiche gestoßen waren, erzählten die Geschichte von dem grausigen Fund seit zwei Wochen an der Uni und in ihrem jeweiligen Bekanntenkreis herum und schmückten sie möglicherweise mit schaurigen Details aus. Dabei war die Tatsache, im Rahmen eines Forschungsauftrages einen verwesten Mann zu finden, für sich alleine schon schaurig genug. Dass die Leiche in Plastiksäcke verpackt war, stellte dabei noch eine Steigerung dar, wie die Wissenschaftler sie bisher höchstens aus Fernsehkrimis kannten. Die Schlussfolgerung, dass der bemitleidenswerte Mann sich kaum selbst so eingepackt haben dürfte, verlangte nicht allzu viel Hirnschmalz. Von dieser Erkenntnis an war es dann auch kein besonders weiter Weg mehr bis zu der Frage, ob er eines natürlichen Todes gestorben war. Die Umstände sprachen auf den ersten Blick ziemlich deutlich dagegen, obwohl die Polizei Malthaner auf seine Nachfrage natürlich erklärt hatte, dass alles möglich sei.

Egal, wie wenig zart besaitet die Akademiker auch sein mochten, sie würden sich allesamt für den Rest ihrer Tage an ihre Exkursion im Namen der Wissenschaft erinnern, die sie auf den südwestlichen Teil der Schwäbischen Alb geführt hatte. Dem Zollerngraben, diesem unruhigen Herd seismischer Aktivität zwischen den Städtchen Albstadt und Hechingen, hatte wie schon so oft ihre wissenschaftliche Neugierde gegolten. Seit langem bemühten sich Geologen, Seismologen und Archäologen darum, hier mehr über Erdbeben, ihre Entstehung und vor allem über künftige Voraussagemöglichkeiten zu erforschen. Ein Bemühen, das von der einheimischen Bevölkerung überwiegend mit Gleichmut und Desinteresse zur Kenntnis genommen wurde, auch von denen, die das schlimme Beben 1978 selbst erlebt hatten.

Hier oben auf der Alb kümmerte man sich um seine eigenen Angelegenheiten. Die meisten Bewohner dieses kargen Landstrichs hatten sich in ihrem Kokon eingesponnen. Von Interesse waren vielleicht noch Fragen, wie der Nachbar zur Linken sich schon wieder eine Urlaubsreise leisten konnte, oder ob er es mit der Mülltrennung denn auch genau genug nahm. Wenn nicht, hatte man immerhin ein Gesprächsthema mit dem Nachbarn zur Rechten. Weiter gehende echte Neugierde für den Lauf der Welt brachten nicht viele Leute auf.

Als gesicherte wissenschaftliche Erkenntnis galt, dass der Zollerngraben vor 15 Millionen Jahren entstanden war, als sich die Alpen unter dem Druck der afrikanischen Scholle aufgetürmt hatten. Durch die gewaltigen Kräfte veränderte sich damals auch die Juraebene, es entstanden Risse, Spalten und Gräben. Immer wieder bescherten leichtere Erdbeben den Bewohnern dieser Region mulmige Gefühle; zumindest denjenigen, die sich noch an das verheerende Beben vom 3. September 1978 erinnern konnten.

Jörg Malthaner hatte jenes Beben als Junge miterlebt und wusste seither, was das Wort Panik bedeutet.

Wie paralysiert hatte er in seinem Bett im Elternhaus

gelegen, nachdem ihn das Unheil verkündende, dumpf grollende Anrollen der Erdbebenwellen geweckt hatte. Unfähig, sich zu bewegen oder irgendetwas zu tun, sogar unfähig, auch nur einen Schreckenschrei hervorzubringen, hatte er dem Kleiderschrank in seinem Kinderzimmer zugeschaut, der so heftig wackelte, als wolle er gleich umstürzen und das Bett mitsamt dem noch nicht einmal ins Jugendalter gekommenen Jörg Malthaner für immer unter sich begraben.

Einzig dem glücklichen Umstand, dass sich das Erdbeben an einem frühen Sonntagmorgen ereignet hatte, war zu verdanken, dass nur wenige Personen verletzt wurden. Tausende von Menschen stürzten in ihren Schlafanzügen auf die Straßen, getrieben von nackter Angst und dem puren Überlebensdrang. Später wurde ein Ausschlag von 5,7 auf der Richterskala gemeldet, das stärkste Erdbeben in Deutschland seit einem halben Jahrhundert. Die Nachbeben hielten noch Monate lang an und verursachten den Menschen in der ganzen Region häufig durchwachte Nächte. Schlimm war für viele Betroffene der materielle Schaden. Mindestens 50 Millionen Mark betrug er alleine in Albstadt und seinen neun Teilgemeinden, hatten die Versicherungen später hochgerechnet. Hunderte von Wohnhäusern waren schwer beschädigt worden, einige mussten später abgerissen werden. Schwer in Mitleidenschaft gezogen worden war auch die weltberühmte Burg Hohenzollern, an der die spätere aufwändige Behebung der Erdbebenschäden Jahre in Anspruch nahm.

Ein solches Erdbeben an einem Werktag und es wäre zu einer großen Katastrophe gekommen, so viel war jedem Bewohner von Albstadt damals sehr schnell bewusst geworden. Jedes Mal, wenn Malthaner sich an jenen schwarzen Sonntag erinnerte, kamen diese Erinnerungen hoch, begleitet von einem schwer zu definierenden Gefühl der Ohnmacht und des Ausgeliefertseins.

Ausgerechnet jener Hohenzollerngraben bescherte ihm jetzt wieder diese diffuse Ahnung bevorstehenden Unheils. Wobei das Unheil ja zumindest schon eine Person ereilt hatte, jene männliche Leiche, über die Malthaner nichts wusste, und über die offensichtlich auch die Behörden nichts wussten.

Er konnte sich gut vorstellen, dass die Polizei auf glühenden Kohlen saß, denn den Kripoleuten war natürlich klar, dass sie die Meldung auf keinen Fall mehr lange unter der Decke halten konnten. Es glich schon einem kleinen Wunder, dass die Sache bislang noch nicht zum Tagesgespräch geworden war.

Eindringlich hatte Theo Reiher, der Pressesprecher der Polizeidirektion, Jörg Malthaner gebeten, diese Nachricht vorerst für sich zu behalten, nachdem dieser ihn angerufen hatte und wissen wollte, was es mit dem Toten auf sich habe. Dass sich die unappetitliche Neuigkeit bis zu Malthaner herumgesprochen hatte, passte Reiher ebenso wenig in den Kram wie den ermittelnden Beamten und der Spitze der Polizeidirektion.

Die Bullen mauerten. Sie bestätigten ihm lediglich, dass es sich um die fortgeschritten verweste Leiche eines Mannes handelte, und dass sie tatsächlich in Plastiksäcke eingewickelt und verschnürt worden war. Das wusste Malthaner bereits selbst. Mehr war nicht herauszubekommen, dabei versuchte er es erst mit Freundlichkeit, dann mit hartnäckigen und unangenehmen Nachfragen, und zuletzt mit der Drohung, eine Riesen-Story daraus zu machen und darin ausführlich die Frage nach der polizeilichen Kompetenz zu stellen eine Leiche zu identifizieren.

Nichts brachte ihn auch nur einen Schritt weiter. Er hatte der Polizei mit seinem Drängen sicher schon heftig Dampf gemacht, denn ein so intensives Nachbohren waren sie von der lokalen Presse und ihren Redaktionsbeamten nicht gewohnt. Der Polizei trat hierfür gewöhnlich niemand auf die Füße, und wenn ein junger und noch unerfahrener Journalist mit einem intensiven Drang zur Wahrheitsfindung es in der Vergangenheit schon einmal versucht hatte, dann genügte bisher immer ein Anruf beim Redaktionsleiter oder beim Verleger, um die Sache unter Verschluss zu halten, wo sie nach Ansicht der Polizeiführung hin gehörte. Unbotmäßige Journalisten, die ihre Arbeit ernster nahmen als die ungeschriebenen Gesetze der Provinz, waren bei den Mächtigen und Meinungsführern im kleinstädtischen Gefüge nicht beliebt und bei anhaltender Widerborstigkeit manchmal plötzlich keine Redakteure mehr. Da hatte es Jörg Malthaner als Vertreter einer landesweit gelesenen und geschätzten Zeitung schon einfacher, er musste keine Rücksichten auf die Befindlichkeiten der regionalen Polizeiführung nehmen, höchstens aus ureigenem Interesse. Sein Chef in Stuttgart ließ sich von ein paar Provinzgrößen auf der fernen Alb nicht ans Bein pinkeln.

Natürlich hatte der Pressesprecher wissen wollen, woher Malthaner seine Information bezog. Natürlich wusste er auch, dass sich der Journalist auf Informantenschutz berief. So lief das Spiel zwischen ihnen schließlich immer, und auch wenn sie beide in ihrer Arbeit Profis waren und in dem Katz-und-Maus-Spiel zwischen Presse und Behörde versuchten, jeweils Vorteile zu erzielen.

»Malthaner, Malthaner«, hatte Reiher bei jenem Anruf des Journalisten resignierend, aber eine Spur zu empört gesagt. »Lassen Sie doch einmal die Polizei in Ruhe ihre

Arbeit machen. Wieso müssen Sie immer den untersten Dreck nach oben kehren?«

»Weil ich nicht will, dass der Dreck unter dem Teppich bleibt und irgendwann zu stinken anfängt.«

»Außer Ihnen wittert keiner auch nur einen leichten Hauch von Geruch«, lautete die Antwort des Sachgebietsleiters Öffentlichkeitsarbeit der Polizeidirektion.

»Noch weiß hier ja auch niemand davon«, konterte Malthaner. »Wenn das aber passiert, dann wird sich geradezu eine Dunstglocke aus Gestank über die Stadt legen und das ist Ihnen vollkommen bewusst.« Das übliche Geplänkel.

»Wir werden den Fall klären, glauben Sie mir.« Reiher machte nicht unbedingt den Eindruck, als ob er selbst uneingeschränkt glauben würde, was er da wie eine vorgestanzte Wortform von sich gab.

»Und wann gedenkt die Polizei den Fall zu klären? Die Öffentlichkeit hat ein Recht darauf, informiert zu werden.« Nun war es an Malthaner, sich etwas zu theatralisch zu geben.

»Lassen Sie mir noch etwas Zeit, ich kann mich leider nicht anders verhalten, als ich das im Moment tue, das verstehen Sie doch.«

Die ritualisierte Form ihres Gesprächs. Eines Gesprächs, das für keinen der beiden Beteiligten ein befriedigendes Ende nehmen konnte. Malthaner versuchte vergeblich, Informationen zu bekommen, und Reiher fühlte sich ganz offensichtlich nicht wohl, weil er gerne mehr preisgegeben hätte, aber möglicherweise auf Weisung von oben nicht durfte.

Malthaners Zusage zur vorübergehenden Verschwiegenheit hatte sich die Polizei mit dem Versprechen erkauft, ihn als ersten Medienvertreter wissen zu lassen, wann man an die Öffentlichkeit gehen werde. Er kannte Theo Reiher seit Jahren und wusste, dass auf sein Wort Verlass war; allerdings zweifelte er daran, dass beim Leitenden Polizeidirektor eine ebenso weit ausgeprägte Bereitschaft bestand, ein Versprechen der Zeitung gegenüber zu halten.

Für Theo Reiher würde der unbekannte Tote voraussichtlich die letzte Leiche sein, mit der er sich in seinem Polizistenleben zu beschäftigen hatte. Denn der Pressesprecher machte zum übernächsten Monatsende Ernst mit seinem seit längerem angekündigten Schritt in den Ruhestand. Reiher hatte gerade die Sechzig erreicht und wollte noch etwas vom Leben haben, wie er Pressevertretern gegenüber immer wieder betonte.

In der Übung, den Journalisten klar zu machen, dass sie in seinen Augen keineswegs nur Vermittler von Informationen, sondern in dem einen oder anderen Fall Parasiten der Gesellschaft waren, hatte Reiher eine gewisse Perfektion erreicht. Dabei war das zu einem guten Teil Fassade, wie Malthaner wusste. So gut kannte er den Polizeisprecher längst. Reiher schätzte sehr wohl die Arbeit der Medien und wusste seriösen Journalismus von unsauberem zu trennen. Nicht selten hatte er in den vergangenen Jahren auch Tipps unter der Hand gegeben. Beide wussten, dass sie sich aufeinander verlassen konnten und was sie aneinander hatten. Daran änderte auch der in offiziellen Angelegenheiten ritualisierte Gesprächsablauf zwischen ihnen nichts.

So gesehen, blickte Malthaner der nahen Zukunft mit einem gewissen Unbehagen entgegen. Noch war nicht bekannt, wer Reihers Nachfolger an der Spitze der Abteilung Öffentlichkeitsarbeit bei der Polizeidirektion werden sollte. Der Pressesprecher wirkte noch immer jugendlich, war drahtig und durchtrainiert. Er war aktiver Sportler und machte keinen Hehl aus seiner Heimatverbundenheit, wirkte in mehreren Albstädter Vereinen und interessierte sich dem Vernehmen nach ernsthaft für eine Kandidatur bei der nächsten Gemeinderatswahl.

Seine Chancen, sollte er wirklich antreten, standen nicht schlecht, wie Malthaner als Beobachter der kommunalen Szene schätzte.

Dass Jörg Malthaner so schnell von dem Leichenfund erfahren hatte, war einer der nicht erklärbaren Launen des Schicksals zu verdanken. Für seinen Hauptauftraggeber, die Landeszeitung in Stuttgart, wollte der freie Zeitungsjournalist eine Reportage über die erdgeschichtliche Bedeutung der Schwäbischen Alb schreiben. *Die Alb – ein riesiger Geopark* schwebte ihm als Überschrift über dem Artikel vor.

Hier, auf der Südwestalb, kannte er sich aus, denn hier war er vor 39 Jahren auf die Welt gekommen. Nach langen Jahren in Diensten der Stadtnachrichten und später der Landeszeitung hatte er in der baden-württembergischen Hauptstadt gelebt, bevor er das Wagnis eingegangen war, sich als Freier Journalist niederzulassen. Finanziell war das zu Beginn zwar ein Risiko, aber es hatte sich durchaus gelohnt, denn Malthaner kam zurecht. Er konnte sich nicht mehr vorstellen, wieder in das Laufrad des Redaktionsalltags zurückzukehren, an dem andere drehen und die Geschwindigkeit bestimmen.

Das hatte er zu Beginn seiner Laufbahn erlebt und es reichte ihm für ein ganzes Berufsleben. Nie mehr wollte er in die Situation kommen, einen großen Teil seiner Energie im täglichen Kleinkrieg mit unfähigen und doch immer nörgelnden Vorgesetzten aufzubrauchen, oder im Ärger, den die Korinthenkacker in den Verlagen verströmten, für die

Redakteure lediglich einen Kostenfaktor darstellten. Seit die aufrechten Verleger von altem Schrot und Korn in immer mehr Häusern abgedankt und der neuen Managergeneration Platz gemacht hatten, ging es im Pressegewerbe zu wie in jeder anderen x-beliebigen Branche. Diesen armseligen Buchhalterseelen, die man in den Betriebswirtschaftsseminaren züchtete, war es egal, ob sie mit Nachrichten handelten, mit gebrauchten Autos oder mit sonst einer Ware. Sie waren vernarrt in ihre Zahlen, nicht in eine gute Zeitung oder Zeitschrift. Diese Typen konnten Bilanzen lesen, aber keine Zeitung.

Malthaner selbst hatte sich eigentlich nicht beklagen können, als er noch festangestellter Schreibsklave war, denn bei der Landeszeitung gab es durchaus noch Leute, denen publizistische Qualität über kleinkarierte Erbsenzählerei ging.

Zu Beginn seiner Tätigkeit als freier Journalist hatte er in Stuttgart gelebt. Eine Begegnung mit seiner einstigen Jugendliebe Brigitte hatte ihn wieder dauerhaft in seine Heimatregion geführt, von wo aus er die Landeszeitung und eine ganze Reihe von Zeitschriften und Magazinen belieferte.

Bis vor einigen Monaten dachte Jörg Malthaner, dass er sich sein Leben endlich perfekt eingerichtet habe. Doch die immer stärker kriselnde Beziehung mit Brigitte, einer Albstädter Hausärztin, ließ ihn in dieser Betrachtung mehr denn je wanken.

Die Alb – ein Geopark: das brachte die Sache auf den Punkt. Ein geologisches Freilichtmuseum war die Schwäbische Alb, dieses häufig schroff und abweisend wirkende Mittelgebirge, das einem zufälligen Besucher nicht den Gefallen tat, ihm auf den ersten Blick den Eindruck von

Idylle zu vermitteln. Nein, die Alb musste man sich schon erarbeiten, gerade hier in ihrem südwestlichen Teil, wo sie sich besonders karg gebärdete, vor allem in den Wintermonaten, die hier länger dauerten als drunten im Neckartal. Nicht jedem Fremden war es vergönnt, dieses charakterstarke Mittelgebirge wirklich lieben zu lernen.

Kraterränder, längst erloschene Vulkane, Erdspalten, Abbruchkanten, Tausende von Höhlen und Quellen; die Alb war ein einziges erdgeschichtliches Museum. Der real existierende Jurassic Park. Die Ausweisung der Schwäbischen Alb als Europäischer Geopark bot dem Journalisten einen aktuellen Hintergrund für seine geplante Zeitungsgeschichte.

Bei den Recherchen war Malthaner schnell auf das Geologische Institut der Uni Tübingen gestoßen. Dort hatte man ihn mit offenen Armen empfangen und schon im ersten Gespräch hatte es nur Minuten gedauert, bis er von dem Leichenfund erfuhr. Ein Seismologe, der von seinem Institut als der offizielle Ansprechpartner bei Pressefragen benannt worden war, gehörte zu der dreiköpfigen Wissenschaftlergruppe, die an jenem Tag vor zwei Wochen im Zollerngraben auf den Plastiksack mit den menschlichen Überresten gestoßen war.

Dass sich ausgerechnet jetzt ein Journalist einer über die Grenzen Baden-Württembergs hinaus geschätzten Zeitung mit dem Institut in Verbindung setzte, schien dem von der Polizei zum Schweigen verdonnerten Wissenschaftler wie ein Wink des Schicksals. Olaf Ottenbacher, so hieß der Seismologe, der seit längerem mit seiner Doktorarbeit beschäftigt war, stellte jedenfalls einen sprudelnden Informationsquell für Malthaner dar und dachte gar nicht daran, sich an den Maulkorberlass zu halten. Angesichts der abso-

lut und vollkommen außergewöhnlichen Ereignisse war er
allerdings vorübergehend mehr an der Leiche interessiert
als daran, sein Wissen um die geologischen Besonderhei-
ten der Schwäbischen Alb einem Zeitungsschreiber anzu-
vertrauen. Malthaner selbst hatte seine Reportage über die
erdgeschichtliche Einmaligkeit der Südwestalb erst einmal
zurück gestellt, denn auch er war aktuell viel mehr hinter
der Geschichte her, die sich zweifellos hinter dem Leichenfund verbarg.

Olaf Ottenbacher war Mitte dreißig. Seine spitz zulau-
fende, irgendwie aristokratisch wirkende Nase schien ein
Fremdkörper in einem rotbackigen, rundlichen Gesicht
zu sein, das ebenso wie sein Vorname eher auf eine boden-
ständige Herkunft schließen ließ. Eine dunkel gerahmte
Akademikerbrille machte es sich auf dem schmalen Nasenrücken bequem. Der Haaransatz des Wissenschaftlers
wich schon sichtbar zurück, was Ottenbacher dadurch zu
kompensieren versuchte, dass er die Haare hinten lang bis
auf die Schultern trug. »Spritzlappenfrisuren« hatte man in
den längst vergangenen Zeiten der Mantafahrer-Witze dazu
gesagt, wie Jörg Malthaner spontan eingefallen war, als er
Ottenbacher zum ersten Mal gegenüber stand. Olaf Otten-
bachers Frisur hätte dem Bassmann einer Hard-and-Hea-
vy-Band aus den Achtzigern gut zu Gesicht gestanden.

Bei beiden Begegnungen, die Jörg Malthaner mittlerweile mit Ottenbacher hatte, trug der einen penibel gestutzten
Drei-Tage-Bart. Alles in allem machte der angehende Doktor einen patenten Eindruck, er schien ein umgänglicher und
offener Typ zu sein und hatte Malthaner schon bei ihrem
ersten Treffen ohne Umschweife das Du angeboten.

Sofort hatte Ottenbacher auf dessen entsprechende Bitte
zugesagt, von seinem Wohn- und Arbeitsort Tübingen nach

Albstadt zu fahren, um dem Journalisten ganz genau die Stelle zu zeigen, an der er und seine beiden Kollegen den dreckverschmierten Sack mit den Überresten eines Menschen gefunden hatten.

Mühelos konnte Ottenbacher den genauen Fundort benennen, zentimetergenau demonstrierte er, wo sie auf die Leiche gestoßen waren. Selbst wenn er eines fernen Tages alt und grau im Lehnstuhl saß, würde sich Ottenbacher noch an den Tag erinnern, an dem er und seine Kollegen auf die Überreste eines Menschen gestoßen waren. Er konnte seither nicht mehr gut schlafen, hatte er Jörg Malthaner anvertraut. Der konnte das nur zu gut verstehen, hatte er selbst doch auch schon die eine oder andere Leiche zu Gesicht bekommen, die sich später in seine Träume einschlich. »Die Zeit heilt auch diese Wunden«, das war das, was Malthaner dem Forscher an Trost mitgeben konnte. Nicht viel, gewiss. Aber immerhin.

Gemeinsam waren der Seismologe und der Zeitungsreporter in den Graben hinabgeklettert, was an manchen Stellen fast mühelos möglich ist, an anderen nur mit einem großen Risiko. In der Rolle des Bergführers hatte sich Ottenbacher ganz gut gefallen, wie ihn sein Begleiter einschätzte. Das war jetzt fünf Tage her. Malthaner kannte die Stelle, an der Ottenbacher und die anderen beiden Wissenschaftler den Toten gefunden hatten.

Als Kind war er mit seinen Eltern oft auf ihren Sonntagsspaziergängen hier unweit des zum Albstädter Ortsteil Onstmettingen zählenden Albvereins-Wanderheim Nägelehaus vorbei gekommen. Damals hatte er diese Ausflüge immer als überflüssigen Zeitvertreib Erwachsener angesehen. Später, als Jörg Malthaner längst selbst den Reiz ausgedehnter Spaziergänge und Wanderungen erfahren hatte, zog es ihn immer wieder hierher. Seit er wieder fest in Albstadt lebte, kam er oft auf seinen Mountainbiketouren hier vorbei. Keine fünfzehn Gehminuten von dieser Stelle entfernt konnte man einen atemberaubenden Blick auf die bekannteste Touristenattraktion und das meistfotografierte Motiv der Südwestalb genießen, die Burg Hohenzollern auf ihrem kegelförmigen Zeugenberg.

Karg und kahl, fast schon lebensfeindlich, so präsentierte sich die Umgebung des Zollerngraben trotz der außergewöhnlich milden Witterung jetzt im späten März und überhaupt meistens von Oktober bis April.

Die Eigenart der knorrigen Landschaft färbte bisweilen auch auf ihre Bewohner ab, denen nicht gänzlich zu Unrecht Attribute wie mürrisch oder verschlossen angehängt wurden. Man musste sich schon auf sie einlassen und ihre Wesenszüge akzeptieren, sich ihre Zuneigung erarbeiten, dann erlebte man die Älbler als durchaus herzliche Menschen. Aber das konnte dauern, vor allem bei Zugereisten vornehmlich aus nördlichen und östlichen Bundesländern, die noch immer als »Reingeschmeckte« definiert wurden; ein Begriff, der die Skepsis und nicht selten die Ablehnung schon in sich barg.

Das Wetter war deutlich besser als in den meisten Spätwintern, die Malthaner in seiner Heimatregion erlebt hatte. Nur wegen der relativen Milde hatte es für die Wissenschaftler überhaupt Sinn gemacht, vor Ort zu arbeiten. Dennoch war es immer möglich, dass noch einmal ein Wintereinbruch kam. Es war sogar sehr wahrscheinlich und das alles konnte innerhalb von einem oder zwei Tagen geschehen, egal wie freundlich sich das Wetter davor gebärdete. »Außer Juli und August gibt es keinen Monat, in dem es in Albstadt nicht irgendwann schon einmal ge-

schneit hat.« Diese Weisheit hatte ein heimischer Knei-
pier Malthaner vor Jahren bei einer tief-philosophischen
nächtlichen Diskussion am Tresen anvertraut. Der Wirt
hatte Recht. Malthaner musste oft an diesen Satz denken,
vor allem dann, wenn es Anfang Mai wieder einmal zu
einem überraschenden, kurzfristigen und von vielen Ver-
wünschungen begleiteten Aufbäumen des Winters kam,
während drunten im Neckartal längst der Frühling einge-
zogen war. Oder, wenn es schon Ende September die ersten Flocken schneite, was keineswegs zwangsweise einen
goldenen Oktober ausschließen musste.

Der Hohenzollerngraben war an dieser Stelle in etwa das,
was sein Name nahe legte: Ein Graben. Auf der einen Seite
des unebenen und weichen Waldbodens ragte wildes Gestein wie eine Wand bis zu drei, vier Metern hoch, während
das Gelände dahinter sanft abfiel und in einen Wald mit
Laub- und Nadelgehölzen überging.

Ottenbacher kraxelte wie der legitime Nachfolger von
Luis Trenker über den geschichteten Fels hinab, schnell,
trittsicher, konzentriert. Unten im eigentlichen Graben
drängten sich in den von keinem Sonnenstrahl erreichten
Ecken letzte Reste von Schnee im Bemühen, dem unaus-
weichlichen Prozess des Schmelzens zu trotzen.

»Hier«, hatte Ottenbacher nur gesagt und mit dem Zeigefinger eine Stelle nahe an der Felswand beschrieben. »Hier
hat der Sack gelegen.«

Malthaner spürte nach dem kurzen Abstieg, dass seine
Knie leicht zitterten, was ihn als aktiven Mountainbiker
enorm ärgerte. Unter der abgewetzten braunen Lederjacke
trug er einen zur Jahreszeit passenden Pullover. Schon als
Kind hatte er gelernt, dass es besser ist, sich in einem Alb-
Winter gut einzupacken. Doch an diesem Tag schwitzte

Malthaner. Dass daran nicht nur die passablen Temperaturen schuld waren, wusste er.

»Beschreibe mir noch einmal ganz genau, wie der Sack ausgesehen hat«, forderte der Journalist. Dabei hatte Ottenbacher ihm schon im ersten Gespräch alles haarklein anvertraut, was er wusste. Die Beschreibung des Sacks und auch die des Inhalts gehörten dazu.

»Na ja, eben wie ein handelsüblicher Plastiksack. Nur so stabil und so groß, dass ein Mensch darin verpackt werden kann. Und teilweise zerfetzt.« Schon bei der bloßen Erinnerung schien Olaf Ottenbacher einem Zusammenbruch nahe. Die Farbe war aus seinem sonst rotlichen Gesicht gewichen. Er senkte die Stimme und lenkte seinen Blick in die Spitzen der kahlen Bäume, die sich am oberen Rand des Zollerngrabens in den kargen Boden krallten. Unaufgefordert redete er aber schnell weiter. »Wir dachten erst, dass hier jemand seinen Müll entsorgt hat. Auf so etwas stoßen wir immer wieder. Der Sack lag bestimmt den ganzen Winter hier, so schmutzig, wie er aussah.«

Kein Wunder, dachte Malthaner, vermutlich erreichte von Spätherbst bis zum Frühjahr kein Sonnenstrahl dieses Loch, das zum Grab für einen Mann geworden war.

Ottenbacher sprach leise. »Wir haben natürlich schnell gemerkt, dass da eigentlich kein Haushaltsmüll drin sein kann. Es sah aus, … na ja, …« – er suchte die treffenden Worte – »… ich kann das auch heute nur schwer beschreiben.«

»Versuch es«, half Jörg Malthaner ihm auf die Sprünge.

»Vielleicht wie ein Tierkadaver. Das war das erste, was ich dachte.« Sein Blick, der den des Anderen suchte, hatte etwas Unstetes. »Ich weiß, das klingt jetzt komisch.«

»Tut es nicht. Glaube mir, ich weiß wie das ist, wenn man die richtigen Worte sucht und nicht findet. Das passiert mir in meinem Job täglich.« Der Versuch, die Situation zu entkrampfen, fruchtete nicht so recht. Zu schwer wog die Tatsache, dass sie über einen wie auch immer zu Tode gekommenen Menschen redeten. Ottenbacher kramte in seinem Sprachschatz vergebens nach den Worten, die beschreiben konnten, was er erlebt hatte. Jörg Malthaner stellte sich selbst zum wiederholten Mal die Frage, wie wohl eine Leiche aussieht, die hier wer-weiß-wie-lange gelegen hatte und möglicherweise einen Winter in halbgefrorenem Zustand hinter sich hatte. Ohne genaue Vorstellung davon, wie schnell der Verwesungsprozess unter diesen klimatischen Umständen einsetzte, stellte er sich vor, dass nicht viel mehr als das Skelett dieses unglückseligen Menschen übrig war. Immer noch genug, um den Betrachtern sekundenschnell die grausige Wahrheit unbarmherzig ins Hirn zu hämmern.

Unbewusst zog Malthaner den Kragen der schweren alten Lederjacke enger. Diese grobe Landschaft, dieses karge und raue Stück Natur, das er sonst so liebte, kam ihm plötzlich vor wie eine Hinrichtungsstätte.

»Carlos war der Mutigste. Er hat sich alles etwas genauer angeschaut.« Carlos war einer von Olafs Kollegen, ein seit Jahren in Tübingen forschender Brasilianer, wie Malthaner schon beim ersten Treffen mit Olaf erfahren hatte.

»Als uns klar wurde, dass wir einen Leichnam vor uns haben, waren wir alle erst einmal wie paralysiert.«

»Das kann ich mir vorstellen.«

Ottenbacher hatte an Ort und Stelle gekotzt, wie er Malthaner anvertraut hatte, der sich dabei ertappte, mit den Augen verstohlen den Boden nach Spuren von Erbrochenem abzusuchen. Dass er nichts sah, verwunderte ihn nicht weiter. Vermutlich hatte sich ein Wildtier an der Kotze gütlich getan. Für manche Viecher war das ein Leckerbissen.

Als Jugendlicher hatte Malthaner nach einer seiner ersten Sauftouren nachts in den Garten des Nachbarn gekotzt und beim Aufwachen am nächsten Morgen neben allen anderen Begleiterscheinungen eines ausgemachten Katers auch mit einem schlechten Gewissen zu kämpfen. Es wäre unnötig gewesen, denn der Nachbar hatte eine Katze.

Ob wilde Tiere einen Leichnam anfressen? Malthaner wusste es nicht. Ebenso wenig, wie er spontan sagen konnte, was hier außer Füchsen an Tieren lebte. Er wollte das aber unbedingt recherchieren und machte eine gedankliche Notiz, sich bei einem Jäger oder Förster zu erkundigen. Aus seiner Stuttgarter Zeit kannte er einen Gerichtsmediziner, konnte aber nicht sagen, ob der noch immer im Dienst war. Malthaner wusste, wie eine Leiche aussah, wenn sie nur eine oder zwei Wochen in einer Wohnung lag, bevor man sie fand. Egal, wie blitzblank die Wohnung auch geputzt sein mochte, die Maden waren nach ein paar Tagen immer da. Sie sorgten dafür, dass die ermittelnden Polizeibeamten die Hinterbliebenen eindringlich davor warnten, den Toten oder die Tote vor der Beerdigung noch einmal anzusehen. Der Anblick würde sich für immer in ihr Innerstes einbrennen. Selbst hartgesottene Ermittler konnten an diesen Anblicken zerbrechen. Für Maden war jeder Tote im wörtlichsten Wortsinn ein gefundenes Fressen. Da konnte auch der beste Leichenpräparator nichts mehr ausrichten.

»Wie hat der Tote ausgesehen?«, wollte Malthaner zum wiederholten Mal von Olaf Ottenbacher wissen. Auch das hatte Ottenbacher ihm schon bei ihrem ersten Zusammentreffen beantwortet. Vielleicht kam hier vor Ort, mit dem zeitlichen Abstand zu dem schrecklichen Tag, etwas mehr heraus. »Ich will dich nicht quälen«, schob Malthaner leiser nach.

Ottenbacher machte eine lasche Handbewegung. Das passte zu dem kraftlosen Eindruck, den er verströmte, seit sie sich am Ort des grauenhaften Fundes befanden. »Schon gut. Das habe ich dir doch schon gesagt. Als uns klar wurde, dass es sich um einen toten menschlichen Körper handelte, wollten wir gar nicht mehr hinsehen.«

Malthaner bezweifelte das. Schließlich wusste er nur zu gut, dass fast niemand dem Grauen den Rücken zukehrte. Zu stark war die Faszination des Todes und des Leids anderer. Es waren ja immer die anderen, die es traf. Man kannte ihr Schicksal aus dem Fernsehen; die Flüchtlinge auf dem vollkommen überladenen und im Meer gekenterten Schiff, die Kriegstoten im nahen Osten oder die Opfer von bis an die Zähne bewaffneten und durchgeknallten Schülern in einer amerikanischen Highschool. Schlimm, aber da konnte man nichts machen.

Gäbe es nicht die Anziehungskraft des Grauens, dann gäbe es auch nicht die Gaffer auf der Autobahn. Und was war schon ein Unfall gegen ein solches Ereignis, wie Olaf und seine Kollegen es erleben mussten?

Malthaner erinnerte sich an seine Zeit als junger Polizeireporter bei den Stadtnachrichten in Stuttgart, seiner ersten beruflichen Station. Damals hatte er sich auch jedes Unfall- und jedes Mordopfer erst einmal angeschaut, wenn manchmal auch nur für Augenblicke. Aber der Drang, diesen einen Blick auf die wie auch immer häufig in Sekundenfrist vom Leben zu Tode Gekommenen zu werfen, war stärker als die Abscheu und stärker als das Wissen um schlaflose Nächte mit den immer wiederkehrenden Bildern zerfetzter Körper und eingeschlagener Schädel. Die Menschen sind so, und Malthaner machte da keine Ausnahme, auch wenn er nicht gerade stolz darauf war.

»Ich glaube schon, dass ihr genauer hingeschaut habt, und wenn es nur für eine halbe Minute war«, widersprach er

Olaf Ottenbacher. Fair war das nicht, denn der wollte ganz offensichtlich nicht an die Details erinnert werden.

»Eine halbe Minute hätte ich das nicht ertragen. Ich habe dir doch gesagt, dass ich sofort auf den Boden gekotzt habe.«

Malthaner ließ nicht locker. »War der Mann angezogen oder nackt?«

»Das habe ich dir doch auch bereits gesagt. Das Einzige das ich gesehen habe, war ein Stück dunklen Stoffs. Eine Jeans vielleicht. Und die beiden Anderen wollten es auch nicht genauer wissen. Verstehst du das nicht?«

»Doch, verstehe ich. Aber ich weiß auch, dass man in solchen Situationen eben doch genauer hinschaut. Selbst wenn man sich in der gleichen Sekunde dafür schämt und verflucht.«

Jörg Malthaner blickte an der steil aufragenden Felswand bis in den Himmel empor. Vorbei am urzeitlich anmutenden Gestein, entlang der Stämme gewaltiger Buchen, die hier seit Jahrhunderten oder länger standen und aller Aufgeregtheit der modernen Zivilisation trotzten. Kein grünes Blätterdach begrenzte zu dieser Jahreszeit den Blick nach oben. Erstaunt nahm er zur Kenntnis, dass sich einzelne Moosteppiche in den Fels krallten, an denen der Winter offenbar spurlos vorbeigegangen war. In den Sommermonaten, ja, da waren Baumstämme und Felsen über und über bemoost. Im Sommer, wenn Orchideen ihre Schönheit vollkommen unspektakulär auf dem Waldboden entfalteten, in gutnachbarschaftlicher Beziehung zu Küchenschellen und Herbstzeitlosen.

»Stimmt«, sagte Ottenbacher leise. »Ich verfluche mich seit zwei Wochen jeden Tag dafür, dass ich mich zu der Expedition überhaupt jemals bereit erklärt habe.« Malthaner war, als würde in der Ferne ein Käuzchen schreien. Dabei hatte er keinen Schimmer, ob es hier Käuzchen gab, und wenn ja, in welcher Jahreszeit man sie hören konnte. Noch nicht einmal die Frage, ob Käuzchen tagaktiv waren, wusste er sich zu beantworten. Biologie gehörte, wie zu viele andere Fächer auch, nicht zu seinem Spezialgebiet in der Schule. Damals. Vor hundert Jahren, wie es ihm vorkam.

Sein Blick wanderte erneut in die kahlen Baumkronen. Das war nicht das Motiv, mit dem man in einem Hochglanzprospekt für Urlaub auf der Schwäbischen Alb wirbt. Kein Farbtupfer im Einheitsgrau, das sie umgab und sich auf das Gemüt legte wie eine schwere Decke. Dieses Empfinden verunsicherte Jörg Malthaner, der die Landschaft seiner Heimat gerade auch an diesen Tagen schätzte, die für die meisten anderen Menschen einfach nur trostlos waren. Solche Tage vermittelten ihm für gewöhnlich das Gefühl, dass die Uhren in der südwürttembergischen Provinz, weitab vom lärmenden Kessel Stuttgarts, langsamer gingen und ein Gegengewicht zur Hektik der modernen Zeiten setzten.

Das war der Ausgleich zu den Gefühlen, die er an den anderen Tagen hegte. Dann konnte es ihm vorkommen, als hätte man die Alb und ihre Bewohner in der Landeshauptstadt längst vergessen. Zu unproduktiv. Nichts wert für die Regierenden unten am Neckar. Eine Region auf dem Abstellgleis, abgehängt. Ländlicher Raum. Am Tropf der Zuweisungen aus Land, Bund und Europa. Angewiesen auf die Gnade von ignoranten Bürokraten in fernen klimatisierten Bürogebäuden, die nie einen Fuß in diese großartige Landschaft gesetzt hatten. Die auch die Menschen nicht verstehen würden, weil ihnen der Dialekt, der hier gesprochen wurde, abweisend und schroff vorkommen musste, schroff wie die steil aufragenden Kalksteine und Felsen, die dieser Landschaft ihr Bild gaben.

Die Hände tief in die Taschen der wärmenden Jacke geschoben, ließ Jörg Malthaner seine Blicke ein weiteres Mal nach oben schweifen.

Jedes Mal, wenn er in Zukunft mit dem Mountainbike irgendwo in der Nähe vorbei kam, würde er an den Leichenfund denken müssen. Alleine schon deshalb hoffte er, dass die Polizei die Angelegenheit möglichst schnell und vor allem möglichst lückenlos aufklären sollte. Das hatte mit seinem inneren Frieden zu tun.

»Und du bist sicher, dass du nicht irgendwelche Details für dich behältst, die vielleicht eine Bedeutung haben?« Reichlich unsensibel, wie sich der Journalist eingestand. Ottenbacher war drauf und dran, ehrlich sauer zu werden. »Nein, verdammt noch mal. Bei unseren Forschungen auf eine Leiche zu stoßen ist für uns schließlich keine Routine. Ich bin auch deshalb mit dir hier her gefahren, weil ich hoffe, diese schrecklichen Bilder aus dem Kopf zu bekommen.« Ottenbacher holte Luft. »Außerdem hast du mich das alles schon mehrfach gefragt. Alle diese Fragen hat uns die Polizei auch schon gestellt. «

»Die Polizei stellt nicht immer die richtigen Fragen.«

»Sie stellen die gleichen Fragen wie du.«

»Vielleicht ziehe ich aus den Antworten andere Schlüsse.«

Olaf Ottenbacher sah Malthaner zweifelnd an.

Der hielt seinem Blick stand und sprach aus, was seinen Denkapparat beschäftigte: »Warum nur werde ich das Gefühl nicht los, dass wir es hier mit einem Mord zu tun haben?«

2

Mit einer Tasse Kaffee in der Hand stand Jörg Malthaner an diesem Montagmorgen im Wohnzimmer und dachte an diese Begegnung mit Olaf Ottenbacher zurück.

Das Wohnzimmer gehörte zu Brigittes Wohnung, die seit knapp zwei Jahren auch seine Wohnung war. Wie lange noch?

Brigitte war schon vor zwei Stunden aus dem Haus gegangen, um einen langen Arbeitstag in ihrer Praxis zu beginnen. Abwesend blickte er aus dem großen Fenster auf Ebingen hinab, den größten Albstädter Stadtteil. Der Tag war trüb wie die Tage zuvor, aber es war weiterhin deutlich zu warm für einen März auf der Alb.

Die Fensterfront erstreckte sich über die gesamte Länge des Wohnzimmers. Die sündhaft teure Traumwohnung in Halbhöhenlage hatte Brigitte von ihrem Vater geschenkt bekommen, kurz bevor sie dessen Albstädter Hausarztpraxis übernommen hatte. Dr. med. Hans Schick genoss über fast vier Jahrzehnte einen nahezu legendären Ruf als Hausarzt. Brigitte bemühte sich, diesem Ruf gerecht zu werden und die Familientradition würdig weiter zu führen. Sie war eine ausgezeichnete Ärztin. Allerdings stieß sie mit ihrem Faible für Naturheilverfahren nicht nur bei den Krankenkassen, sondern auch bei vielen meist älteren Patienten auf große Vorbehalte. Davon versuchte sie sich so wenig wie möglich irritieren zu lassen.

Die Geschäfte gingen gut, aber auch Brigitte gehörte zu den niedergelassenen Medizinern, die das ewige Herumdoktern der Politiker jeglicher Couleur am Gesundheitswesen mit zunehmendem Argwohn verfolgte. Sämtliche Gesundheitsreformen haben am Ende außer der Pharmaindustrie nur Verlierer hinterlassen, sagte sie oft, und zählte sich, ihre Patienten und die Kassen dazu.

Der Kaffee schmeckte bitter.

Brigitte hatte neulich erstmals deutlich und unmissverständlich ausgesprochen, dass sie sich eine Trennung vorstellen könnte. Das würde bedeuten, dass Malthaner sich sein Leben vollkommen neu einrichten müsste.

Seit zweieinhalb Jahren waren sie jetzt zusammen.

Damals waren sie sich zufällig in ihrer gemeinsamen Heimatstadt über den Weg gelaufen. Er, der Journalist, der seinerzeit in Stuttgart lebte und sie, die kurz zuvor die Praxis ihres Vaters übernommen hatte, nachdem sie ebenfalls viele Jahre auswärts gelebt hatte. Als Jugendliche waren sie einige Zeit »zusammen gegangen«, wie man das damals nannte. Später hatte Brigitte einen Arzt geheiratet, den sie während des Studiums kennen gelernt hatte. Sie nahm die Sache wohl ernster als der Halbgott in Weiß, der hinter jedem Rock her war und seine große Vorliebe für Medizinstudentinnen auch nach der Hochzeit nicht ablegen wollte. Die Ehe hielt nicht lange.

Kurz bevor sie sich nach all den Jahren wieder begegnet waren, ging Malthaners langjährige Beziehung in die Brüche. Er und Brigitte waren damals beide Suchende, die sich fanden. Und jetzt?

Malthaner drehte sich von der Fensterfront weg und stellte die leere Kaffeetasse neben seinen Laptop auf den Couchtisch, den Brigitte in einem exklusiven Möbelgeschäft für obszön viel Geld erworben hatte. Er ging in die Küche, um mit Mineralwasser nachzuspülen.

Vor einem dreiviertel Jahr hatte Malthaner den Mietvertrag für seine Stuttgarter Stadtwohnung endgültig gekündigt, nachdem er seit langem nur sehr sporadisch dort übernachtet hatte. Seine ständige Abwesenheit wirkte sich auf den Zustand der Wohnung nicht gerade positiv aus. Inzwischen fuhr er für gewöhnlich noch einmal die Woche in die Landeshauptstadt, um sich bei den ehemaligen Kollegen in Erinnerung zu halten und an der Redaktionskonferenz teilzunehmen. Schließlich war er auf die regelmäßigen Aufträge der Landeszeitung angewiesen. Obwohl die Arbeit für einige Zeitschriften, Magazine und ein Verbandsorgan durchaus ordentliche Honorare abwarf, konnte er auf das permanente Engagement bei der Zeitung schon aus finanziellen Gründen nicht verzichten.

Meistens arbeitete er für das Landes-Ressort, das noch immer von seinem früheren Chef und väterlichen Freund Hauser geleitet wurde. Hauser war ein in Ehren ergrauter Journalist von altem Schrot und Korn, der in seinem Ressort nach wie vor alles und alle fest im Griff hatte. Wer nur einmal kurz mit ihm zu tun hatte, behielt den massigen Hauser als polternden und aufbrausenden Menschen im Gedächtnis. Dabei war er sensibel, warmherzig und der zeitgenössischen Kunst zugetan, wie alle wussten, die die Freude hatten, mit ihm über längere Zeit zusammenarbeiten zu dürfen.

Hauser hatte mittlerweile seinen 60. Geburtstag gefeiert, aber an Ruhestand wollte er nicht denken. Viel lieber schockierte er die jüngeren, noch auf Karriere bedachten Kollegen regelmäßig mit der Ankündigung, dass er in den

Stiefeln sterben werde, was wohl heißen sollte, dass er seinen Schreibtisch niemals freiwillig zu räumen gedachte.

Das Mineralwasser schmeckte Malthaner so wenig wie der Kaffee zuvor. Überhaupt schmeckte ihm zurzeit in seinem Leben nicht viel. Das galt nicht nur im übertragenen Sinne. Denn er litt unter Appetitlosigkeit; ein Zustand, mit dem er noch nie über einen längeren Zeitraum konfrontiert war. Er hasste es, wenn Beziehungen zu Ende gingen. Am Schluss blieben immer zu viele Scherben, die jemand zusammenkehren musste und zudem schmerzhafte Narben auf der Seele. Mit fast 40 Lebensjahren noch einmal von vorne anzufangen, konnte er sich schwer vorstellen. Und doch schienen alle Weichen längst in diese Richtung gestellt zu sein. Sie beide wussten es oder ahnten es zumindest, schoben eine Entscheidung aber immer weiter hinaus.

Brigitte wusste nichts davon, dass er vor einigen Wochen lockeren Kontakt mit Andi Maurer aufgenommen hatte, einem alten Freund, der seit langem in der Immobilienbranche arbeitete.

Maurer war der einzige Mensch in diesem Dienstleistungszweig, dem Malthaner über den Weg traute. Die anderen stellte er auf eine Stufe mit Rechtsanwälten, Bankern und Unternehmensberatern; alles Haie, die von der Not und dem Leid anderer profitierten und daher eben diese Not noch förderten. Früher hatte Maurer in der Immobilienabteilung einer Albstädter Bankfiliale gearbeitet. Seit Jahren war er selbstständig. Das mit einigem Erfolg, wie Malthaner aus der Ferne einschätzte. Frau, zwei Kinder, ein weitgehend abbezahltes repräsentatives Einfamilienhaus, akkurat geschnittener Rasen, und Zweitwagen: Das Leben von Andi Maurer entsprach dem, wie Werbestrategen es gerne als Muster entwerfen, und Andi schien sich glücklich darin eingerichtet zu haben. Er verkaufte nicht nur Häuser und Wohnungen, sondern suchte auch stets für seine Kunden nach seriösen Mietern.

Es sei kein Problem, für Malthaner eine geeignete Wohnung zu finden, gab Andi im Brustton der Überzeugung von sich. Er habe da sogar gerade eine Traumwohnung zu bezahlbaren Konditionen an der Hand. Andi beschrieb Malthaner ein kleines, attraktives Mehrfamilienhaus im Westen der Stadt, und der wusste sofort, welches gemeint war.

Nicht, dass Brigitte ihn gedrängt hätte auszuziehen. Aber diese Äußerung neulich hatte ihm einen Stich versetzt. Dabei glaubte er seit längerem zu wissen, dass ihre Beziehung schon über den kritischen Punkt hinaus war, an dem alles wieder eingerenkt werden konnte ohne einen Verlierer zu hinterlassen.

Es war nichts mehr wie zuvor. Die unbeschwerte Fröhlichkeit war aus ihrem gemeinsamen Leben verschwunden. Auch dieses Gefühl von Liebe und zweifelsfreier Zusammengehörigkeit suchte Malthaner in jüngster Zeit vergebens, egal wie sehr er in sich hinein horchte, und Brigitte schien genauso zu empfinden. Trauer hatte von ihm Besitz ergriffen. Das Gefühl hatte sich erst angeschlichen, dann in seinem Leben eingenistet und wollte jetzt nicht mehr verschwinden. Warum, zum Teufel, war es so weit gekommen; warum mussten sich die Dinge so entwickeln?

Brigitte wollte heiraten und sie wollte Kinder, ein Wunsch, den sie mehr als nur einmal geäußert hatte. Sie war nur wenig jünger als er selbst. Egal, wie man es drehte und wendete, den zweiten Wunsch würde sie sich höchstens noch wenige Jahre erfüllen können. Aber nicht mit ihm.

Freiheit, Ungebundensein, das war es, was er noch immer vom Leben wollte. Jetzt, wo es aussah, als könne er demnächst wieder viel mehr Freiheit genießen als er eigentlich wollte, erfüllte ihn diese Ahnung mit Leere.

Heiraten vielleicht. Dazu hätte sich ein Jörg Malthaner möglicherweise noch breitschlagen lassen; nicht überzeugen, aber breitschlagen. Kinder? Dafür war er zu alt, außerdem hatte er keine Zeit; er würde ihnen sowieso kein guter Vater sein: Alles Vorwände, mit denen er sich regelmäßig selbst belog. Verantwortung für andere zu übernehmen, war nicht sein Ding. Er kam ja mit der Verantwortung für sich selbst kaum klar. Er hatte einfach keinen Bock, die Bequemlichkeit aufzugeben, in der er sich eingerichtet hatte. Für die Vorstellung, dass er über Jahre hinweg keine Nacht mehr durchschlafen könnte, war in seinem Leben kein Platz. »Ich will nicht Benjamin Blümchen anstelle von AC/DC im Autoradio hören«, hatte er neulich gesagt, als sie wieder einmal über das Thema gesprochen hatten. Damit hatte er es geschafft, Brigitte zu einem Wutausbruch zu bewegen. Sie warf ihm Worte an den Kopf, die er aus ihrem Mund nie zuvor gehört hatte. Dafür, dass er noch nicht einmal genau wusste, ob er mehr Angst davor hatte, seine Lebensgefährtin zu verlieren oder sein bequemes Leben, hasste er sich manchmal selbst.

Resignierend stellte er die Mineralwasserflasche in die Küche und ging zurück in das Wohnzimmer, das Brigitte mit einem Gespür eingerichtet hatte, über das nur Frauen verfügen. Die Einrichtung passte perfekt zusammen. Es standen nicht mehr und nicht weniger Möbelstücke herum, als für den großen Raum optimal waren.

Malthaner bemühte sich, seine Gedanken in eine andere Richtung zu lenken. Er tippte auf der Tastatur des Laptops herum und rief seine neuen Mails ab. Nichts Aufregendes. Die Leiche, die Olaf Ottenbacher und seine beiden Kollegen vor zwei Wochen gefunden hatten, kam ihm wieder in den Sinn. Überhaupt beschäftigte sie ihn viel zu häufig. Gut möglich, dass er unbewusst nach jeder Ablenkung gierte, die seine Gedanken von Brigitte wegführten.

Was soll's?, dachte er und tippte die Nummer des Polizeipressesprechers in ein schnurloses Telefon, das, wie das meiste andere in dieser Wohnung, Brigitte gehörte. Sofort nahm Theo Reiher ab. Pflichtbewusst bis zum letzten Tag vor der Pensionierung, dachte Jörg Malthaner grimmig.

»Malthaner hier.«

Er erntete ein Stöhnen.

»Geht's Ihnen nicht gut?«, fragte er übertrieben besorgt.

»Bis eben ging es mir noch gut.« Reiher machte auf gequält. Sie mussten sich ein bisschen kabbeln, anders konnten sie gar nicht miteinander reden. Das hatte sich im Lauf der Zeit einfach so entwickelt.

»Und jetzt nicht mehr? Das tut mir leid.«

»Sagen Sie schon, was Sie wollen, Malthaner.«

»Eigentlich genau dasselbe wie seit einigen Tagen. Was gibt es Neues von unserer Leiche?«

Wieder das Stöhnen aus Reihers Mund. »Nichts Neues. Glauben Sie mir, ich werde Ihnen schon rechtzeitig Bescheid geben, wenn es soweit ist.«

»Natürlich, und mit mir werden Sie alle die lieben Kollegen von den anderen Zeitungen, vom Radio, Fernsehen und den Agenturen informieren.« Malthaners Befürchtung, die heiße Geschichte trotz seines Informationsvorsprungs plötzlich nicht mehr exklusiv zu haben, war vollkommen ungekünstelt und entsprach echter Sorge. Er war Journalist.

»Sie haben doch mein Wort, dass ich Sie zuerst informieren werde.«

»Ja, und dafür danke ich Ihnen auch. Aber Sie wissen, dass ich Ihrem Chef nicht über den Weg traue. Ich will nicht plötzlich nackt dastehen. Meine Auftraggeber bei der Landeszeitung fänden es wahrscheinlich nicht besonders witzig, wenn ein anderes Blatt vor uns von der Sache berichten würde, obwohl ich schon seit fast einer Woche davon unterrichtet bin.«

»Sie wissen, dass ich großes Verständnis für Ihre Situation habe, aber – glauben Sie mir – auch mir sind die Hände gebunden.«

Sicher war das so. »Lange kann ich nicht mehr warten«, sagte Malthaner und klang dabei schroffer als beabsichtigt.

»Kein Grund, die Sache persönlich zu nehmen. Das ist Ihnen doch bewusst.«

»Sie haben Recht. Aber, wenn Sie etwas erfahren, dann sagen Sie es mir, okay? Sie wissen, dass Sie sich auf mich verlassen können.«

Ansatzlos wechselte Theo Reiher das Thema. Das ging schneller, als ein Ball auf dem Weg vom Elfmeterpunkt ins Tor. »Hätten Sie eigentlich mal Interesse, als Pressevertreter bei einer Tierbeschlagnahme-Aktion teilzunehmen? Das gäbe vielleicht eine interessante Reportage für Ihre Zeitung.«

»Eine Tier ... was ...?« Malthaner war gedanklich noch nicht ganz von der Leichensache weg.

»Beschlagnahme.«

»Lassen Sie hören!«

»Es gibt da ein altes Ehepaar, das etwas außerhalb auf einem heruntergekommenen Hof bei Onstmettingen lebt. Die beiden sind na ja, unter uns gesagt, sie sind zwei Sozialfälle.« Reiher vermied es, das Wort *asozial* auszusprechen und schaffte es tatsächlich, die Sache so zu verkaufen, dass sie einigermaßen wertfrei klang.

»Das Veterinäramt vermutet, ach was, es weiß, dass die beiden mit Tieren handeln und davon leben. Es gab da auch mal eine Anzeige vom Tierschutzverein. Eigentlich dürfen die alten Leute gar keine Tiere mehr halten, das Veterinäramt hat schon vor Jahren ein beschränktes Tierhalteverbot ausgesprochen. Nur, die beiden halten sich einfach nicht dran. Jetzt haben sie offensichtlich wieder einige Hunde auf ihrem Grundstück. Also kommt es wieder zur Beschlagnahme. Darin haben die Kollegen von der Hundestaffel einige Erfahrung, denn sie gehen bei diesen Leuten sozusagen ein und aus.«

Was war aus journalistischer Sicht davon zu halten? Eine Reportage, in der die beiden alten Leute anonymisiert wurden; warum eigentlich nicht? »Klingt nicht ganz uninteressant«, antwortete Malthaner.

»Es ließe sich einrichten, dass Sie zur Berichterstattung mitkommen können.«

»Ist das als Trostpflaster zu verstehen oder hat Ihr Chef ein schlechtes Gewissen gegenüber einem loyalen Zeitungsmann?«

»Weder noch. Aber der Polizeidirektion und ihrer Leitung ist schließlich an einem guten Kontakt zu den Medien gelegen.« Reihers Aussage triefte vor Ironie. Seine Häme, davon war Malthaner überzeugt, galt in diesem Fall aber nicht der Presse, sondern seinen Vorgesetzten.

»Wann soll die Beschlagnahme steigen?«

»Morgen Mittag. Sie haben Glück. Wenn Sie mich nicht zufällig vor drei Minuten angerufen hätten, dann hätte ich die Geschichte dem Albblatt angeboten.«

Das Albblatt, die lokale Zeitung, hätte die Sache wahrscheinlich wieder ordentlich versemmelt und eine ätzende Geschichte im Behördenton daraus gestrickt.

»Das sollte man der Menschheit ersparen, ich bin an der Story interessiert.«

»Gut. Wir treffen uns im Besprechungszimmer im Revier um 11 Uhr zur Einsatzabsprache. Die Amtstierärztin wird dabei sein, zwei oder drei Hundeführer der Schutzhundestaffel, sechs Leute von der Schutzpolizei, ein Vertreter des städtischen Ordnungsamtes und meine Wenigkeit.«

»Das erscheint mir, als würde man mit Kanonen auf Spatzen schießen«, warf Malthaner ein.

Theo Reiher parierte: »Sie kennen dieses Ehepaar noch nicht. Es wäre das erste Mal, dass die sich die Tiere einfach so wegnehmen ließen. Bisher gab es noch jedes Mal richtig Ärger.«

»Da bin ich ja gespannt.«

»Dürfen Sie auch sein.« Damit wollte Reiher das Gespräch beenden, aber Malthaner machte es ihm nicht so einfach. »Sagen Sie mal, in welchen Zustand war eigentlich die Leiche, die im Zollerngraben lag? Ich meine, war die noch am Stück, oder haben sich schon die Tiere daran gütlich getan?«

»Was soll denn das jetzt wieder? Ich kann Ihnen diese Frage heute ebenso wenig beantworten wie beim letzten und beim vorletzten Mal, als Sie sie mir gestellt haben!«

Alles andere hätte Malthaner überrascht, aber er gab nicht auf. »Schon gut, Reiher. Dann erkundige ich mich eben mal bei einem Jäger so ganz allgemein, wie Wildtiere auf einen leblosen menschlichen Körper im Wald reagieren.«

»Tun Sie das von mir aus, aber halten Sie bitte noch eine Weile dicht«, forderte der Pressesprecher ein weiteres Mal fast schon flehentlich. »Schalten Sie doch einfach einmal ab«, riet er dem Journalisten. »Da fällt mir gerade noch etwas ein: Ich werde Ende Mai ein Abschiedsfest geben. Dazu sind Sie natürlich eingeladen.«

Reiher nannte ein Albstädter Lokal als Adresse für die Festivität, das für gewöhnlich für Familienfeiern gebucht wurde. Kegelbahnen inklusive. Ein biederer Ort solider heimischer Gastlichkeit, nicht mehr und nicht weniger. Nicht gerade ein Veranstaltungstempel, der eine rauschende Fete erwarten ließ. Es lief alles auf gemischten Braten mit Pommes, Spätzle und bestenfalls Kroketten hinaus. Immerhin war das Gasthaus in zwanzig Minuten fußläufig zu erreichen, falls er Ende Mai noch in Brigittes Wohnung leben sollte.

»Gerne. So lange nicht zu viele Ihrer Kollegen dabei sind.«

Reiher ging nicht auf die Provokation ein. »Dann also bis morgen.«

»Ja, bis dann.«

Es schepperte, als Malthaner das kabellose Telefon etwas zu forsch in die Halterung beförderte, wo es stramm stand wie ein Soldat beim Morgenappell. Malthaner hatte keine Zeit, lange über dieses Bild nachzudenken, denn da summte das Telefon schon wieder. Neugierig nahm er ab. Reiher war noch mal dran. »Jetzt hätte ich doch fast vergessen, Ihnen mitzuteilen, dass Sie für den Nachmittag noch eine größere Pressemeldung erwarten dürfen. Die Satanisten sind über das vergangene Wochenende wieder in Aktion getreten.«

»Schon wieder? So langsam nervt es etwas.«

Seit Wochen hielten Unbekannte mit obskuren nächtlichen Umtrieben die Polizei auf Trab und die Bevölkerung in Atem. Die Gruppe trat unregelmäßig in Erscheinung. Immer erst am nächsten Morgen wurden ihre Rituale offensichtlich. Mal stürzten sie auf dem städtischen Friedhof Grabsteine um, mal veranstalteten sie sonst einen faulen Zauber. Malthaner hielt sie für überkandidelte Spinner oder für Jugendliche, die ihr Mütchen kühlen wollten, keineswegs aber für echte Satanisten. Das änderte nichts daran, dass die Öffentlichkeit nur noch von den Satanisten redete. Eine Sprachregelung, die das Albblatt aufgebracht hatte und die von den Leuten schnell übernommen wurde. Natürlich wusste die Bevölkerung von Albstadt ebenso wenig wie die breite Bevölkerung im Rest der Republik detailliert über Satanismus Bescheid.

»Diesmal haben sie ihren Hokuspokus in einer kleinen Grünanlage in Tailfingen getrieben«, klärte Theo Reiher auf. »Ich schicke heute gegen 16 Uhr eine ausführliche Meldung.«

»Erst gegen 16 Uhr? Dann muss Ihr geschätzter Leitender Polizeidirektor sie wohl erst noch gegenlesen und genehmigen?«

Das unbestimmte Brummen des Pressesprechers reichte Malthaner als Antwort, er wusste, dass er ins Schwarze getroffen hatte. »Sie sind manchmal wirklich nicht zu beneiden, Reiher.«

»Schön, dass Sie das jetzt auch merken, wo ich schon so gut wie in Pension bin.«

Die Meldung kam früher als angekündigt.

Inhaltlich lief es darauf hinaus, dass in einer parkähnlichen Anlage im Albstädter Stadtteil Tailfingen ein Gedenkstein mit dämlichen Parolen besprüht worden war. Außerdem fanden sich Knochen dort, die *nach einer ersten Inaugenscheinnahme*, so das schönste Polizeideutsch, möglicherweise von einem größeren Hund stammten. Damit nicht genug, hatten die nächtlichen Besucher auch noch ein selbst gezimmertes großes Holzkreuz in den weichen Rasen der Gartenanlage getrieben, das natürlich am Morgen sofort von der Polizei entfernt wurde. Allerdings hatte das Kreuz wohl schon eine ganze Menge von Autofahrern belästigt, die früh an diesem Tag auf dem Weg zur Arbeit waren.

Für Jörg Malthaner war das Lieschen-Müller-Satanismus. Dumme Bengels, die Aufmerksamkeit erregen wollten, mehr nicht.

Am Ende des Textes listete die Polizei noch einmal die vergleichbaren makabren Vorfälle der vergangenen Wochen auf, was dazu führte, dass der Text recht lang wurde. Alle Fakten zu diesen Ereignissen schienen sauber zwischen polizeilichen Aktendeckeln abgeheftet zu sein. Ein beruhigendes Gefühl irgendwie. So, als würden die Dinge ihren geregelten Gang gehen.

Malthaner ersparte sich die Mühe, einen kurzen Artikel für die Landeszeitung zu schreiben. Der gute alte Hauser hätte sowieso keine Spalte seiner Landesseite für so etwas hergegeben, nicht einmal zwanzig Zeilen hätte Malthaner dem Ressortleiter abringen können.

3

Zehn Minuten vor der vereinbarten Zeit war Malthaner da und trotzdem war das Briefing vor der Tierbeschlagnahme schon in vollem Gang. Ein Dynamiker mit Schnauzbart in einem polizeigrünen Overall mahnte seine Kollegen gerade zur Vorsicht bei der bevorstehenden Aktion, als der Journalist in den Besprechungsraum trat.

Ein Dutzend Leute saß um den Tisch und verbreitete eine Atmosphäre professioneller Gelassenheit. Malthaner wurde das Gefühl nicht los, dass Theo Reiher ihn bewusst zu spät einbestellt hatte, damit er nicht alles mitbekam, was die Einsatzkräfte besprachen.

Malthaner nickte in die Beamtenrunde und erntete eine freundliche Begrüßung. Einige der Anwesenden kannte er, zum Beispiel die Amtstierärztin, mit der er schon ein-, zweimal beruflich zu tun gehabt hatte. Die meisten der Uniformierten sahen aus, als hätten sie ihren letzten Schultag noch nicht lange hinter sich gebracht. Um ihn herum wurden die Leute immer jünger, wie Malthaner mit einer beunruhigenden Regelmäßigkeit seit einigen Jahren bemerkte.

Punkt elf war die Besprechung beendet, es schien, als wüssten alle, was zu tun sein würde.

Der Dynamiker stellte sich als Leiter der Hundestaffel heraus. Polizisten, Veterinärin und der Mensch vom Ordnungsamt verteilten sich auf mehrere Fahrzeuge. Reiher wollte Malthaner im Blick behalten und lud ihn zur Mitfahrt in einem zivilen Polizei-Audi ein, in dem es nach kaltem Rauch roch. Reiher war überzeugter Nichtraucher, also war es ein Wagen aus dem Fuhrpark, auf den auch andere Beamte Zugriff hatten.

Der Polizeifunk war abgeschaltet, das Radiogerät leider nicht. Ein berufsjugendlicher und offenbar grenzdebiler Moderator vom privaten Dudelfunk verströmte unerträglichen Frohsinn. Reiher reagierte auf eine entsprechende Bemerkung von Malthaner und drehte den Sendersuchlauf. SWR 1. Nicht viel besser, aber immerhin.

Unterwegs stimmte der Polizeisprecher den Journalisten auf den bevorstehenden Einsatz ein. »Halten Sie sich im Hintergrund, auch wenn Ihnen das schwer fällt.«

»Wie kommen Sie nur darauf?«

Reihers Grunzen war wohl als Antwort gedacht. Ohne weitere Reaktion auf die Frage redete er weiter. »Also, diese alten Leute machen uns seit Jahren Arbeit. Sie dürfen eigentlich keine Tiere halten, tun es aber doch immer wieder. Es ist wie eine Endlosschleife: Und ewig grüßt das Murmeltier. Wir nehmen ihnen die Viecher weg, Hunde vor allem, kurz darauf haben sie wieder welche. Ein paar Monate später liegt wieder eine Anzeige vom Tierschutzverein vor und dann treten wir wieder auf den Plan. Das geht schon seit Jahren so.«

»So langmütig kenne ich die Staatsgewalt gar nicht«, sagte Malthaner.

»Uns sind in gewisser Weise die Hände gebunden. Die Amtstierärztin sagt, dass sie kein Ordnungsgeld gegen die alten Leute verhängen kann, weil sie sowieso keine finanziellen Mittel besitzen. Was bleibt da noch? Einsperren? Da macht kein Richter mit, denn die beiden sind altersmäßig näher an den Achtzig als an den Siebzig. Außerdem ist der Mann schwer krank. Krebs.«

»Die Zeit arbeitet also für Sie«, stellte Malthaner fest.

»Sie sind ein Zyniker. Hat Ihnen das schon mal jemand gesagt?«

»Mehr als einmal.«

»Zynismus scheint in Ihrer Branche eine Berufskrankheit zu sein.«

»Da haben Journalisten und Polizisten immerhin etwas gemeinsam.«

Reiher zog es vor, den Mund zu halten.

Der Fahrzeugkonvoi fuhr durch Tailfingen.

Unattraktive Wohnhäuser, die zum Teil noch vor dem Krieg entstanden waren, dazwischen einige nicht weniger abstoßende Zweckbauten aus den Sechzigern und Siebzigern zogen links und rechts an den Autofenstern vorbei.

Viel zu viele ehemalige Geschäfte standen leer. Für Einzelhändler war die Stadt und ihr Umland ein schwieriges Pflaster. Die seit vielen Jahren anhaltende unerquickliche wirtschaftliche Situation der ganzen Region hatte nicht wenige jener Gewebetreibenden endgültig zur Kapitulation getrieben, die zuvor schon an der schwäbischen Knauserigkeit ihrer Kunden fast verzweifelt waren. Malthaner konnte sich manchmal des Eindrucks einer sterbenden Stadt nicht erwehren und wusste, dass ihm die Bevölkerungsstatistik Recht gab. Das tat ihm weh, denn er liebte seine Heimatstadt und ihre Bewohner, wenngleich er die rosa Brille schon lange abgesetzt hatte. Die Stadt überalterte, vor allem in diesem Stadtteil. Die Einheimischen schienen sich trotz aller Probleme in ihrer saturierten Ereignislosigkeit eingerichtet zu haben. Revolutionäres Gedankengut war von ihnen nicht gerade zu erwarten.

In wenigen Minuten hatten sie Tailfingen der Länge nach durchquert. Rechts lag der Friedhof, links eine der letzten größeren Firmen, die noch zahlreichen Albstädtern Arbeit bot, auch wenn seit Jahren Personal abgebaut wurde. Drei Minuten in korrektestem Tempo auf der Landstraße, und sie waren im Ortsteil Onstmettingen.

Von der Hauptstraße bogen sie rechts ab und noch einmal rechts. Die Straße stieg leicht an. In einer der Nebenstraßen gab es ein ausgezeichnetes Museum, das sich mit der Geschichte der Waagenindustrie beschäftigte. Schade nur, dass kaum jemand außerhalb der Stadt dieses Museum kannte; innerhalb der Stadt übrigens auch nicht, zumindest was einen eigenen Besuch dort anging.

Weitere zwei Minuten später fuhren sie am Ortsschild vorbei. Praktisch mit dem Schild endete die Bebauung rechts und links abrupt. Bisher fraß sich hier noch kein Neubaugebiet in den Hang. Selbst an einem Bilderbuch-Sommertag hatte man hier höchstens drei oder vier Stunden Sonne, den Rest des Tages lag dieses Tal im Schatten. Nicht gerade die ideale Voraussetzung für die Vermarktung eines Baugrundstücks im Schwäbischen.

Reiher war gedanklich noch immer oder schon wieder bei der bevorstehenden Beschlagnahme-Aktion. »Die beiden alten Leute tun mir ja irgendwie leid. Sie kommen finanziell kaum über die Runden. Dabei hat ihr Sohn ein Vermögen verdient, aber er kümmert sich nicht besonders um sie. So etwas macht mich wütend.«

»Sie haben einen Sohn? Einen, der aus solchen sozialen Verhältnissen kommt und ein Vermögen besitzt?« Die Überraschung Malthaners war nicht gespielt.

»Früher lebte die Familie in kleinbürgerlichen Verhältnissen. Heute gelten sie als asozial. Es ist schlimm, dass so etwas passiert.« Reiher erlaubt sich auf seine letzten Tage im Dienst Emotionen. Das gefiel Malthaner.

»Der Junge hat ein riesengroßes Talent, besser gesagt, er

hatte dieses Talent als er jünger war. Er konnte Schlittschuhlaufen wie ein junger Gott. Und er konnte dazu noch ganz ordentlich mit einem gekrümmten Schläger umgehen.«

Noch bevor Reiher seine Ausführungen vertiefte, dämmerte Malthaner, von wem der Polizeisprecher redete.

»Staringer? Der Eishockeyprofi?«

»Der ehemalige Eishockeyprofi«, verbesserte ihn Theo Reiher.

»Natürlich.« Malthaner überlegte. »Das muss zehn Jahre her sein.«

»Wesentlich länger, vor zehn Jahren war seine Karriere schon zu Ende«, rechnete Reiher hoch.

Jeder Albstädter kannte Winfried Staringer. Dessen temporäre bundesweite Popularität hatte die lokale Zeitung vor vielen Jahren dazu bewogen, ihn vollmundig in die Reihe der *großen Söhne der Stadt* aufzunehmen. Zu viele davon gab es ja nicht unbedingt, einmal abgesehen von einem ehemaligen Bundeskanzler mit Nazi-Vergangenheit.

Heute schrieb selbst beim Albblatt niemand mehr über den früheren Eishockeyprofi Staringer. Dem Versuch der wechselnden Lokalsportredakteure beim Albblatt, etwas am Glanz und Glamour des berühmten Sportlers zu partizipieren, war wenig Erfolg beschieden. Das galt, gemessen an den Erwartungen und Hoffnungen, insgesamt auch für die Karriere von Winfried Staringer selbst, der jahrelang als eines der größten deutschen Talente in dieser Sportart gehandelt worden war.

Reiher konnte sich für alles erwärmen, was mit Sport zu tun hatte, wie alle Journalisten wussten, die ihn näher kannten. »Kennen Sie sich mit Eishockey aus?«, wollte der Pressesprecher wissen.

»Etwas«, antwortete Malthaner mit einem Übermaß an

vornehmer Untertreibung, denn er begeisterte sich durchaus für diese ungeheuer dynamische Sportart und hatte früher auch regelmäßig Ligaspiele besucht. Während eines Kanada-Aufenthalts hatte ihm vor vielen Jahren eine Urlaubsbekanntschaft ein Ticket für ein NHL-Spiel verschafft. Toronto Maple Leafs gegen die Anaheim Mighty Ducks aus Kalifornien.

Damals war Malthaner überrascht, dass ausgerechnet im Mutterland des Eishockeys eine wesentlich ruhigere Atmosphäre in den Stadien herrscht als in Europa. Von wegen La Ola. Die Zuschauer demonstrierten nur dann pflichtgemäß Euphorie, wenn sie durch Orgelklänge dazu animiert wurden, ansonsten konzentrierten sie sich lieber auf ihr Popcorn, das sie mit Unmengen dieser Pferdepisse namens Budweiser hinunterspülten.

Er versuchte, sich Bilder von Winfried Staringer ins Gedächtnis zu rufen. »Wo hat er denn damals zuletzt gespielt?«

»Als er aus dem Scheinwerferlicht verschwunden war? Regionalliga, oder wie immer das damals hieß, in Bayern irgendwo. Bei einem dieser Traditionsvereine, die seit zwanzig Jahren nur noch ein trauriges Dasein in den Niederungen der Amateurklassen fristen.«

»Dabei hatten ihm alle die ganz große Karriere prophezeit. Mann, der hatte es drauf.« Mit jeder Minute erinnerte sich Malthaner deutlicher. Winfried Staringer, auf der Schwäbischen Alb groß geworden, bei einem Turnier von den Talentscouts des Schwenninger ERC entdeckt. Damals traten die Mannschaften noch unter ihren bodenständigen Vereinsnamen an und hatten nicht diesen Firlefanz nötig, sich Wild Wings oder Panther oder Freezers zu nennen. Unschuldige Zeiten, als es in erster Linie um Sport und nicht um Marketing ging. Staringer spielte in der Bundesliga, die damals tatsächlich noch so hieß, wurde von den Mannheimer Adlern abgeworben und stand später bei der Düsseldorfer EG unter Vertrag. Er wurde Nationalspieler, es folgte der Sprung über den großen Teich in die amerikanische Profiliga, der damals kaum einem deutschen Spieler gelang. In Amerika kam es zum Karriereknick. Staringer versauerte irgendwie, so weit Malthaner sich erinnerte, und konnte nie dauerhaft in der National Hockey League Fuß fassen.

Erinnerungen, die in einer Schublade in Malthaners Oberstübchen nur darauf warteten, hervor geholt zu werden. Nur in einem Punkt wollte er sich partout nicht erinnern. »Bei welchem Verein stand er in Nordamerika unter Vertrag?«, fragte Malthaner und ärgerte sich darüber, dass ihn sein Gedächtnis in dieser Frage im Stich ließ.

Reiher ging es genau so. »Ich weiß es nicht mehr, tut mir leid.«

Malthaner grübelte, aber kam nicht drauf. Später kehrte Staringer nach Deutschland zurück, erinnerte er sich. Desillusioniert vermutlich, weil sich ihm die ganz große Karriere verweigerte. Hier verschwamm Malthaners Erinnerung. »Wie ging das denn damals mit Staringer weiter, als er aus Nordamerika zurückkam?«

Auch Reiher konnte sich nicht recht erinnern. »Weiß nicht. Hat er nicht noch mal in Mannheim gespielt, bevor er dann im Amateurbereich angeheuert hat?« Schulterzuckend antwortete Malthaner. »Keine Ahnung.«

Verglühte Sternschnuppen sind nicht mehr interessant.

Sie bewegten sich auf der gut ausgebauten, leicht ansteigenden Landstraße bergauf durch eine Waldkulisse. Es ging gemächlich voran, weil die vorne weg fahrenden Diesel der beiden VW-Transporter der Hundestaffel nicht gerade ein großes Temperament versprühten.

46

Theo Reiher kam vom Eishockeythema ab. Er schien zu ahnen, dass Malthaners Gedanken in eine andere Richtung gingen und fühlte sich zu ein paar passenden Worten bemüßigt. »Da haben Sie's mal wieder. Wir Polizeibeamten sind Tag und Nacht für das Land im Einsatz, und was ist der Dank? Wir schaukeln in uralten Fahrzeugen durch die Gegend.«

»Da sind Sie mit diesem Prachtschlitten ja wirklich ein Glückskind«, antwortete Malthaner sarkastisch, denn der zivile Audi hatte seine besten Zeiten augenscheinlich schon vor Jahren hinter sich gebracht. Malthaner schielte auf den Tachometer, der respektable 320 000 Kilometer Laufleistung dokumentierte.

Reiher bemerkte den Blick. »Die Motoren werden alle zwei Jahre komplett überholt, die kriegen Sie nicht kaputt. Was einigen Kollegen nicht so recht ist, die hätten schon gerne ab und an mal was Neues.«

Zwei, drei Kilometer noch entlang der winterkahlen Waldkulisse das Tal hinauf, dann öffnete sich die Landschaft und wurde weit. Die Straße wuchs aus dem Wald heraus auf eine Anhöhe. Der Konvoi aus Streifenwagen und zivilen Fahrzeugen bog von der Fahrbahn nach rechts in einen viel zu breit ausgebauten Feldweg ein. Ein Weg, den Malthaner von seinen Mountainbike-Touren gut kannte. Jetzt ahnte er auch, wohin sie unterwegs waren. In der näheren Umgebung gab es nur ein einziges Gehöft, einen verfallenden Bauernhof, an dem er ab und zu vorbei radelte. Trotz eines respektvollen Abstands immer in der Angst, dort von einem Schäferhund, einer Dogge, oder einem ähnlichen Mistvieh angefallen zu werden.

»Eine Verletzung«, sagte Malthaner unvermittelt, den ein Gedanke aus den Tiefen seiner Erinnerung angesprungen hatte. Er blickte zum Fahrer rüber. Vom Polizeisprecher erntete er einen Gesichtsausdruck, der Unverständnis widerspiegelte.

»Eine Verletzung. Ich weiß nicht mehr genau, was es war, aber Staringer musste damals seine Karriere wegen einer Verletzung beenden, wenn ich mich nicht ganz täusche.«

»Kann sein.« Reihers Miene entspannte wieder. Er dachte nach. »Jetzt, wo Sie es sagen, erinnere ich mich auch.«

Wieder brach er das Gespräch über Staringer abrupt ab. »Wir sind gleich da«, sagte Reiher und wies mit dem Finger unbestimmt in das Übermaß an Landschaft rundherum.

Gut, dass noch Spätwinter war, sonst hätten sie von den voraus hoppelnden Fahrzeugen einiges an Staub schlucken müssen. Gut, dass es ein relativ trockener Spätwinter war, sonst wären sie hier durch Schlamm gefahren. So bewegten sich die Autos über festen Boden. Ein Schäfer hielt ganz in der Nähe seine Herde, wie Malthaner von seinen unzähligen Biketouren bekannt war. Der Schäfer fuhr einen vierradgetriebenen japanischen Geländewagen; er wusste bestimmt, warum.

Von hier aus war es, wenn man Luftlinie zugrunde legte, gar nicht so weit zum Zollerngraben. Schon wieder dachte Malthaner an die Leiche, auf die Olaf Ottenbacher und seine Kollegen vor zwei Wochen gestoßen waren. Er wollte Reiher in diesem Moment aber nicht mit dem Gedanken konfrontieren.

Von dem breiten bogen sie in einen schmaleren Feldweg ab. Überhaupt gab es hier ein ungeheuer gut ausgebautes Wegenetz mit vielen Verästelungen. Wer benötigte so viele Wege mitten im Nichts?

Sie fuhren auf das Anwesen zu, das mit jedem Meter, den sie näher kamen, heruntergekommener wirkte.

Ein Hund, es war tatsächlich ein Schäferhund, war an einer langen Kette angeleint und drehte fast durch, als der Fahrzeugkonvoi an ihm vorbei in den Hofbereich fuhr. Das Vieh riss an seiner Kette, bellte heiser und durchdringend und machte den Eindruck, den erstbesten Menschen in Sekundenschnelle zerfetzen zu wollen, der sich ihm näherte. Höllenhund. Vielleicht spürte der Köter die Anwesenheit seiner Artgenossen in den beiden VW-Transportern, die langsam an ihm vorbei rollten und ein paar Meter weiter stoppten. Eine Hand voll frei laufender Hühner rannte aufgeregt zur Seite, um nicht unter die Räder zu kommen. Sie taten gut daran.

Das alte Hauptgebäude stand im rechten Winkel zu einem Holzschuppen, der früher einmal ein Stall gewesen sein mochte. Es machte aus der Nähe keinen ganz so verwahrlosten Eindruck, wie Malthaner erwartet hatte. Das Dach schien sogar vor nicht allzu langer Zeit neu eingedeckt worden zu sein.

Links ein weiß getünchtes, niedriges und lang dahingestrecktes Gebäude ohne Fenster, von dessen Fassade der Putz abbröckelte. Insgesamt wirkte das Anwesen wie die Bauernhöfe im seinerzeit real existierenden Sozialismus. Auf einer Dienstreise nach Ungarn hatte er solche Höfe vor vielen Jahren gesehen.

Wieder einmal ärgerte Malthaner sich über seine eingeschränkte Wahrnehmungsfähigkeit. Wie oft war er schon mit dem Fahrrad keine fünfzig Meter von dem Grundstück entfernt vorbeigefahren, und doch hätte er das alte Anwesen nur unzureichend beschreiben können. Dabei prahlte er seinen Zeitungskollegen gegenüber gerne mit seiner besonders gut ausgeprägten Beobachtungsgabe.

Der ungeteerte Hof machte einen unaufgeräumten

Eindruck, was an den überall herum stehenden bauchigen Metallfässern ebenso lag wie an den eingefallenen Stapeln mit Brennholz. Abgesägte, mannsdicke Stämme lagen herum wie Treibholz. Mittendrin ein struppiger Besen, der zu nichts mehr zu gebrauchen war. Eine stabile blaue Abdeckplane, die mindestens zwei auf drei Meter maß, lag schlaff über einem Haufen Altreifen und schien nur auf den nächsten Windstoß zu warten, der sie von diesem unwirtlichen Gelände fegen konnte. Der Hof war gerade groß genug, um allen Polizeifahrzeugen Platz zu bieten. Zwei verrostete Wäschestangen verstärkten den Eindruck der Trostlosigkeit. Über allem das ununterbrochene Toben des sabbernden, wahnsinnigen Vierbeiners, der vor Wut und Anstrengung zitterte. Sein Benehmen stand im krassen Gegensatz zu seinem Alter. Andere Schäferhunde in diesem Alter warteten fett, blind und inkontinent auf ihr baldiges Ende. Dieser Köter führte sich auf, als sei er längst übergeschnappt.

Malthaners Beklemmung wuchs. »Ein reizendes Plätzchen Erde«, sagte er. Reiher ließ den Wagen hinter dem Golf ausrollen, in dem der Beamte vom Ordnungsamt und die Veterinärin saßen, und kurbelte seine Scheibe ein Stück weit herunter. »Warten Sie ab, bis Sie die alte Else Staringer kennen lernen. Die ist erst reizend.«

Sie öffneten die Fahrzeugtüren und eine schwarze Katze rannte quer über den Hof, war genau so schnell verschwunden, wie sie aufgetaucht war. Malthaner wusste, dass der Volksmund vor schwarzen Katzen warnte, die aus einer bestimmten Richtung über die Straße rannten. Aus welcher, wusste er nicht. Es war ihm gerade recht.

Die Polizisten taten, was zu tun war. Die Hundeführer gingen mit ihren Schäferhunden um das Hauptgebäude herum. Ihre Schäferhunde waren von dem infernalischen Gebelle des Hofhundes offenbar nicht beeindruckt. Die anderen Beamten verteilten sich nach einem im Voraus genau besprochenen Muster auf dem Gelände.

Die Tür des Hauptgebäudes flog in genau dem Moment auf, als Malthaner sie genauer in Augenschein nahm. Eine dünne Frau in einem viel zu weiten schwarzen Kleid kam heraus, so schnell, wie es ihr Alter eben noch zuließ. Die berühmt-berüchtigte Mutter Staringer. Altersmäßig näher an den Achtzig als an den Siebzig, hatte Theo Reiher vorhin gesagt. Es war Malthaner unmöglich, das Alter der Frau genauer einzugrenzen. Sie war wirklich dünn. Nur Haut und Knochen, umhüllt von dieser flatternden Kutte, die aussah wie selbst genäht. Else Staringer hatte eine Art grauen und wirr geschnittenen Bubikopf, das schmale Gesicht wurde dominiert von einem viel zu großen, schief sitzenden Kassengestell mit dicken Gläsern. Alles an dieser Erscheinung schrie das Wort Armut nur so heraus.

Sie zeterte und übertönte kurz sogar ihren wildgewordenen Schäferhund. Die alte Frau schien auf die Amtstierärztin losgehen zu wollen, woran sie ein Uniformierter hindern wollte, der dafür einen Schubser von Else Staringer einfing. Ihr tatkräftiges Agieren stand im krassen Gegensatz zu ihrem gebrechlichen Äußeren. Der Beamte fasste sie am Ärmel, und sie versuchte seine Hand wegzuwischen wie eine lästige Fliege. Natürlich ohne Erfolg, aber das beeinträchtigte ihre Aktionen nicht wirklich.

»Was wollt Ihr schon wieder?«, brach es mit erstaunlich fester Stimme aus der alten Frau heraus. »Lasst uns doch endlich in Ruhe und behandelt uns nicht immer wie die letzten Verbrecher! Wir tun doch keinem was und unseren Tieren geht es gut.« Ohne Punkt und Komma, ohne Luft zu holen.

»Frau Staringer, beruhigen Sie sich doch!« Die Worte der Amtstierärztin gingen in einem Wortschwall der Gegenseite unter. »Ihr seid die Verbrecher, nicht wir! Wir wollen nur unsere Ruhe. Lasst uns endlich in Ruhe!«

Der Uniformierte fühlte sich nicht wohl in seiner Rolle. Trotzdem griff er etwas fester zu, die alte Frau registrierte es gar nicht.

»Frau Staringer ...«

Keine Chance. Sie fuchtelte mit der freien Hand unter der Nase der Veterinärin herum. »Euch sollte man einsperren, nicht unsere Hunde. Wir wollen bloß in Ruhe hier leben. Wir sterben sowieso bald, dann habt Ihr endlich, was Ihr wollt!«

Die Tierärztin blieb erstaunlich ruhig. Sie kannte die Szene offenbar nur zu genau. Der Schäferhund schien sich verausgabt zu haben, sein Poltern klang inzwischen kurzatmig und er riss auch nur noch mit halber Kraft an seiner dicken Metallkette.

Reiher raunte Malthaner zu: »So geht das immer ...« Reiher wollte noch mehr sagen, aber einer seiner Kollegen schien auf etwas gestoßen zu sein und winkte die anderen zu sich heran. Auch Reiher und Malthaner gingen hin, die keifende Alte mit einer unerschütterlichen Tierärztin und zwei ebenfalls sehr ruhigen Polizeibeamten hinter sich lassend.

Der Polizist erstattete kurz Bericht: »Hinterm Haus gibt es einen Zwinger. Da sind fünf Welpen drin.«

Als sie um das Gebäude herum waren, hörten sie es: Ein Jaulen, Bellen und Knurren. Der Zwinger war viel zu klein für fünf Hunde. Golden Retriever möglicherweise. Modehunde, die sich ganz bestimmt gut verkaufen ließen.

»Sehen Sie«, raunte Theo Reiher. »Da haben wir es wieder. Die Staringers dürften diese Tiere eigentlich gar nicht halten.«

Obwohl Malthaner kein großer Hundefreund war, musste er doch zugeben, dass die Kleinen süß aussahen, wenngleich sie in einem erbärmlichen Zustand waren. »Was glauben Sie, woher haben die alten Leute diese Hunde?«, fragte er den Polizeisprecher.

»Das werden die Kollegen jetzt in mühevoller Kleinarbeit herausfinden müssen. Im Prinzip läuft es immer so, dass sie sich die Tiere über Zeitungsanzeigen besorgen. Sie wissen schon: Da steht ein Hundebesitzer plötzlich mit einem Wurf Junger da und will sie nicht haben. Also setzt man eine Anzeige in die Zeitung oder ins Internet, worin es heißt, Welpen in gute Hände abzugeben. In Wirklichkeit ist denen meistens scheißegal, was mit den Tieren passiert.« Reihers Gesicht hatte eine rote Färbung angenommen, die wohl Ausdruck ehrlich empfundenen Zorns war. Je näher sein Ruhestand rückte, desto mehr leistete sich Reiher emotionale Sentimentalitäten, wie Malthaner mit einem gewissen Wohlwollen registrierte.

»Wie läuft das mit dem Verkauf? Ebenfalls über Zeitungsanzeigen?«

»So war es in der Vergangenheit immer wieder. Wenn die Hunde Glück haben, kommen sie wirklich in die Obhut gutmeinender Menschen. Die beiden Alten verdienen sich so hin und wieder ein bisschen Geld.«

Die fünf jungen Hunde tapsten aufgeregt bellend durch ihren Zwinger, soweit die beengten Platzverhältnisse das erlaubten, und traten dabei ständig in die Kothaufen, die überall den Boden bedeckten. Ein Bild des Jammers.

Die Tiere taten Jörg Malthaner leid. Ob es in seinem

Verhältnis zu Brigitte etwas bewegen könnte, wenn er ihr einen dieser niedlichen Kleinen mitbrachte? Einen Kindersatz sozusagen? Schnell wischte Malthaner den Gedanken wieder weg. Ein Hund verlangte frühes Aufstehen und war bei jeder Urlaubsplanung im Weg. Nichts für ihn, wirklich nicht.

Er sah Reiher an. »Wie geht es jetzt mit den Tieren weiter?«

»Das gleiche Spiel wie immer: Wir nehmen sie mit, dann wird zu prüfen sein, woher sie kommen. Eventuell wird gegen die früheren Besitzer ermittelt, aber das ist eher unwahrscheinlich. Der Tierschutzverein hat sich schon bereit erklärt, die Kosten für eine tierärztliche Untersuchung und eine erste Pflege der Hunde zu übernehmen. Beim Tierschutzverein werden sie auch untergebracht, bis sich hoffentlich neue Besitzer finden. Die Staringers werden eine Geldstrafe wegen einer Ordnungswidrigkeit erhalten, die sie nicht bezahlen können, und in ein paar Wochen oder Monaten werden die Kollegen wieder hier auftauchen und andere Tiere beschlagnahmen.« Resignation beim Polizeisprecher.

»Apropos. Wo ist eigentlich der Mann?«

»Im Haus, nehme ich an. Wie gesagt, er ist schwer krank.«

»Und der Sohn, unser Eishockeyidol? Wo lebt der?«

»Er hat in Ebingen ein großes Haus, so weit ich weiß. Ist nach dem Ende seiner Karriere wieder in die alte Heimat gezogen. Von dem vielen Geld, das er als Profi verdient hat, war wohl noch genügend übrig. Er lebt zurückgezogen, nehme ich an, sonst würden wir ja ab und zu von ihm lesen. Ich habe mal gehört, dass er ein bisschen wunderlich sein soll, aber solche Gerüchte sind immer mit Vorsicht zu genießen. Es ist eine Schande, dass seine alten Eltern so vegetieren müssen, wo er doch offensichtlich über ausreichend Geld verfügt.« Wieder zeigte Reiher Empörung.

Sie gingen zurück auf den Hofplatz, wo die Veterinärin auf die alte Frau Staringer einredete, der die Kraft ausgegangen war, sodass sie sich etwas beruhigt hatte. Das galt auch für den durchgedrehten Schäferhund, der schwer atmend mit heraushängender Zunge auf dem Boden saß und sich am weiteren Fortgang der Dinge desinteressiert zeigte. *Das habe ich Ihnen schon hundertmal gesagt*, hörte Reiher die Amtstierärztin sagen. Bemühte wohl gerade die Gebetsmühle.

»Für uns beide war's das. Oder wollen Sie noch bleiben?«, fragte Reiher. Jörg Malthaner schüttelte den Kopf. Erst jetzt bemerkte er, dass er sich keinerlei Notizen gemacht hatte. Egal, für einen satten Dreispalter würde es auch so reichen. Er wollte noch recherchieren, wie häufig solche Tierbeschlagnahmeaktionen landesweit vorkamen, welche rechtlichen Konsequenzen sie für gewöhnlich hatten und so weiter. Sie stiegen in den Audi und Reiher bugsierte den Wagen vorsichtig rückwärts aus dem Hof. Dabei wäre er dem Schäferhund fast über die Pfoten gefahren, der jetzt lammfromm da saß und überhaupt nicht reagierte. Als hätte ihm jemand den Stecker gezogen.

Auf der Rückfahrt versuchte Malthaner es wieder einmal. »Was Neues von der Leiche im Zollerngraben?«

Reiher sparte sich einen maßregelnden Satz und schüttelte stattdessen still den Kopf. In die Ruhe hinein war nur der Moderator von SWR 1 aus dem Autoradio zu hören, der den aktuellen Hit eines dieser verlogenen Mannheimer Pop-Betbrüder mit seinem religiös verbrämten Singsang ankündigte. Den Teenies schien der Bockmist zu gefallen, sie schleppten die CDs in solchen Mengen aus den Plattenläden, dass diese talentfreien Musik-Missionare zu Millionären wurden und sich vermutlich ununterbrochen ins Fäustchen lachten. Wenn Xavier Naidoo oder ein anderer dieser Rappelreimer einen Furz lassen und auf CD brennen würde, dann würden die Kids das sicher mit ebensolcher Begeisterung kaufen.

»Dreck«, sagte Malthaner.

»Da sind wir uns einig«, signalisierte Reiher uneingeschränkte Zustimmung.

»Immer wenn ich Radio höre, bestätigt sich meine Theorie, dass alle guten Songs längst geschrieben sind«, gestattete Malthaner dem Pressesprecher einen Einblick in sein Innerstes.

»Vermutlich beweist diese Theorie nur, dass Sie auch nicht mehr der Jüngste sind«, entgegnete Reiher trocken. »Solche Aussagen trifft man meiner Erfahrung nach erst, wenn man ein gewisses Lebensalter erreicht hat.«

Dann meldete sich das Autotelefon.

Reiher nahm ab und hörte kurz zu. »Wo?« Die knappste aller Fragen war zunächst das einzige, das Malthaners Chauffeur von sich gab. Reiher schien konzentriert seinem Gesprächspartner zu lauschen, und stellte ein paar knappe Zwischenfragen.

Etwas Wichtiges musste passiert sein, wie Malthaner sich daraus zusammenreimte. Und etwas sehr Unschönes.

4

»Scheiße.«

Endlich ein klarer Kommentar vom Fahrer. Reihers Gesicht verriet Anspannung. »Ich bin im Moment mit der Presse unterwegs, aber ich komme direkt hin«, sagte Reiher ins Telefon und steckte es in die Halterung zurück.

»Scheiße«, wiederholte er, diesmal an Jörg Malthaner gerichtet und drückte spürbar aufs Gas.

»Was ist denn los?«, begehrte der Journalist zu wissen.

»Sieht ganz so aus, als hätten wir noch einen ungeklärten Todesfall.«

»Was?«

»Eine Frau wurde tot in einer Wohnung in Ebingen aufgefunden, in einer Wohnsiedlung im Westen.«

»Gratuliere! Dann haben Sie ja noch zwei Leichen zum Ende Ihrer Dienstzeit. Sie haben eben doch einen spannenden Beruf.«

Reihers Profil wirkte noch markanter als sonst. »Das ist nicht witzig!« Womit er zweifellos Recht hatte.

»Wer? Wie? Was?«, fragte Malthaner und kam sich dabei selbst eher dämlich als witzig vor.

Reiher stieg dennoch darauf ein und war erstaunlich offen. »Eine jüngere Frau, wahrscheinlich die Wohnungsinhaberin. So, wie sich der Kollege am Telefon ausgedrückt hat, handelt es sich mit hoher Wahrscheinlichkeit nicht um einen natürlichen Todesfall.«

»Mord also?«

»Warten wir's ab.« Reiher tat so, als ob damit alles gesagt sei. Dann drehte er den Kopf aber erneut in Richtung Beifahrersitz und schaute Jörg Malthaner prüfend an. Er manövrierte den Audi wie von Autopilot gelenkt durch den Verkehr. Reihers Gedanken waren mit der neuen Sachlage beschäftigt. »Jetzt, wo Sie schon einmal neben mir sitzen, nehme ich Sie in Gottes Namen mit, wenn Sie wollen. Sie wollen doch bestimmt!«

Da hatte er schon wieder Recht. »Klar will ich!«

Das hätte es vor kurzem ganz sicher nicht gegeben, dass Reiher ohne Not einen Journalisten mit zu einem Tatort schleppte. Der Polizeipressesprecher schien auf seine letzten Tage im Dienst des Landes noch zu einem gewaltigen Sprung über seinen eigenen Schatten anzusetzen.

Ebingen, mit 22 000 Einwohnern der deutlich größte Stadtteil, Zentrum dieses künstlichen kommunalen Gebildes namens Albstadt, das in den Siebziger Jahren aus der Gemeindereform hervorgegangen war. Noch immer kam, wer als Einheimischer auf sich hielt, entweder aus Ebingen oder Tailfingen oder einem der anderen Stadtteile, keineswegs aber aus Albstadt. Ein grotesker Lokalpatriotismus, der sich bis zum heutigen Tag erhalten hatte. Anachronismus pur in den Zeiten eines vereinten Europa.

Es kostete Reiher einige Mühe, den betagten Polizei-Audi zielstrebig durch den Ortskern zu steuern. Ein viel zu großes Verkehrsaufkommen für die Größe des Städtchens bremste die Autofahrer hier täglich aus. Der Millionen Euro teure Straßentunnel, den die Gemeinderatsmehrheit gegen den erklärten Willen vieler Einwohner vor Jahren durchgepeitscht hatte und der im vergangenen Jahr eröffnet worden war, verlagerte das Problem nur.

»Wo, um Himmels willen, kommen die Autos nur immer

alle her?«, fragte Malthaner halblaut und erwartete keine Antwort von Reiher.

Der fühlte sich aber berufen zu reagieren. »Ich kann Ihnen bei Gelegenheit etwas über die Zulassungsstatistik sagen. Sie werden sich wundern, wie viele Autos auf wenige Bewohner kommen. Wir stehen kurz vor amerikanischen Verhältnissen.«

Sie fuhren in den Teil Ebingens, der Malthaner von allen immer am abstoßendsten vorgekommen war. *Bronx* hatten sie als Jugendliche diese Gegend genannt und sich kaum einmal mit ihren Fahrrädern hier her getraut. Wenn doch, dann war das jedes Mal ein Abenteuer von ungewissem Ausgang.

»Hier war ich seit 20 Jahren nicht mehr«, rutschte Malthaner heraus.

»Glauben Sie bloß nicht, dass wir auf Sightseeing-Tour sind«, gab Reiher leicht gereizt zurück.

Als Malthaner Heranwachsender war, lebte an diesem südwestlichen Stadtrand eine Klientel vorwiegend aus den unteren sozialen Schichten. Während des Kriegs hatte hier eine Munitionsfabrik gestanden. Er erinnerte sich, dass ihm einige Jungs aus dieser Gegend partiell in seiner Schulzeit begegnet waren. Mitschüler, von denen er sich so gut wie möglich fern hielt und denen gegenüber er sich möglichst unsichtbar machte. Zwölf-, Dreizehnjährige, denen das Leben schon viel zu viele Illusionen geraubt hatte und die meistens besser mit ihren Fäusten als mit dem Rechenschieber umgehen konnten. Gleichaltrige, deren schulische Laufbahnen sich nach jeweils ein oder spätestens zwei Jahrgangsstufen in eine andere Richtung entwickelte als Malthaners eigene.

Eine Ausnahme von diesen Kerlen stellte Karl Schreiner dar, mit dem ihn damals für einige wenige Jahre sogar so etwas wie eine Freundschaft verbunden hatte. Seit zwanzig oder mehr Jahren hatte Malthaner nicht mehr an den ehemaligen Klassenkameraden gedacht.

»Hier kannte ich mal einen Jungen«, sagte Malthaner mehr zu sich selbst als zu Theo Reiher. »Würde gerne wissen, was aus ihm geworden ist.« Seine melancholischen Anwandlungen kamen ihm selbst reichlich absurd vor, angesichts der Tatsache, dass er in wenigen Minuten möglicherweise eine Tote zu Gesicht bekommen würde.

Reihers Gedanken waren bei der Leiche und ließen sich nur widerwillig in eine andere Richtung lenken. »Schön, dass Sie gerade jetzt sentimentale Gefühle bekommen«, entgegnete er noch immer leicht gereizt.

Wie Jörg Malthaner auf dem Beifahrersitz von Reiher durch die Straßen der Bronx kutschiert wurde, formte sich ein geradezu plastisches Bild von Karl Schreiner. Ein sommersprossiger Junge mit rotem Wuschelkopf. Ein intelligenter Bursche mit einem leichten Sprachfehler, der mit einem Mindestmaß an therapeutischer Betreuung bestimmt hätte behoben werden können. Karl lebte mit seinen Eltern und sieben Geschwistern in einer armseligen Wohnung in einem der ersten kleineren Hochhäuser der Stadt. Ihm hatte Malthaner zum ersten Mal die Erkenntnis zu verdanken, nicht in der klassenlosen Gesellschaft zu leben, deren Existenz ihnen die Lehrer so gerne weismachten. Karl Schreiner war von seinen geistigen Fähigkeiten her eigentlich ein Kandidat für die Universität inklusive anschließendem Freifahrschein in eine glänzende Karriere. Doch seine Herkunft verbot dem Jungen jeden Gedanken an ein solches Leben, worunter er offensichtlich enorm litt. Mühelos schrieb er immer die besten Noten, obwohl er nie auf Klassenarbeiten lernte und nicht selten den Unterricht schwänzte, wenn Wichtigeres anlag. Karl musste sich zuhause mit um die jüngeren Geschwister und einen leicht geistig behinderten großen Bruder kümmern, weil die Eltern völlig überfordert waren. Stets war Karl schrecklich angezogen, trug fleckige Hosen, die selten die passende Größe aufwiesen, und fiel beim Umkleiden vor dem Sportunterricht damit auf, dass er nur zwei Unterhosen zu besitzen schien, die ein entsprechendes Äußeres angenommen hatten. Echte Freunde hatte Karl in der Schule kaum, so weit Malthaner sich erinnerte, denn Karl war der Aussätzige in der Klasse. Vermutlich lernte Karl Schreiner schon als Jugendlicher so viele Lektionen vom Leben, wie die meisten anderen nicht in sieben oder acht Jahrzehnten.

Malthaner wunderte sich, denn die Bronx hatte sich zu ihrem Vorteil verändert. Alles wirkte aufgeräumter und sauberer als früher. Die Mietshäuser waren zumeist frisch angestrichen, und die Reihenhäuser mit ihren identisch aussehenden Vorgärten machten sich recht erfolgreich im Versuch kleinbürgerliches Idyll darzustellen.

»Habe ich wesentlich schlimmer in Erinnerung«, sagte Malthaner. »Hier hat sich einiges geändert, seit ich zum letzten Mal in der Ecke war.« So sehr Malthaner sich beim Blick aus dem Autofenster auch bemühte, er konnte nicht zuordnen, wo genau Karl Schreiner damals gewohnt hatte.

»Na ja. Fragen Sie mal die Kollegen, die Streife fahren! Die kennen sich hier immer noch bestens aus!«

Seit Malthaners lang zurück liegender Schulzeit hatte sich in der Tat einiges geändert. Malthaner war trotz allem froh, nicht in diesem Teil der Stadt leben zu müssen. Je weiter sie in die Straße hinein fuhren, desto mehr präsentierte sich die Umgebung doch noch wie in Malthaners Erinnerung. Zwei Gestalten mit streichholzkurzen Haaren und grünen

Bomberjacken lehnten rauchend an einem roten Passat. Die beiden waren fast noch Kinder.

»Glauben Sie an soziale Gerechtigkeit?«, fragte er Theo Reiher, der vom Gas gegangen war und offensichtlich die richtige Abzweigung suchte.

»Ich glaube nach wie vor an unser System, auch wenn ich seine Schwachpunkte kenne.«

Die hatte Karl Schreiner auch kennengelernt. Das erste Mal kam der Junge als Vierzehnjähriger mit dem Gesetz in Konflikt, erinnerte sich Malthaner. Mit einem Halstuch maskiert und einem Spielzeugrevolver in der Hand überfiel er eine Reinigung. Dumm nur, dass die Inhaberin den rotgelockten Jungen erkannte, der in der Nachbarschaft Zeitschriften austrug und ihr einmal wöchentlich ihre Herz-Schmerz-Postille ins Haus brachte. Malthaner war dabei, als Karl eine Stunde später von der Polizei vom Schulhof weg in Handschellen gelegt und in den Streifenwagen gezerrt wurde. Die Bullen führten sich auf, als hätten sie den Staatsfeind Nummer Eins erwischt. Es stellte Malthaners erste direkte Erfahrung mit der Staatsgewalt dar. So etwas prägt.

Der Überfall war ein Hilfeschrei von Karl, wie der Jugendpsychologe später dem Gericht sagte, ohne damit den knochigen alten Amtsrichter zu beeindrucken, der es schließlich aber doch bei einer Arbeitsauflage für Karl beließ. Natürlich wusste Karl genau, dass man ihn erwischen würde.

Was wohl aus ihm geworden war? Ob er noch hier in der Stadt lebte? Ob er überhaupt noch lebte?

Es waren sinnlose Fragen an sich selbst, das wusste Jörg Malthaner. »Das Leben ist ungerecht«, murmelte er, während er den Kopf nach einer Gruppe Jugendlicher drehte, die mit Bierdosen in der Hand an einer Straßenecke standen und den Audi feindselig musterten. Zehn zu eins, dachte Malthaner, dass sie sich auf Russisch unterhalten. Wer hätte dagegen wetten sollen?

Reiher, der von seinen Gedanken keine Ahnung haben konnte, blickte aus den Augenwinkeln zu ihm herüber. »Das müssen ausgerechnet Sie sagen. Schließlich stehen Sie doch auf der Sonnenseite des Lebens. Sie arbeiten nur, wenn Sie wollen und haben eine attraktive und kluge Freundin.«

Natürlich war in Reihers Worten auch ein gutes Stück Provokation enthalten. Wahrscheinlich meinte er alles aber zumindest ein bisschen so, wie er es sagte.

»Sie haben wirklich keine Ahnung, Reiher.« Was ja nun der Wahrheit entsprach.

Sie kamen an einem weiteren Mietshaus vorbei, vor dem eine ziemlich hohe Deutschlandflagge gehisst war, die träge einer Windböe hinterher leckte. Nichts mehr los mit diesem Schwarz-Rot-Gold.

Reiher manövrierte den Audi vor der Fassade eines dreistöckigen Mehrfamilienhauses in eine Lücke hinter einem Mercedes-Streifenwagen. Der Notarztwagen, die Polizeifahrzeuge, das rot-weiße Absperrband, der Menschenauflauf und die Uniformierten vor dem Haus ließen keinen Zweifel. Sie waren da.

»Sieht aus, als ob das der Betriebsausflug Ihres Vereins ist«, witzelte Malthaner unsicher. Ein Geschmack nach Eisen hatte sich in seinem Mund gebildet, und er hätte gerne etwas getrunken.

»Ihre Sprüche werden immer pubertärer.«

»Weise gesprochen.«

Das Haus war in Billigbauweise errichtet. Der ockerfarbene Gebäudeanstrich schaffte es, einen gewissen Optimismus zu vermitteln, der im Widerspruch zur Zweckarchitektur stand. Fehlten nur noch ein paar Gartenzwerge in der eingezäunten Grasfläche vor dem Haus. Wenn im Frühjahr die Büsche und Bäume vor dem Haus blühten, wäre es möglicherweise gar nicht so übel anzuschauen.

Sie stiegen aus. Fast kam es Malthaner vor, als sei es ein paar Temperaturgrade wärmer als bei ihrer letzten Station auf dem verfallenen Hof der Staringers.

Ein Uniformierter nickte ihnen zu und begrüßte Reiher mit Handschlag. »Grüß dich, Theo. Du hättest ein paar Wochen früher in Ruhestand gehen sollen, das hier sieht nach richtig Arbeit aus.« Einen ähnlichen schalen Spruch hatte er selbst vorhin vom Stapel gelassen, erinnerte sich Malthaner mit einem unguten Gefühl.

»Hallo Bennes, Witzbold.« Reiher schien seinem Kollegen die Begrüßung nicht übel zu nehmen. »Wer leitet die Sache hier?«

»Klaus«, antwortete der mit Bennes angesprochene Polizist.

Klaus. Das konnte nur Klaus Konz sein, Leiter der Kripo in Albstadt. Ein Kriminalbeamter, dem Malthaner in vergangener Zeit immer in Verbindung mit Kapitalverbrechen begegnet war.

»Bring mich bitte auf den aktuellen Stand«, forderte Reiher seinen Kollegen auf, während sie schnellen Schrittes auf die offen stehende Haustüre zuschritten, den Journalisten Jörg Malthaner im Schlepptau.

Bennes warf einen Blick über die Schulter auf Malthaner und erntete von Theo Reiher ein Kopfschütteln. Dann sprudelte er los, knapp und präzise. So laut, dass Malthaner alles mühelos mithörte. Reiher störte es nicht. Im Gegenteil, er wollte, dass Malthaner alles mitbekam. »Weibliche Leiche, Caroline Vogel, 28 Jahre alt, ledig, die Wohnungsinhaberin. Lebte erst seit kurzem hier in Albstadt. Wurde von ihrem Freund vor einer Stunde leblos aufgefunden. Vermutlich ist sie erschlagen worden. Der Todeszeitpunkt dürfte in den frühen Vormittagsstunden liegen. Die Frau lebte bis vor kurzem in Stuttgart, sie stammt aus der Ludwigsburger Gegend. Nachdem sie nach Albstadt gezogen ist, hat sie einen Job in der Kantine vom Hartmann angenommen.«

Hartmann. Der Hartmann. Das mit Abstand größte Unternehmen am Ort. Präzisionswerkzeuge für die halbe Welt.

Malthaner machte sich gedankliche Notizen. Er wollte jetzt nicht den Block zücken, der sich in der Innentasche seiner Lederjacke befand. Das hätte Reiher falsch verstehen können.

Malthaner heftete sich an die Fersen des Pressesprechers und des Beamten in Uniform. Die umstehenden Gaffer verfolgten jeden Schritt. Das eine oder andere Gesicht kam Malthaner bekannt vor. Leute, denen man hin und wieder auf der Straße begegnete. Ja, er lebte in einer Kleinstadt. Malthaner gehörte zum Kreis der Auserwählten, die das Haus betreten durften, was ihm neidische aber auch anerkennende Blicke des multikulturellen Trupps von Katastrophentouristen einbrachte.

Eine Gruppe Senioren beratschlagte, ob das Land noch zu retten war. Sah nicht gut aus, wie Malthaner im Vorbeigehen so mitbekam. Er musterte ein paar Gesichter. Leute, die außer Deutschland und maximal Mallorca vermutlich nichts von der Welt gesehen hatten, aber jederzeit in der Lage waren, am Stammtisch den Lauf der Dinge zu erklären. Ein etwa Dreißigjähriger in einer speckigen Jacke schmiedete ungeniert Umzugspläne für seine ausländischen Nachbarn. *Der Adolf hat das schon richtig gemacht.* Zum

Kotzen. Malthaner registrierte, dass sich ein Schwarzer von der Gruppe abwandte.

Sie betraten das Treppenhaus. Es war das Siebziger-Jahre-Mietshaus-Standard-Treppenhaus. Dieser widerliche Geruch, als hätte man ihn industriell angefertigt, in Dosen verkauft und in jeder Mietskaserne dieser Welt versprüht. Kalter, abstoßender bräunlicher Stein, ein Geländer mit schwarzem Handlauf, der auf gedrechselten Streben ruhte. Alles sauber wie geschleckt. Vermutlich achtete die Wohngemeinschaft auf Einhaltung der Kehrwoche.

Reiher wandte sich im Treppensteigen an Malthaner. »Halten Sie sich bitte zurück.« Er unterstrich die Aufforderung mit einem Blick, den er wahrscheinlich vor langer Zeit in der Polizeischule gelernt hatte.

»Okay, okay«, sagte der Journalist und hob die Hände zum Zeichen seiner Arglosigkeit.

»Und noch etwas: Von mir aus können Sie sich alles anschauen, solange Sie sich vor der Wohnung aufhalten. Aber wenn Konz Sie rauswirft, akzeptieren Sie das bitte klaglos!« Also leitete tatsächlich Hauptkommissar Klaus Konz den Einsatz.

»Klar, Sie kennen mich doch.«

Reiher seufzte. »Eben!«

Zweites Stockwerk. Die Wohnungstüre stand offen, ein junger Polizist war davor postiert. Man sah ihm an, dass er über eine Dauerkarte für das Fitnessstudio verfügte. Die Uniformjacke des Modellathleten spannte rund um den Oberkörper. Seine Hände ähnelten Schaufeln, wie Malthaner mit dem geübten Blick des geschulten Beobachters beiläufig registrierte.

Der Polizeibeamte grüßte Reiher freundlich und sah Malthaner mit einiger Neugier an. Hielt ihn vielleicht für einen Kripo-Mann, den er nicht kannte. Reiher erachtete

es nicht für notwendig, dem Beamten eine Erklärung abzugeben. Mister Universum stand ganz offensichtlich am
unteren Ende der Befehlskette.

Dafür sprach der Polizeisprecher Malthaner an. »Okay,
denken Sie an unsere Abmachung. Sie warten hier.«

»Natürlich. Ich werde mir die Zeit schon vertreiben.«

Reiher verdrehte die Augen eine Spur zu übertrieben und
betrat die Wohnung. Den Tatort, möglicherweise.

So gut es ging, spickte Malthaner in die Wohnung hinein,
sah aber nur einen gesichtslosen Flur, in dem ein mit allerlei
Jacken behangener Garderobenständer das einzige Möbel-
stück darstellte, und den Rücken von Reiher, der sich mit
jemandem unterhielt, der hinter einer weiteren, halb geöffneten Türe verborgen war. Der gestählte Polizist hinderte
Malthaner nicht daran, schaute ihn aber interessiert an.

»Malthaner, Landeszeitung«, stellte der Reporter sich
vor.

Das ging dem Beamten ganz augenscheinlich schwer in
den Kopf. Die Presse hatte hier nichts zu suchen. Jetzt sah
Malthaner auch, mit wem Reiher da sprach. Es war Hauptkommissar Klaus Konz, der ihm einen bösen Blick schickte.
Was hat der hier zu suchen? Das war die Frage, die Konz'
Gesicht stellte, nicht aber sein Mund. Schließlich rang Konz
sich doch noch zu einem unfreundlichen Nicken durch.
Malthaner antwortete mit einem übertriebenen Augenzwin-
kern, was Konz wohl kaum witzig fand. Er knallte die Tür
fester als notwendig hinter sich und Theo Reiher zu und
Malthaner hatte jetzt nur noch einen Garderobenständer,
den er anglotzen konnte. Standbild sozusagen. Dabei hätte
ihn vielmehr die Szene in der Wohnung interessiert.

In etwa konnte er sich vorstellen, was hinter der Tür vor
sich ging, die Konz so schwungvoll ins Schloss geworfen
hatte. Da lag eine junge Frau, ermordet, und ein paar Kri-

poleute machten sich an der Leiche zu schaffen und stellten nebenbei die Wohnung auf den Kopf. Bestimmt waren es viel weniger Kriminalbeamte als in den einschlägigen Fernsehserien. Dort wimmelte es an den Tatorten immer nur so vor Polizisten, die dekorativ durchs Bild liefen.

Natürlich war Malthaner neugierig. Aber da war nichts zu machen, wenn er es sich nicht für alle Zeiten mit den Bullen seiner Heimat verscherzen wollte. Das war etwas, was er sich aus beruflichen Gründen kaum erlauben konnte. Außerdem konnte so etwas bei einer Verkehrskontrolle ganz schnell zu einem handfesten Nachteil werden. Vor allem, wenn man besoffen am Steuer saß, wie es Malthaner in jüngerer Vergangenheit nicht selten passierte.

Zurzeit war er nicht gerade erpicht darauf, seinen Problemen weitere hinzuzufügen. Er war mit seiner privaten Situation wirklich ausgelastet. Also hielt er die Füße still.

Der junge Uniformierte behielt ihn im Auge und machte den Eindruck sofort zu handeln, falls Malthaner ihm Anlass dazu gäbe. Die beiden Schaufeln hatte er vor dem Bauch verschränkt. Modell Waschbrett, da hätte Malthaner gewettet. Zu Konversation war keiner von ihnen beiden aufgelegt.

Es dauerte höchstens drei Minuten, da ging die Tür wieder auf und Reiher und Konz kamen heraus. Der Kripomann schüttelte Malthaner die Hand, was ihm nicht ganz leicht zu fallen schien. »Ich müsste lügen, wenn ich behaupten würde, dass es mich freut, Sie hier zu sehen«, sagte Konz ohne Umschweife.

»Das tut mir aufrichtig leid. Wo ich mehr oder weniger zufällig schon mal hier bin, können Sie mir sicher sagen, was passiert ist.«

Konz verzog das Gesicht zu einem angedeuteten Grinsen und vermittelte den Eindruck, dass er kein gar so übler Vertreter seines Berufsstandes war. »Für Presseauskünfte ist der Kollege hier zuständig.« Er bewegte seinen Kopf in Richtung Reiher.

»Das habe ich schon mal irgendwo gehört.«

Mister Universum schaute interessiert zu. Interessiert, aber bewegungslos. Sein Job war es, hier Wache zu schieben, und den erfüllte er. Reiher schaltete sich ein. »Wie Sie vorher schon mitbekommen haben, liegt in der Wohnung die Leiche einer 28-jährigen Frau, die allem Anschein nach Opfer eines Gewaltverbrechens geworden ist. Wir werden später eine Presseerklärung rausgeben.«

»Deshalb haben Sie mich hierher mitgeschleppt?«, fragte Malthaner beleidigt, während Reiher ihn durchs Treppenhaus nach unten bugsierte.

»Sie wollten doch die Atmosphäre eines Tatorts in sich aufsaugen. Sorry, aber viel mehr kann ich im Moment nicht zu der Sache sagen. Es gibt da ein paar Dinge, die noch zu klären sind. Die Kollegen sprechen gerade mit dem Lebensgefährten der Verstorbenen.« Die Verstorbene. Reiher sagte tatsächlich *Die Verstorbene*. Als wäre eine alte Oma sanft entschlafen. Dabei war eine junge Frau brutal aus dem Leben gerissen worden.

Mehr herausbekommen zu wollen, machte keinen Sinn. Das wusste Jörg Malthaner. Sie setzten sich wieder in den alten Polizei-Audi. »Mörderisch, was in unserer Heimat passiert. Da könnte man Angst bekommen«, sagte er.

»Könnte man, ja. Aber solche Dinge passieren. Wenngleich ich zugeben muss, dass es mir lieber gewesen wäre, der Todesfall hätte sich nach meiner Pensionierung ereignet.«

»Und der andere wohl auch?«, fragte Malthaner lauernd.

»Wenn Sie die Leiche aus dem Zollerngraben meinen:
Ja.«

»Lange warte ich nicht mehr, das ist Ihnen doch klar.«
Reiher ließ seine Wut am Gaspedal aus.

5

Malthaner hatte Hunger und brutzelte ein paar Würstchen.

Die Würstchen hatte er im Kühlschrank gefunden, in Brigittes Kühlschrank. Er briet sie in Brigittes Pfanne mit Brigittes Speiseöl auf Brigittes Herd. Beklemmung machte sich in ihm breit. Er spürte, wie sein Magen sich zusammen zog. Sein Magen war ein ausgesprochen sensibler Seismograf, der schon immer auf jeden Anflug von Sorgen sofort reagierte. Und hier ging es um echte Sorgen. So, wie es aussah, kam eine einschneidende Änderung in seinem Leben auf ihn zu.

Immer häufiger zog ihn ein Gefühl der Leere in die Tiefe. Was sollte er ohne Brigitte anfangen? Das war die eine Frage. Die andere lautete: Wie konnte es mit Brigitte weitergehen? Malthaner drehte sich im Kreis, seit Monaten schon. Eine Trennung würde ihm neben dem emotionalen Chaos finanzielle Probleme bescheren, wie er sie bisher nicht kannte. Klar, er war ganz ordentlich im Geschäft. Aber eine monatliche Mietzahlung von ein paar Hundert Euro, das würde die Sache komplizieren.

Den Abend würde er voraussichtlich, wie so viele andere Abende in den vergangenen Wochen, in einer der drei oder vier halbwegs erträglichen Kneipen der Stadt verbringen. Brigitte störte es schon lange nicht mehr. Zumindest war es ihr keinen erhobenen Zeigefinger mehr

wert, wenn er mal wieder viel zu spät und viel zu voll
nach Hause kam.

Die von Reiher angekündigte Pressemitteilung ließ nicht
lange auf sich warten. Mehr, als Malthaner sowieso bereits
wusste, stand an Fakten nicht drin. Die Polizei bestätigte,
dass es sich um ein Gewaltverbrechen handelte. Er formulierte ein paar lesbare deutsche Sätze aus dem Behör-
denkauderwelsch und schickte sie per Mail an Hauser bei
der Landeszeitung. Sollte der für die morgige Ausgabe eine
Meldung bringen oder nicht. Fast sicher würde er es tun,
dachte Malthaner. Immerhin, das Tötungsdelikt könnte
für eine Menge Leser im halben Land von Interesse sein.
Es hatte sich in Albstadt ereignet, das Opfer hatte bis vor
kurzem in Stuttgart gelebt, und stammte aus Bietigheim-
Bissingen im Landkreis Ludwigsburg.

Dann notierte er ein paar Fragen zur Tierbeschlagnahme,
die er der Amtstierärztin gelegentlich noch stellen wollte.
Die Story hatte Zeit. Malthaner war nicht bei der Sache, er
konnte einfach nicht konzentriert arbeiten. Die Entscheidung, die das Leben und Brigitte von ihm forderten, war
nicht ewig aufschiebbar. Doch diesen Gedanken verdrängte
er wieder, so wie seit Monaten.

Die Bilder vom Besuch auf dem verfallenen Gehöft der
alten Staringers kamen ihm wieder in den Sinn. Um sich
selbst zu beschäftigen, schnappte Malthaner das Telefonbuch. Er suchte nach einem Winfried Staringer, fand aber
keinen Eintrag. Der ehemals prominente Sportler schätzte
die Anonymität. Malthaner war nicht nach Arbeit zumute. Er entschied sich zu einer kleinen Mountainbike-Tour
durch die graue Alblandschaft.

Den Abend reservierte er im Geiste schon mal für einen Besuch bei Enzo, einer netten kleinen Kneipe, deren gleichnamiger Wirt sich das Motto »In der Ruhe liegt die Kraft« zu Eigen gemacht hatte. Das Warten auf das nächste Glas Chianti geriet nicht selten zu einem Geduldsspiel. Man konnte Enzo beim Bedienen die Schuhe besohlen, aber er besaß zweifellos eines der angenehmsten Lokale der Stadt.

Runter nach Lautlingen, dann rüber nach Margrethausen, von dort nach Pfeffingen, die Straße hoch nach Burgfelden. Malthaner rollte mit dem Bike über die normalen Landstraßen, denn im Gelände war es in diesem Spätwinter noch matschig, und zu einer verschärften Tour hatte er keine Lust. Auch so kam ihm seine Tour schon eher wie Pflichterfüllung als sonst was vor.

Kurz nach acht Uhr abends verließ er das Haus.

Brigitte war noch nicht zurück und hatte sich auch nicht telefonisch gemeldet. Er unterließ es, sie in ihrer Praxis anzurufen und ihr mitzuteilen, dass er einen Kneipenbesuch im Sinn hatte. Unsinniger Stolz, gewiss. Verletzte Eitelkeit. Er spielte nicht mehr die uneingeschränkte Hauptrolle in Brigittes Leben. Brigitte konnte damit umgehen, sie war stark. Ob er selbst eines Tages damit klar käme, würde sich noch zeigen müssen.

Natürlich fuhr er mit dem Auto zu Enzo, obwohl der Weg gut und gerne zu Fuß in 20 Minuten zu schaffen gewesen wäre. Und natürlich würde er wieder mehr trinken, als ein Autofahrer das tun sollte. Er wusste es schon im Voraus. Nicht gerade ein gutes Zeichen.

An einem der kleinen runden Tische direkt an der Eingangstür des Lokals saß Reinhard, ein alter Freund, und blätterte angewidert in einer Lifestyle-Illustrierten, während er gleichzeitig mit einem Löffel durch eine große Tasse Cappuccino pflügte. Milchschaum schwappte über. Das Begrüßungsritual fiel knapp aus. Malthaner rief Enzo seine Bestellung zu, der gelangweilt hinter seiner Theke lehnte.

»Nicht viel los heute«, sagte Malthaner, nachdem er sich im Raum umgesehen hatte. Zwei Tische im hinteren Teil des Lokals waren mit Menschen in Malthaners Alter besetzt. An einem kleineren Tisch saß ein frisch verliebtes junges Paar, das nichts um sich herum wirklich wahrnahm. Normalerweise war das Lokal immer ganz gut gefüllt.

»Ist noch zu früh«, antwortete Reinhard, der die Lektüre einstellte, aber nach wie vor mit Hingabe in seiner Tasse rührte. Der See, der sich in der Untertasse bildete, störte ihn nicht.

»Oder die Leute müssen sparen. Schließlich ist nicht jeder so ein Geldsack wie du.« Reinhard hatte es – zumindest finanziell – geschafft, auch wenn man ihm das nicht unbedingt ansah. Vorsichtig ausgedrückt, machte er sich nicht viel aus modischer Kleidung. Reinhard besaß eine EDV-Firma, arbeitete hart und hatte so dafür gesorgt, dass er in ein paar Jahren voraussichtlich aus dem Berufsleben aussteigen konnte. Genau das sah seine Lebensplanung vor, wie er immer wieder ankündigte. Wenigstens ein Punkt, in dem Malthaner seinen Freund ehrlich beneidete. Die Angst vor einer ungewissen finanziellen Zukunft kam schließlich zu all seinen anderen Ängsten hinzu.

Auch in Reinhards Leben war so einiges schief gelaufen. Dafür, so seine Philosophie, wollte er sich auf andere Art und Weise entschädigen. Die Rede war immer öfter von einem Ferienhaus am Comer See, wo der begeisterte Surfer häufig Kurzurlaube verbrachte.

»Immer dieser Neid der kleinen Leute«, sagte Reinhard.

»Wir kleinen Leute schauen eben gerne zu Euch Gestopften auf.«

Enzo schlurfte heran und stellte das großzügig eingeschenkte Glas Frascati vor Malthaner ab. »Prego signore«, sagte er übertrieben unterwürfig.

»Na, das ging aber schnell heute«, freute sich Malthaner und rang sich ein unverschämtes Grinsen ab.

Enzo formulierte klipp und klar in italienisch gefärbten Schwäbisch: »Du kannsch mi mal.« Dann schlurfte er wieder in Richtung seiner Theke.

Es gelang ihm dabei den Eindruck zu hinterlassen, dass er schon einen sehr langen und anstrengenden Weg hinter sich hatte. Auf Knien zu irgendeiner Madonna.

»Der ändert sich auch nicht mehr«, kommentierte Reinhard trocken und hörte endlich mit dem Herumgepansche in seiner Tasse auf. Feierlich leckte er den Löffel ab.

Malthaner entfuhr ein spontanes »Pfui Teufel.«

»Apropos Teufel«, sagte Reinhard völlig unbeeindruckt. »Was gibt es denn Neues von unseren Satanisten? Dem Albblatt war zu entnehmen, dass sie wieder aktiv geworden sind.«

Malthaner fiel zum ersten Mal an diesem Tag ein, dass er seine Nase heute noch nicht in die lokale Zeitung gesteckt hatte, was er sonst aus beruflichen Gründen fast täglich tat. »Dieser Quatsch mit den Hundeknochen in der Grünanlage in Tailfingen?«

»Genau. Also ich kann verstehen, dass die Leute so langsam ungehalten werden.«

»Alles fauler Zauber, wenn du mich fragst. Das sind wahrscheinlich ein paar gelangweilte Jugendliche, die ein bisschen auf den Putz hauen.«

Reinhard nahm geräuschvoll einen Schluck Cappuccino zu sich.

»Wohl bekomm's«, wünschte Malthaner.

Reinhards verklärtem Gesichtsausdruck nach zu urteilen, hatte das Gebräu die Qualitätsprüfung mit einem *sehr gut* bestanden.

»Ja, die Jugend«, sinnierte Reinhard. »Wir haben früher ja auch genug Scheiß gebaut, aber das war doch alles noch viel harmloser.«

»Wenn man anfängt, einen solchen Mist zu behaupten wie du, dann wird man alt. Ehrlich: Was diese Burschen treiben, scheint mir einigermaßen harmlos zu sein. Immerhin ist bisher noch niemand bei ihren Aktionen zu Schaden gekommen, so weit ich weiß.« Malthaner machte eine bedeutungsschwere Pause, um Reinhard schließlich seinen Knüller zu präsentieren. »Ganz im Gegensatz zu dem, was heute in der Bronx passiert ist.«

Es klappte. Er genoss Reinhards uneingeschränkte Aufmerksamkeit. Dessen fragender Gesichtsausdruck war der Beleg dafür, dass der noch nichts von der Toten wusste. Dabei war Reinhard für gewöhnlich so eine Art Frühwarnsystem für alles einigermaßen Bedeutende, was sich in der Region ereignete. Denn er war dank seiner zahlreichen Kontakte meist bestens über alles informiert, was sich in ihrer gemeinsamen Heimatstadt und dem Umland abspielte.

»Ein Gewaltverbrechen. Heute wurde in einer Wohnung in der Bronx eine Frauenleiche gefunden. 28 Jahre alt, hat beim Hartmann gearbeitet.« Warum sollte er es Reinhard auch nicht erzählen? Der würde es spätestens morgen sowieso im Albblatt lesen.

»Der Herr Pressefritze ist wieder mal bestens informiert«, gab ein leicht beleidigter Reinhard von sich. Für ihn war es Ehrensache, dass er Gerüchte als Erster verbreitete und nicht von anderen aufschnappte.

»Nimm's locker«, gab Malthaner ihm einen gut gemeinten Rat. »Nächstes Mal hast du die Nase wieder vorn.«

Der Frascati schmeckte so gut, dass Malthaner ein weiteres Glas orderte, indem er seine Bestellung erneut zur Theke hinüber rief. »Lass dir ruhig Zeit«, schob er nach. Enzo tat ihm den Gefallen und reagierte auf die Provokation. »Da kannsch Gift drauf nehmen.«

Die Gruppe um einen der beiden gut besetzten Tische begann, sich zu erheben. Erst jetzt erkannte Malthaner, dass auch der städtische Kulturamtsleiter dabei war. Er hatte einen zurückweichenden Haaransatz und trug eine Brille, hinter der lebhafte blaue Augen auf der Suche nach einem Fixpunkt waren, an dem sie halt machen konnten. Der Amtsleiter kam jovial lachend herüber und schüttelte erst Reinhard, dann Malthaner die Hand. »Wirtschaftsförderung, was? Das lasse ich mir gefallen!«, tönte er, während seine Begleiter das Lokal verließen. Man tauschte ein paar Belanglosigkeiten aus. »Muss los«, sagte der Amtsleiter nach dem kurzen Plausch, »mein Chauffeur ist schon draußen.« Damit war anscheinend die Ehefrau gemeint. Und auch er ging durch die Tür in einen kalten Märzabend hinaus, nicht ohne Enzo noch einmal freundlich zuzuwinken.

»Ganz nett für einen Amtsmenschen«, bemerkte Malthaner und erntete von Reinhard ein skeptisches »Wenn du meinst.«

Natürlich beschäftigte Reinhard das Thema viel mehr, über das sie redeten, bevor der Kulturamtsleiter sie unterbrochen hatte. »Weißt du mehr, als ich morgen in meinem geliebten Albblatt über den Mord lesen werde?«

»Ich habe von einem Gewaltverbrechen gesprochen,

nicht von einem Mord. Aber ich möchte dich nicht mit Feinheiten belästigen.«

»Mord oder Totschlag, das ist doch nur eine Frage für Juristen. Ist für mich dasselbe, tot ist schließlich tot«, sagte Reinhard. »Rück schon raus, was du erfahren hast.«

Malthaner erzählte von seinem Abstecher in die Bronx mit dem Pressesprecher der Polizei. Natürlich unter dem Siegel der Verschwiegenheit. Zwar war Verschwiegenheit nicht Reinhards herausragender Charakterzug, aber er konnte die Klappe durchaus halten, wenn er nur wollte. »Halte das Wasser wenigstens so lange, bis die Geschichte morgen in der Zeitung steht«, schärfte Malthaner ihm ein.

»Schon gut, schon gut. Wem soll ich heute Abend schon noch davon erzählen?« Reinhard winkte ab und sah zum Fenster hinaus. Sein irritierter Gesichtsausdruck sorgte dafür, dass Malthaner dem Blick folgte.

»Schwätzt man vom Bär, kommt er daher«, gab Reinhard eine Allerweltsfloskel von sich, die Malthaner seit Jahren immer häufiger hörte und die ihm einfach gehörig gegen den Strich ging.

Es war klar, was Reinhard meinte. Draußen stapfte eine Gruppe dunkel gekleideter junger Leute auf das Lokal zu, die aus der Kneipe heraus im Licht der Straßenlaternen gut zu sehen waren. Vier Personen. Auf die Entfernung war nicht auszumachen, ob es Männer oder Frauen waren.

»Wenn das mal keine Satanisten sind«, sagte Reinhard mit einem boshaftem Unterton, »deine harmlosen jungen Schüler vermutlich.«

Für Schüler waren sie tatsächlich entschieden zu alt, soweit man das bei der Maskerade erkennen konnte. Zwei schienen bleich geschminkte Gesichter zu haben, so wie es auf die Distanz aussah. Sie hatten schwarze Lederjacken an. Gestalten, wie sie in jeder Kleinstadt in dieser Republik Aufsehen erregten und die Leute dazu brachten, sich das Maul zu zerreißen. Die vier schienen nicht miteinander zu reden.

»Da bin ich ja mal gespannt«, sagte Reinhard. Dann passierte – nichts. Die vier zogen an der Kneipe vorbei.

»Das sehe ich mir näher an.« Malthaner stand auf. »Bin gleich zurück.« Den verdutzten Gesichtsausdruck von Enzo bekam er nicht mit. Ebenso wenig wie die Scheibenwischerbewegung, mit der Reinhard sich vor der Stirn herum fuchtelte.

6

Die Kälte kroch ihm sofort in die Knochen, als er nach draußen trat. Der Asphalt glitzerte feucht. Die vier schwarzen Gestalten waren verschwunden. Er sah sie nicht mehr auf der Straße. Sie mussten an der Ecke ein Haus weiter abgebogen sein. Malthaner spurtete die paar Meter und spähte um die Hausecke. Tatsächlich. Schnell bewegten sie sich die kurze Seitenstraße hinab, mitten auf der Fahrbahn. Auf den Lederjacken von zweien prangten Symbole, die Malthaner nicht genauer erkennen konnte. Einer hatte einen langen Mantel an, dessen Schöße bei jedem Schritt nach hinten wehten.

Sich auf dem Gehweg dicht an den Häuserfassaden haltend, ging Malthaner ihnen nach und achtete darauf, dass er Abstand hielt.

In dem Pub, an dem er vorbeikam, war nicht viel los, wie er beim Blick durch die großen Fenster an der Front sah. Die übliche Klientel an der Theke. Die Kneipe war nicht mehr das, was sie früher einmal war. Beim damaligen Wirt, einem Schotten, war Malthaner Stammgast, auch wenn ihm der Aufenthalt in dem Pub regelmäßig Kopfschmerzen beschert hatte. Das lag nicht nur am süffigen Kilkenny, sondern vor allem daran, dass die Kneipe zwar eine niedrige Decke, aber keinen vernünftigen Rauchabzug besaß.

Am unteren Ende der kurzen Straße bog das Quartett nach rechts ab. Er folgte mit einigem Abstand. Die vier schritten

in die Fußgängerzone hinein. Außer ihnen war niemand
unterwegs. Der anständige Albstädter an sich war zuhause
bei Frau und Kindern. Oder er saß in irgendeinem Vereins-
heim. Oder fuhr bestenfalls mit dem Auto irgendwo umher.
Aber nachts zu Fuß unterwegs? Das hätte ja ein Nachbar
sehen können und hätte sich dann womöglich seine Gedanken gemacht und diese wiederum anderen Nachbarn
anvertraut. Interesse für das, was der Nachbar so trieb,
war, gepaart mit Argwohn, wie in jedem kleinstädtischen
Gefüge, weit verbreitet.

Das Klackern der Absätze war zu hören, ansonsten schien
die Fußgängerzone ausgestorben zu sein. Die Schwarzge-
wandeten gingen an einem der wenigen noch erhaltenen
Fachwerkhäuser der Innenstadt vorbei und navigierten in
Richtung Bürgerturm.

Plötzlich waren sie aus Malthaners Gesichtsfeld verschwunden. Er beschleunigte seine Schritte, hielt dann abrupt ein. Die vier dunklen Gestalten stiegen in einen roten
Opel Kadett. Ein heimisches Kennzeichen. Hoffentlich
kann ich es mir merken, dachte er. Jetzt entdeckten sie ihn.
Er konnte nicht einfach wie angewurzelt auf dem Asphalt
stehen bleiben. Er ging weiter, wie ein Passant, der so tat, als
würden ihm weder die schwarze Kleidung noch die bleich-
geschminkten Gesichter auffallen und als wäre er selbst
am liebsten unsichtbar. *Halte dich aus allem raus, und du
kommst in nichts hinein.* Der Lieblingsspruch aller feigen,
braven Bürger. Viel zu oft in seinem Leben hatte er selbst
ihn beherzigt.

Er ging über den Parkplatz vor dem Bürgerturm, ohne sich
umzudrehen. Der Motor des alten Opel wurde angelassen.
Der Kadett fuhr vom Parkplatz. Keine Minute später zerrte
Malthaner sein Handy aus der Innentasche der abgewetz-

ten Lederjacke, die ihn nun schon so viele Jahre begleitete, und wählte Reinhards Nummer.

»Hast du den guten alten Satan besucht?«, brummte Reinhard gereizt, der offensichtlich sauer war, dass er jetzt alleine an einem Tisch bei Enzo saß.

»Hör zu, schnapp dir einen Stift und notiere eine Autonummer.«

»Fährt der Teufel selbst oder hat er einen Chauffeur?«

»Ja, du bist unglaublich witzig. Hast du was zu schreiben?«

»Moment.« Den Hintergrundgeräuschen nach zu urteilen, verlangte Reinhard einen Kugelschreiber von Enzo. Das konnte dauern.

»Fräulein Reinhard bereit zum Diktat«, drang nach einer erstaunlich kurzen Pause an Malthaners Ohr.

»Wirklich witzig. Gegen dich sind unsere Fernseh-Comedians allesamt Langweiler«, sagte er.

»Die sind unabhängig von mir allesamt Langweiler«, verbesserte ihn Reinhard.

»Also, schreib auf!« Er nannte die Nummer und vergewisserte sich: »Hast du's?«

»Natürlich.«

»Okay, in fünf Minuten bin ich wieder da.«

Jörg Malthaner hastete zurück.

Nicht, dass der Frascati noch warm wurde.

Brigitte saß im Wohnzimmer und beschäftigte sich mit Papierkram. Sie sah nicht auf, als er nach Hause kam. In ihr Zuhause. Ein *Hallo*, nicht mehr. Auf dem Tisch stand der Laptop. Malthaner holte sich ein Becks aus dem Kühlschrank. Den Geschmack des Frascati hinunterspülen. Er stand mit dem Rücken zu Brigitte an der großen Fensterfront und starrte hinaus auf die Lichter der Stadt, die unter einem leichten Nebelschleier lagen. Im Lauf der Nacht würde noch eine richtig dicke Suppe aufziehen, vermutete er. Zusammen mit der Kälte und der Feuchtigkeit ergab das die Sorte von Wetter, der man nach Ansicht des Volksmunds keinen Hund auslieferte. Die Lichtquellen, die von der Stadt unten heraufleuchteten, wirkten gedämpft und an den Rändern unscharf. Genau so, wie ein Kurzsichtiger mit nicht mehr ganz aktuellen Brillengläsern Lichtpunkte wahrnimmt.

Das Wetter kam Malthaner vor wie ein Gleichnis auf seine persönliche Situation. Trübe. Ohne Aussicht auf baldige Besserung. Sie quälten sich miteinander, wo sie doch eigentlich glücklich sein sollten. Jörg Malthaner wusste, dass Brigitte diese große Sprachlosigkeit beenden würde, die zwischen ihnen herrschte. Heute, morgen, oder in einem halben Jahr. Er war zu feige dafür. Dabei hasste er die Hängepartie, zu der sein Leben geworden war. Brigitte wappnete sich innerlich für den Schlussstrich, nahm er an.

Sie trug einen dicken Pullover und zweckmäßige Leggins. Bestimmt nicht das, was sie tagsüber in der Praxis anhatte. Das Bier schmeckte nicht besonders. »Wie war Dein Tag?« Er unternahm einen vagen Versuch ein Gespräch in Gang zu bringen.

»Wie die meisten anderen auch. Danke der Nachfrage.« Distanziert und kühl. Das Schlimme war, dass er nichts anderes erwartet hatte. Seit Wochen, wenn nicht gar Monaten, äußerte sich der Stand ihrer Beziehung auch in ihrer Kommunikation. Vorbei die Zeit, als sie beide versucht hatten, sich selbst einzureden, alles würde wieder so werden wie es war.

Noch einmal versuchte er eine Brücke zu bauen, indem er von den Erlebnissen dieses Tages berichtete, dieses durch und durch ungewöhnlichen Tages. Mit seiner lächerlichen Verfolgung der vier Schwarzgekleideten fing er an. Damit erreichte er immerhin, dass Brigitte von ihren Papieren aufsah. Sie teilte seine These nur bedingt, dass hinter den Ereignissen der vergangenen Wochen pubertäre Pickelgesichter steckten.

Zum ersten Mal überhaupt fiel ihm auf, dass Brigitte anscheinend abgenommen hatte. Das Gesicht wirkte hagerer und eine Spur härter als noch vor kurzem. Herrgott, schaute er seine Freundin nicht einmal mehr an, dass er es bisher noch nicht bemerkt hatte? Er war ein lausiger Lebenspartner.

Malthaner erzählte von der toten jungen Frau in der Bronx, die Opfer eines Verbrechens geworden war, und gewann damit Brigittes volle Konzentration. »Eine 28-Jährige namens Caroline Vogel. Sie ist erst vor kurzem aus Stuttgart hierher gezogen.«

»Was sagst du da? Das ist ja furchtbar.« Brigitte sah plötzlich noch angeschlagener aus und hatte einen Grund dafür. »Caroline Vogel? Die Frau war erst vor ein paar Tagen in meiner Praxis. Eine neue Patientin. Sie hat mir erzählt, dass sie zugezogen ist und jetzt einen neuen Hausarzt sucht.«

»Das ist ja ein Ding. Was hat ihr denn gefehlt?«

Sie sah ihn ernst an. »Hast du jemals etwas von ärztlicher Schweigepflicht gehört?«

»Komm schon. Du weißt, dass du es mir erzählen kannst.«

Ihr Blick hart, das schöne Gesicht ein bisschen verhärmt. »Immerhin bin ich als dein Rechercheobjekt noch gut genug.«

»Brigitte, bitte ...«

Sie machte eine abwehrende Handbewegung. »Schon in Ordnung, Jörg.«

Dann rang sie mit sich, was sie erzählen sollte. »Es war ein reiner Routinetermin. Sie wollte lediglich ihren Blutdruck prüfen lassen, weil der seit Jahren viel zu hoch war, wie sie mir erzählt hat. Und da sie auf der Suche nach einem Hausarzt in Albstadt war, kam sie eben zu mir. Es hat nicht besonders lange gedauert. Der Blutdruck war einigermaßen im Rahmen. Die Frau machte einen ganz patenten Eindruck. Sie schien ein Energiebündel zu sein. Sehr bestimmt, selbstbewusst, aber doch angenehm im persönlichen Umgang.«

»Das klingt nicht so, als ob sie Angst vor etwas oder jemandem gehabt hätte.«

»Überhaupt nicht«, bestätigte Brigitte.

»Ist dir sonst etwas Besonderes an ihr aufgefallen?«

»Unsinn. Rede dir bloß nichts ein, und fang jetzt bloß nicht das Detektivspielen an. Es war ein ganz normaler Arztbesuch einer ganz normalen jungen Frau.«

Malthaner bohrte weiter, ohne genau zu wissen, warum eigentlich. »Die Frau ist jetzt tot. Ermordet. Das ist alles andere als normal. Wie hat sie ausgesehen? Kannst du sie mir beschreiben?«

»Sie war schlank, etwa 1,70 Meter groß, hatte halb lange schwarze Haare. Ihr Männer würdet sie vermutlich als einigermaßen attraktiv beschreiben. Mir ist nichts Außergewöhnliches an ihr aufgefallen. Vielleicht, dass sie etwas älter wirkte, als sie tatsächlich war. Ich hätte sie eher auf Mitte dreißig geschätzt, aber das will nichts heißen.« Sie überlegte. »Ach ja, sie trug ein paar Tattoos und ein Bauchnabel-Piercing, aber die haben die jungen Dinger heutzutage ja alle. Dass jemand sie umgebracht haben soll, das kann ich gar nicht glauben.« Brigitte schluckte. »Die Frau wirkte so …« Sie suchte nach den richtigen Worten. »… lebendig. Ja, sie wirkte so lebendig, so lebensbejahend.«

Sie führten ein richtiges Gespräch. Wenngleich es kein

schönes Thema war, aber sie redeten miteinander wie zwei normale Erwachsene. Das kam in jüngerer Vergangenheit nicht mehr so häufig vor.

»Hat die Polizei den Mörder schon?« fragte sie, und es klang so etwas wie Hoffnung in den Worten mit. Jemand hatte die Ordnung durcheinander gebracht, also sollte sie wieder hergestellt werden, indem dieser Jemand belangt wurde. Das ganz normale Denkmuster, dem die akademisch gebildete Brigitte ebenso folgte, wie die Gaffer heute Nachmittag vor dem Haus in der Bronx.

»Nein. Ob es überhaupt ein Mord war, wird sich noch zeigen müssen«, entgegnete Malthaner.

»Was denn sonst? Alles andere sind doch nur juristische Haarspaltereien.«

»Etwas in der Art hat mir Reinhard vorhin auch gesagt. Keine Ahnung, ob die Kripo inzwischen schon einen Verdacht hat. Sicher wird jetzt erst einmal das persönliche Umfeld der Vogel unter die Lupe genommen. Ihr Freund soll die Leiche gefunden haben, hieß es. Als erstes hat die Polizei sicher sein Alibi überprüft, wenn er eines hat.«

»Ihr Freund?« Brigitte horchte auf und zog die Stirn kraus. »Sie hatte einen Freund? Caroline Vogel war lesbisch!«

»Das musst du mir erklären.«

»Ich bin eine Frau, wie du vielleicht schon einmal bemerkt hast. Also werde ich doch wohl noch merken, wenn eine meiner Geschlechtsgenossinnen lesbisch ist. Zudem hat sie überhaupt keine Anstalten gemacht, das irgendwie zu verschleiern. Sie war lesbisch, hat das ganz offen gezeigt, und damit o. k. Als Ärztin interessiert mich die sexuelle Ausrichtung meiner Patienten nicht weiter.«

»Dann ist das mit dem angeblichen Freund schon seltsam.«

Brigitte zuckte mit den Schultern. Sie vergrub sich wieder in ihre Unterlagen.

Er erzählte ihr noch ein bisschen über die Tierbeschlagnahmeaktion. Dieses Thema hatte es denkbar schwer, bei Brigitte einen ähnlichen Aufmerksamkeitsgrad zu finden wie das Verbrechen an Caroline Vogel.

Eine halbe Stunde später gingen sie zu Bett. Beide zur gleichen Zeit, was seit Monaten nur noch sehr selten der Fall war. Sie gaben sich sogar einen flüchtigen Gute-Nacht-Kuss. Malthaner war Realist genug, um nicht von einer Wende zum Besseren zu träumen. Tief in seinem Inneren wusste er ja noch nicht einmal, ob er eine solche Wende überhaupt wollte.

7

Der nächste Tag begann mit einer Überraschung. Brigitte, die schon um Sieben aus dem Haus ging, hinterließ ihm ein Frühstück. Sie, die es morgens wirklich eilig hatte, nahm die Mühe auf sich, ihm, dem Langschläfer, ein Frühstück zuzubereiten.

Die zweite Überraschung des jungen Morgens ließ ebenfalls nicht lange auf sich warten. Reiher rief an. »Ich möchte ein Versprechen einlösen«, begann er, um sofort wieder still zu werden.

»Geht es ein bisschen weniger kryptisch?«, blaffte Malthaner ihn an, der schon sein Leben lang ein Morgenmuffel war.

Reiher überging die unfreundliche Begrüßung. »Wir werden morgen eine Pressekonferenz geben, auf der wir die Allgemeinheit davon unterrichten werden, dass vor über zwei Wochen draußen im Hohenzollerngraben eine bisher noch immer nicht identifizierte männliche Leiche gefunden wurde, Opfer einer Gewalttat.«

»Was Sie damit sagen wollen: Jetzt buhlen Sie um die Mithilfe der Bevölkerung, nachdem zwei Wochen Sendepause war.«

Reiher machte auf zerknirscht. »So kann man das ausdrücken.«

»Zurück zu Ihrem Versprechen: Schießen Sie mal los, was Sie alles wissen.«

»Gut, Sie haben sich an Ihren Teil unserer Abmachung

gehalten. Jetzt bin ich dran.« Reiher holte offenbar Luft, um zu seinem Bericht anzusetzen. »Wie Sie wissen, haben diese Wissenschaftler am Zollerngraben den Toten gefunden. Wir haben keine Ahnung, um wen es sich handelt. Ein Abgleich mit allen bekannten Vermisstenfällen hat kein Ergebnis gebracht. Deshalb gehen wir jetzt an die Öffentlichkeit und erhoffen uns Hinweise aus der Bevölkerung.«

»Das hätten Sie schon vor zwei Wochen haben können«, konnte sich Malthaner nicht verkneifen.

»Es war nicht meine Idee, den Deckel so lange auf dem Topf zu halten.«

»Sie sind ja ein Sprachgenie, Reiher.«

Der Pressesprecher ignorierte den Einwurf. »Die Untersuchungen haben ergeben, dass die Leiche ziemlich lange Zeit im Zollerngraben gelegen hat, bevor sie gefunden wurde. Vier, fünf Monate mindestens. Es handelt sich um einen Mann, der zwischen Mitte 30 und 50 Jahre alt gewesen sein muss, sagen die Kollegen.«

Malthaner wollte den Polizeisprecher eigentlich nicht unterbrechen, aber die Fragen sprudelten nur so aus ihm heraus. »Genauer können das Ihre Kollegen von der Abteilung Leichenfledderei nicht rausbekommen? Wurde der Mann auch dort umgebracht, wo Ottenbacher und seine Kollegen ihn gefunden haben? Wie wurde er umgebracht?«

»Langsam, Malthaner, langsam. Dazu kommen wir schon noch. Der Mann war auf jeden Fall größer als 1,80 Meter und vermutlich von beeindruckender Statur oder zumindest durchtrainiert. Dafür spricht der Körperbau. Zu Ihrer ersten Frage: Ganz genau kann man das Alter leider nicht mehr verifizieren.« Reiher erwies sich auch noch als Fremdwort-Jongleur, doch das behielt Malthaner erst einmal für sich. »Die Leiche lag, wie gesagt, seit Monaten im Zollerngraben und sah entsprechend aus. Der Fundort ist nicht der Tatort. Der Mann wurde woanders umgebracht, falls er denn umgebracht wurde. Er spricht allerdings alles dafür, dass er einem Schlag mit einem harten Gegenstand zum Opfer gefallen ist.«

»Was meinen Sie damit, dass die Leiche nach einigen Monaten an der Stelle entsprechend aussah? Wie habe ich mir das vorzustellen?«

»Stellen Sie es sich lieber nicht zu genau vor. Es war, laienhaft ausgedrückt, nicht mehr allzu viel von dem Opfer übrig. Das liegt zum einen an der relativ langen Zeit, die der Mann schon tot ist. Der Körper war stark verwest. Und dann haben sich Tiere an dem Toten zu schaffen gemacht, wie das eben so ist, draußen in der Natur. Die Kollegen vor Ort haben die Überreste einer Hand des Opfers fünfzig Meter vom Rest des toten Körpers entfernt gefunden. Der Kopf war vom Leib abgetrennt, befand sich aber noch in dem Plastiksack.« Reiher holte Luft. »Das ist übrigens nicht unbedingt außergewöhnlich, wenn eine Leiche lange unentdeckt bleibt.«

Damit war die Frage beantwortet, die sich Malthaner damals gestellt hatte, als er mit Olaf Ottenbacher in den Zollerngraben hinabgestiegen war, an die Stelle, an der die Geologen den Toten gefunden hatten.

»Wir hatten vor vielen Jahren diesen Fall bei Balingen, da hatte sich ein Mann direkt an einer Böschung am Waldrand erhängt. Die Leiche hing monatelang unentdeckt dort, bis sich im Lauf des Verwesungsprozesses der Kopf vom Rest des Körpers löste, langsam die Böschung hinabrollte und hundert Meter tiefer direkt in den Garten eines Wochenendhauses kullerte, wo eine Familie gerade beim Sonntagnachmittag-Kaffee auf der Terrasse saß.« Reiher schwelgte in Erinnerungen, die dazu angetan waren Malthaner den

Magen umzudrehen. »Ich sage das nur, damit Sie sich das bildhaft vorstellen können.«

»Vielen Dank auch! Was gibt es sonst noch zu berichten?«

Es schien Malthaner, als würde Reiher sich am Telefon straffen, bevor er weiter sprach. »Wir gehen davon aus, dass es sich bei dem Opfer um einen Mann aus den mittleren oder höheren gesellschaftlichen Schichten handelt. Unsere Fachleute haben festgestellt, dass er ein sehr gepflegtes und vermutlich sehr teures Gebiss hatte. Aber auch über die Recherchen bei Zahnärzten sind wir, ehrlich gesagt, nicht viel klüger geworden. Übrigens konnten die Kollegen auch noch feststellen, dass der Mann offenbar einen Hang zum Alkohol hatte. So etwas kann man heutzutage wohl anhand der Knochenfunde nachvollziehen. Das war mir auch neu.«

»Eine gesündere Lebensweise hätte im vermutlich auch nicht viel gebracht, so wie die Dinge liegen.«

»Ja, ja. Und das Opfer trug keinen Ring, war also möglicherweise nicht verheiratet.«

»Wie können Sie das denn wissen, wenn die Viecher seine Hände angefressen haben?«

»Unsere Spezialisten können so etwas anscheinend zweifelsfrei feststellen. Fragen Sie mich bitte nicht nach Details, ich weiß es nämlich nicht.«

»Hat man etwas über die Klamotten herausgefunden?«

»Dazu wäre ich gleich sowieso noch gekommen. Der Mann war vermutlich ziemlich normal angezogen: Hemd, Jeans, stabile Schuhe, keine Jacke.«

Malthaner dachte laut nach. »Das könnte dafür sprechen, dass er auf jeden Fall vor der kalten Jahreszeit umgebracht worden ist.«

»Sie werden es kaum für möglich halten, aber das ist den Kollegen bereits eingefallen. Damit würde sich ja auch nur das bestätigen, was der Gerichtsmediziner sowieso schon festgestellt hat. Im Übrigen tragen Sie in geschlossenen Räumen für gewöhnlich auch keine Jacke – egal zu welcher Jahreszeit. Das führt uns also nicht weiter.«

»Wer weiß …«

»Aber es gibt da etwas an der Kleidung, das uns vielleicht einen kleinen Hinweis geben könnte. Für die Pressekonferenz morgen lassen wir ein Foto reproduzieren, auf dem ein Schuh des Toten zu sehen ist. Ein sehr solider Halbschuh mit dicker Sohle. Diese Schuhmarke kennt man bei uns nicht. Es ist vielleicht eine Spur. Die Kripo geht der Sache nach, bisher aber ohne Ergebnis.«

»Ohne Ergebnis.« Wie ein Echo.

»Eben. Wie Sie richtig vermuten, sind wir auf die Mithilfe der Bevölkerung angewiesen. Ein Abgleich mit allen bekannten Vermisstenfällen hat uns nicht weiter gebracht. Wir haben sogar Fälle aus anderen Bundesländern hinzugenommen, aber unser Mann wird nirgends vermisst. Sie können sich vorstellen, dass solche Untersuchungen ihre Zeit benötigen, daher auch die zwei Wochen.«

»Wenn ich also zusammenfassen darf: Sie tappen im Dunkeln.«

»Kann man so sagen.«

»Und im Fall der ermordeten Caroline Vogel, gibt es da Neuigkeiten?«

»Von Mord hat bisher noch niemand gesprochen.«

»Aber von einem Gewaltverbrechen, was für mich mehr oder weniger auf das Gleiche hinaus läuft. Also, haben Sie was für mich?«

»Nein.«

Malthaner hatte keinerlei Interesse daran, den Polizeisprecher in Schwierigkeiten zu bringen. Trotzdem stand fest, dass er in der nächsten Ausgabe der Landeszeitung eine

Story über den Leichenfund bringen würde – und damit
hoffentlich einen Tag vor den anderen Zeitungen, das Albblatt inklusive.

»Danke für Ihre offenen Worte, Reiher. Es ist Ihnen sicher klar, dass ich die Geschichte morgen im Blatt haben
werde. Ich habe lange genug still gehalten. Sie kennen ja
den alten Journalistenspruch: lieber einen guten Freund
verlieren als eine gute Story.«

»Ich kann Sie nicht daran hindern. Lassen Sie aber meinen Namen raus. Bitte!«

»Versprochen. Wann ist die PK?«

»Morgen, elf Uhr im Besprechungsraum des Reviers in
Albstadt.«

Das nächste Telefonat galt Hauser in der Redaktion der
Landeszeitung. Malthaner kündigte seine Geschichte an.
Eine exklusive Geschichte, wie er vermutete und inständ-
ig hoffte. Trotzdem gab ihm der Ressortchef nur einen
Zweispalter mit 50 Zeilen. Nicht gerade viel angesichts
der Informationen, über die Malthaner verfügte, aber die
Dinge liefen nun einmal so.

»Gevatter Tod scheint sich in Deinem Kaff ja wohl zu
fühlen« spottete Hauser. Natürlich. »Erst diese junge Frau
und jetzt noch eine Steigerung mit einer Leiche, von der
nicht mehr viel übrig ist. Respekt, mein Lieber. Ihr seid
eben doch noch echt erdige Burschen dort oben auf der
Alb. Waldechte, sozusagen.«

»Leck mich.« Malthaner legte auf.

8

Es dauerte nicht lange, und Malthaner hatte den Artikel fertig. Anschließend versuchte er, seinen alten Kumpel Rüdiger Rehberg anzurufen, Dezernatsleiter Mord bei der Kriminalpolizei in Stuttgart. Vor langer Zeit, als ihn alle nur Rudi gerufen hatten, hatten sie gemeinsam Abitur gemacht, waren denselben Mädchen nachgejagt, hatten auf jeder Party bis zuletzt ausgehalten. Das war etwa zwanzig Jahre her, bevor sich ihre Wege getrennt hatten. Rudi machte bei der Polizei Karriere, in Mannheim zuerst, dann in Stuttgart. In der Landeshauptstadt liefen sie sich wieder über den Weg, als Malthaner noch Polizeireporter bei den *Stadtnachrichten*, dem Konkurrenzblatt der Landeszeitung, war. Beide trafen sich ab und zu, lebten aber zwei unterschiedliche Leben. Rudi war mit seinem Job mehr als ausgelastet, was auch der Grund dafür gewesen war, dass sich Cordula, seine Ex-Frau, von ihm getrennt hatte. Cordula lebte längst wieder in Mannheim. Der Kontakt zwischen Rüdiger Rehberg und Jörg Malthaner war selten, aber doch einigermaßen regelmäßig. Sie wussten, dass echte Freundschaft keine wöchentlichen Treffen voraussetzte. Seit Rudi geschieden war, machte er sich noch rarer als zuvor.

Wenn jemand problemlos einen Namen zu dem Autokennzeichen herausfinden konnte, das Malthaner sich in der Nacht zuvor notiert hatte, dann Rüdiger Rehberg. Natürlich würde Rudi wieder zehnmal erklären, dass er das eigentlich gar nicht durfte, dass er seine Beamtenpension aufs Spiel und sich selbst über alle Bestimmungen hinweg setze. Am Ende würde er aber die gewünschte Nummer raussuchen und damit basta.

Auch nach dem zehnten Läuten nahm niemand ab.

»Scheiße.« Malthaner wollte den Hokuspokus mit den Satanisten nicht aus den Augen verlieren. Rudi konnte ihm sicher den Halter des Autos nennen, wenn er nur wollte. Was das bringen sollte, war Malthaner noch nicht so recht klar, aber es war nun einmal ein längst in Fleisch und Blut übergegangener Bestandteil seines Berufes Informationen zu sammeln. Informationen bedeuteten Wissen und über Wissen konnte man nie genug verfügen. Nur müsste der gute Rudi dazu erst einmal ans Telefon gehen.

Mit einer Tasse Kaffee in der Hand, schaute Malthaner einmal mehr aus dem riesigen Wohnzimmerfenster. Das Wetter hatte sich nicht verändert. Den Gedanken an eine Mountainbike-Tour verwarf er ganz schnell wieder. Noch vor kurzem hätte ihn das Wetter nicht gestört, aber er wurde immer bequemer, wie er sich eingestehen musste. Er war auf dem Weg zum Weichei offenbar schon wieder ein Stückchen vorangekommen.

Ein alles dominierendes, depressionsverstärkendes Grau lag weiterhin über der Stadt; eine undurchdringliche Wolkenfront, die den Tag nicht hell werden ließ. Als hätte jemand eine schwere, graue Decke über den Ort geworfen. Ganztägiger Dämmerzustand, der die Erwartung nahe legte, es würde niemals mehr anders werden.

Von der Natur waren im März auf der Alb noch keine nennenswerten Farbtupfer zu erwarten. Ein Spätwinter-Blues. Lichtpunkte setzten nur die Straßenlaternen, die den ganzen Tag über brannten. Die Einsparpotenziale waren den Sparkommissaren der Stadtverwaltung bisher augenscheinlich entgangen. Weiter gab es keinerlei Anzeichen dafür, dass der Winter noch einmal zurückkommen wollte, zugleich schien der Frühling in ebenso unerreichbarer Ferne wie ein Millionengewinn im Lotto. Fahrzeuge kurvten mit eingeschalteten Lichtern durch die Straßen und wirkten von hier oben betrachtet wie kleine Spielzeugautos auf einer Modellbahnanlage, der jede Heiterkeit abging.

Brigittes Wohnung offerierte einen tollen Blick auf die Stadt, wie Malthaner sich wieder einmal bewusst machte. Damit wäre für ihn möglicherweise schon bald Schluss.

Wenn er die Nase an der Scheibe plattdrückte, konnte er im äußersten rechten Winkel seines Blickfeldes einen Teil der Bronx sehen, die wirkte wie der Wurmfortsatz der Stadt.

Malthaner wollte etwas tun und nicht einfach tatenlos herum sitzen. Natürlich, er müsste noch ein bisschen für die kommende Ausgabe der Gewerkschaftszeitung arbeiten, für die er seit zwei Jahren tätig war. Seine Aufgabe bestand in erster Linie darin, Texte anderer freier Mitarbeiter und der Funktionäre in eine lesbare und leicht verständliche Form zu bringen. Reines Handwerk, das kein Herzblut voraussetzte, aber eine ordentliche regelmäßige Überweisung mit sich brachte.

Dann war da noch die Geschichte über die Tierbeschlagnahme, die er Hauser für eine der kommenden Wochenendbeilagen anbieten wollte. Die Beilage hatte den großen Vorteil, dass man sich als Autor nicht an die bisweilen kleinliche Zeilenvorgabe halten musste, sondern richtig lange Artikel schreiben konnte.

Für die Arbeit am Gewerkschaftsblatt hatte er im Moment keinen Nerv. Die ließe sich zur Not auch mal in einer

Nachtschicht erledigen, wenn es mit dem Abgabetermin eng werden sollte. Stattdessen wählte er noch einmal die Nummer von Rudi. Wieder erfolglos.

Dieses Gefühl, sich selbst sinnvoll beschäftigen zu müssen, es kam Malthaner nur zu bekannt vor. Er zog die braunen Stiefeletten an, die Brigitte so scheußlich fand, schnappte sich den Autoschlüssel vom Sideboard im Gang und trat auf die Straße. Kein Temperaturunterschied zu gestern. Und vorgestern. Und vergangener Woche.

In seiner Kindheit gab es auf der Schwäbischen Alb wenigstens noch Winter, die diesen Namen verdienten. Seine Erinnerungen an die Winter seiner Jugend waren verbunden mit meterhohen Schneewänden links und rechts der Straßen, mit stundenlangem täglichen Schlittenfahren auf den umliegenden Bergen, mit regelrechten Bobbahnen, die sie als Kinder in den Schnee modelliert hatten wie Pistenarchitekten.

Mit zunehmendem Alter ging man eben milder mit seiner Vergangenheit um.

Der Saab machte mal wieder Mucken und sprang erst beim dritten Versuch an. Keine zehn Minuten später war er drüben in der Bronx, kurvte langsam die Straßen entlang. Jetzt befand er sich zum zweiten Mal in zwei Tagen in einem Stadtteil, den er zwei Jahrzehnte lang gemieden hatte. Wirklich gemieden? Oder gab es für ihn einfach zwanzig Jahre lang keinen Grund hierher zu kommen? Eigentlich gab es auch jetzt keinen vernünftigen Grund, das wusste Jörg Malthaner, was sollte er hier schon in Erfahrung bringen.

Der am Vortag gewonnene Eindruck bestätigte sich. Das war nicht mehr die Bronx, wie sie in den siebziger Jahren ausgesehen hatte, nein, das hier war ein ziemlich normales Wohnviertel geworden, zumindest entlang der Durchgangsstraße. Langsam steuerte er weiter durch die Straßen, bog mal links ab und mal rechts. Dann stand er vor dem ockerfarbenen Haus, in dem gestern die tote Caroline Vogel gefunden wurde.

Malthaner parkte den Saab fast an der gleichen Stelle, an der Reiher gestern den Polizei-Audi abgestellt hatte, nur dass heute keine Polizeifahrzeuge und keine Gaffer zu sehen waren. Vom Fahrersitz aus schaute sich Malthaner um und ihm war, als würde sich alleine beim Anblick des Mehrfamilienhauses wieder dieser Geruch nach Mietshaus in seiner Nase breit machen. Malthaner blickte an der Hausfassade empor.

Die Wohnung von Caroline Vogel war der Straßenseite zugewandt. Ein Fenster stand auf kipp.

Er stieg aus und schloss den Wagen ab. Gemächlich setzte er sich in Bewegung und ging auf den Hauseingang zu, wo er die Namensschilder überflog. Deutsche und ausländische Namen hielten sich zahlenmäßig die Waage.

Caroline Vogel/Helmut Züll stand an einer der acht Klappen, die Bestandteil einer einfachen Briefkastenanlage waren. Die nach Brigittes Vermutung lesbische Caroline Vogel lebte also tatsächlich mit einem Mann zusammen. Neugierde ist eine starke Motivation. Malthaner konnte der Versuchung nicht widerstehen, sah sich um und lupfte wie zufällig die Klappe über dem Briefkastenschlitz und linste hinein.

Der Briefkasten war nicht sonderlich tief, ein normaler DIN A 4-Umschlag würde in der Höhe gerade so hineinpassen. Malthaner bekam mit Zeigefinger und Daumen eine Ecke eines rechteckigen weißen Briefumschlags zu fassen und fischte ihn heraus. Er wollte schließlich Informationen sammeln, wie er sich selbst gegenüber seine Handlungsweise rechtfertigte.

Adressiert an Caroline Vogel, keine Absenderangabe. Dünn, so als befände sich höchstens ein Blatt Papier darin. Abgestempelt im Briefzentrum 72. Das war Reutlingen, wie Malthaner wusste. Gerade, als er den Brief in der Hand wendete, öffnete sich die Haustüre und heraus trat eine Frau in einer grauen Windjacke, die um die Mitte fünfzig sein mochte. Es gelang ihm nicht mehr, den Brief wieder zurück zu stecken, ihr überraschter Blick fiel erst auf ihn, dann auf den Briefumschlag.

»Kann ich Ihnen helfen?«, wollte die Frau wissen, die ein akzentfreies Hochdeutsch sprach. Die Haustür hatte sie noch nicht ins Schloss gezogen. Sie war keine einssechzig groß, aber stämmig, und hatte ausgeprägte O-Beine. Malthaner kam der Vergleich mit einem Pitbull in den Sinn: zu kurze Beine für den massigen Körper. Sie verfügte über ein rotbackiges Gesicht, das entschieden zu breit geraten war und entweder von zu hohem Blutdruck, regelmäßiger Bewegung an der frischen Luft oder einer bäuerlichen Herkunft kündete. Die Frau machte einen resoluten Eindruck. Sie hatte dunkel gefärbtes, dauergewelltes Haar und trug ein auf den ersten Blick als künstlich zu identifizierendes Gebiss. In der Ellbogenbeuge hatte sie den Griff eines Weidenkorbes festgeklemmt. Die dunkle Jerseyhose passte farblich nicht so recht zu den hellbraunen Winterstiefeln.

»Guten Tag, ich habe da etwas für Frau Vogel«, sagte Malthaner und wedelte mit dem Brief. Angriff ist die beste Verteidigung.

Eine Spur von Misstrauen spiegelte sich im Gesicht der Frau wider. »Sind Sie nicht von hier?«, wollte sie wissen und gab sich selbst die Antwort. »Dann wüssten Sie, dass Frau Vogel etwas Schreckliches zugestoßen ist.«

Malthaner gab den Überraschten. »Wie …?"

»Sie wurde ermordet. Gestern. Hier, in unserem Haus.« Sie wedelte mit dem freien Arm in die Richtung hinter sich. Die Dame vermittelte Malthaner nicht das Gefühl, als ob sie sich von irgendwelchen Ereignissen, die sie nicht direkt betrafen, wirklich erschrecken ließe.

»Das ist ja furchtbar!«

»Ja, das ist es. Man weiß ja, dass man sich heutzutage kaum noch auf die Straße trauen kann. Aber, dass die Leute jetzt schon in ihren Wohnungen ermordet werden …« Sie ließ den Satz wirken. Dabei machte sie nicht den Eindruck als ob sie jemals auch nur entfernt befürchtet hatte, selbst irgendwann Opfer einer Gewalttat werden zu können. »Frau Vogel werden Sie diesen Brief also nicht mehr geben können«, redete sie weiter und versuchte einen genaueren Blick auf den Umschlag zu erhaschen. Die Haustüre stand noch immer offen – eine Chance, so wie Malthaner das sah.

»Äh, ja, ist denn Herr Züll da?«, wollte er wissen und machte einen kleinen Schritt nach vorne auf sie zu.

»Nein, die Polizei hat die Wohnung abgesperrt. Keine Ahnung, wo Herr Züll ist.« Sie wich keinen Zentimeter zurück. Malthaner fühlte sich wie der Angreifer, dem der bullige Quarterback der gegnerischen Abwehr deutlich machte, dass es für ihn in diesem Spiel nichts zu erben gab.

»Kennen Sie Herrn Züll oder Frau Vogel näher?«, fragte Malthaner, der sich die Auskunftsfreudigkeit der Frau zunutze machen wollte.

Misstrauen schien jetzt doch die Oberhand zu gewinnen und sie musterte ihn mit einem schrägen Blick, der ihrem Gesicht einen debilen Ausdruck verlieh. Ein Pitbull mit schrägem Blick, das bedeutete in den meisten Fällen nichts Gutes für das Gegenüber dieses Pitbull, und Malthaner stellte sich innerlich schon mal auf lautes Gezeter ein. Gut möglich, dass sie gleich anfangen würde, ihren Weidenkorb über dem Kopf zu schwingen wie ein Hammerwerfer den Hammer und ihn als Waffe einzusetzen. Überraschenderweise geschah nichts dergleichen.

»Ach, wissen Sie, die beiden wohnen ja erst seit kurzem hier. Also, ich bin vorsichtig, wenn neue Mieter einziehen. Man muss sich die Leute erst einmal anschauen und dann weiß man immer noch nichts über sie. Nie vom ersten Eindruck täuschen lassen, sage ich immer.« Jetzt zog sie die Türe doch hinter sich ins Schloss. Mist.

»Da haben Sie Recht«, bestätigte Malthaner und ließ den Brief unauffällig in der Tasche seiner alten Lederjacke verschwinden. »So mache ich es auch immer. Man weiß ja nie heutzutage.« Nur nicht zu dick auftragen.

»Viel weiß ich nicht über sie«, plapperte die Frau weiter, froh, ihr Wissen teilen zu dürfen und trat nun doch ein kleines Schrittchen zurück. »Beide waren recht höflich. Sie hat ja beim Hartmann gearbeitet. Bei ihm habe ich den Eindruck, dass er nichts Festes hat. Manchmal treffe ich ihn am helllichten Tag im Hausgang.« Wäre diese Äußerung von einer Frau ihres Aussehens in schwäbischem Dialekt gefallen, hätte sie die Qualität eines Todesurteils gehabt. So war es nur eine objektive Feststellung.

Wenn die Polizei die Wohnungstür tatsächlich versiegelt hatte, dann machte es auch keinen Sinn, ins Haus zu gelangen, sagte sich Malthaner. Es war an der Zeit, sich von der gesprächigen Nachbarin zu verabschieden. »Na dann komme ich ein anderes Mal wieder, wenn Herr Züll wieder zuhause ist«, sagte er und drehte sich um.

»Und der Brief?«, hörte er ihre Stimme in seinem Rücken. Sie sprach die Worte anklagend aus, wie ein Scharfrichter, ihr dämmerte anscheinend, dass er nicht der Briefträger war. Notgedrungen drehte er sich wieder zu ihr um. »Oh, der Brief. Den muss ich persönlich abgeben. Etwas Wichtiges, wissen Sie. Danke für Ihre Freundlichkeit.« Er gab Fersengeld. Doch ihre Stimme verfolgte ihn. »Sie kommen mir verdächtig vor, junger Mann«, hörte er sie hinter sich herrufen.

Nichts wie weg, Malthaner!

Den Brief legte er ungeöffnet auf den kleinen, aber trotzdem sauteuren Wohnzimmertisch. Ein weiteres Mal versuchte er Rüdiger Rehberg zu erwischen und hatte diesmal Glück. Sie plauderten eine Weile miteinander, bevor Malthaner sein Anliegen loswurde. Es wunderte ihn, dass Rudi diesmal keine Staatsaktion daraus machte einen Fahrzeughalter für ihn zu ermitteln. In vergleichbaren Fällen in der Vergangenheit hatte er immer erst die ganze Litanei herunter gebetet: Von wegen, dass er das nicht dürfe, dass es für ihn ernsthafte Folgen haben könne und so weiter. Auch Rudi wurde anscheinend älter. Zwar interessierte ihn, warum Malthaner wissen wollte, auf wen der alte Opel zugelassen war, aber das war auch schon alles. Er versprach einen Rückruf noch im Lauf des Tages. Auf alte Freunde kann man sich eben verlassen.

Gerade als Malthaner eine Pizza in die Mikrowelle schieben wollte, läutete es an der Wohnungstür.

Zwei Polizeibeamte in Uniform standen draußen.

»Herr Malthaner?«, fragte der größere der beiden, ein leicht übergewichtiger etwa Vierzigjähriger, der auf den ersten Blick recht sympathisch wirkte.

»Wer will das wissen?«, antwortete Malthaner mit einer Frage wie aus einer amerikanischen Fernsehserie.

»Polizeiobermeister Amann«, stellte der Mann sich vor. Sein wesentlich jüngerer Kollege schien Staffage zu sein. Stellte die Polizei inzwischen auch Praktikanten ein, die vor dem Schulabschluss in ihr künftiges Berufsfeld hineinschnuppern konnten?

»Ja, ich bin Jörg Malthaner.«

»Wir müssen Sie bitten, auf das Revier mitzukommen«, eröffnete ihm Amann. Der Praktikant sagte noch immer nichts, nickte zur Bekräftigung aber kurz stumm mit dem Kopf und beschränkte sich ansonsten darauf amtlich dreinzublicken. Ein Versuch, der zum Scheitern verurteilt war, weil er noch ein richtiges Bubi-Gesicht hatte.

»Was ist das für eine Nummer? Bisher habt Ihr mir die Strafzettel immer ins Haus geschickt.«

Seine Witzelei kam bei den beiden Polizisten nicht besonders an. Sie zeigten keine sichtbare Reaktion. Es gab ihn offenbar noch, den deutschen Beamten an sich.

»Herr Malthaner, es geht nicht um Falschparken oder zu schnelles Fahren. Bitte begleiten Sie uns.«

»Moment mal. Wenn Sie wollen, dass ich mitkomme, dann müssen Sie mir schon ein paar Takte dazu sagen, worum es überhaupt geht.«

»Wir haben lediglich die Anweisung, Sie aufs Revier zu bitten.«

»Zu bitten also. Und wenn ich nein sage?«

»Dann sollen wir Ihnen ausrichten, dass Herr Konz Sie gerne sprechen würde.«

Konz. Klaus Konz, Leiter der Kriminalaußenstelle. Der Hauptkommissar, der den Todesfall Caroline Vogel untersuchte. Dann war ja wohl klar, worum es ging. »Dass Konz mich jetzt schon mit Personenschutz abholen lässt, ist ja was ganz Neues.«

Wieder reagierten die beiden Streifenhörnchen mit stoischem Gleichmut. Sich nicht provozieren zu lassen, gehörte zu ihrem Alltagsgeschäft. Malthaner schätzte die Arbeit der Polizei in weiten Teilen durchaus, wenngleich sein Verhältnis zum Polizeiapparat insgesamt ein gespaltenes war.

»Ich fahre selbst, wenn's recht ist«, schob er nach und erntete damit ein Kopfnicken des älteren Beamten. »Muss nur noch schnell Schuhe und Jacke anziehen.«

»Danke für Ihre Kooperation«, entgegnete der Beamte völlig ohne jeden Anflug von Ironie. Sein junger Kollege sagte nach wie vor nichts. Er war nicht der kommunikative Typ. Vielleicht war der Praktikant ja stumm. Das könnte sich bei Verhören als Nachteil erweisen.

»Wir begleiten Sie«, setzte der ältere Polizist hinzu.

»Das ist wirklich nicht nötig.«

Konz wollte ihn sehen und ließ ihn abholen. Das war eine neue Variante. Einen Reim konnte der Journalist sich darauf nicht machen.

Fünfzehn Minuten später standen sie vor dem Polizeirevier. Malthaner hätte es in seinem üblichen Fahrstil locker in der Hälfte der Zeit geschafft, wenn nicht sein Begleitschutz vor ihm hergefahren wäre und sich penibel an die Geschwindigkeitsbegrenzung gehalten und bei jeder gelben Ampel gestoppt hätte.

9

»Danke, Kollegen.« Konz gab sich den beiden Uniformierten gegenüber freundlich, die nicht von Malthaners Seite gewichen waren, bis sie ihn in genau den Konferenzraum eskortiert hatten, in dem tags zuvor die Besprechung vor der Beschlagnahmeaktion stattgefunden hatte.

Konz war da und – Überraschung – der Leitende Polizeidirektor, Pressesprecher Reiher, mit dem er noch vor wenigen Stunden ausgiebig telefoniert hatte sowie ein ihm unbekannter Typ in etwa seinem eigenen Alter in einem braunen Nadelstreifenanzug. Dazu trug der Mann ein dunkelbraunes Hemd und eine hellbraune Krawatte. Sehr geschmackvoll. Wenn man etwas für braun übrig hat.

Der Braune verfügte über ein fein geschnittenes Gesicht, wie man sie bei römischen Statuen bewundern konnte. Er trug mittellanges, dunkelblondes Haar, das er über den Ohren mit Gel zu bändigen versuchte. Ein Typ, auf den die Frauen flogen, dachte sich Malthaner. Die Vier saßen an einem viel zu großen Konferenztisch, an dem gut und gerne eine komplette Fußballmannschaft mit allen Auswechselspielern Platz gefunden hätte.

Die beiden Streifenpolizisten verdrückten sich wieder. Der Leitende Polizeidirektor sah nicht sehr glücklich aus und bot Malthaner mit gequältem Gesichtsausdruck einen

Stuhl an, blieb dabei aber sitzen. So stellt man gleich von Anfang an die Hierarchien klar.

»Werde ich für das Bundesverdienstkreuz vorgeschlagen?«, fragte Malthaner angesichts des Begrüßungskommandos. Er erntete mit dieser Kostprobe seines Humors ebenso wenig Lachsalven wie kurz zuvor von den beiden Uniformierten. Der Raum war überhitzt, die Rollos an den Fenstern waren herunter gelassen und das künstliche Licht schmerzte geradezu in seiner Intensität. Hatten sie hier noch nie gehört, dass zu helles Licht ungesund und schlecht für die Psyche ist?

Nicht nur wegen der Beleuchtung fühlte Malthaner sich unwohl. Die Phalanx aus Vertretern der Staatsgewalt deutete auf Scherereien hin. Der Polizeidirektor saß zusammengesunken in seinem Stuhl, eingeklemmt zwischen den beiden Armlehnen, wie das Michelin-Männchen, aus dem die Luft entwichen war.

Worum es in diesem Zimmer auch gehen mochte, es schien eine Dimension zu besitzen, die den Rahmen des Üblichen sprengte. War das der Versuch, die Berichterstattung über die Leiche aus dem Zollerngraben doch noch zu verhindern? Da hatten sich die Herren aber geschnitten. Der Text lag längst fertig bei Hauser auf dem Tisch.

»Schön, dass Sie die Zeit gefunden haben.« Der Leitende Polizeidirektor zeigte viel Gebiss und mühte sich schlagartig, eine Jovialität an den Tag zu legen, die so überzeugend war wie Barschels Ehrenwort. Auf der breiten Stirn des Polizeidirektors sammelten sich Schweißtropfen. Seine Drüsen arbeiteten auf Hochtouren. Den sonst immer korrekt gebundenen Schlips hatte der Leitende Polizeidirektor nachlässig umgebunden, so dass er wirkte wie ein Galgenstrick, in dem sich der viel zu fleischige Hals verheddert hatte. Vielleicht trieben den Chef der Polizeidirektion suizidale Gedanken um.

Es gab Malthaner Auftrieb, dass der Oberbulle sich in einer mindestens ebenso unbequemen Lage zu befinden schien, wie er selbst. »Für Sie habe ich doch immer Zeit.«

Der Polizeidirektor ignorierte die Ironie und schien seinen Körper etwas zu straffen. Als würde eine unbekannte Kraft die schlaffe Hülle des Michelin-Männchens wieder mit Luft füllen. Aufgeblasen, das passte ganz gut zu ihm. Er wuchs geradezu in seinem Stuhl. »Kommen wir doch zur Sache, Herr Malthaner. Ich darf Ihnen Herrn Hauptkommissar Marquardt vom Landeskriminalamt in Stuttgart vorstellen.« Mit einer übertrieben ausladenden Bewegung der rechten Hand zeigte der Polizeidirektor in Richtung des schönen Nadelstreifenträgers, der Malthaner ein unverbindliches Lächeln zeigte.

Konz und Reiher hatten die Rolle der Statisten inne, so wie es schien. Malthaner versuchte möglichst unbeteiligt auszusehen, aber seine Beklemmung wuchs. Wie oft in solchen Situationen machte sich sein Magen geräuschvoll bemerkbar. Er versuchte es zu ignorieren. Natürlich hatten alle an diesem Tisch das Gluckern gehört. Wie er es hasste, sich immer wieder diese Blöße zu geben, gegen die er nichts unternehmen konnte!

»Bitte, Herr Marquardt«, gab der Polizeidirektor das Wort an den Hauptkommissar weiter.

Daher wehte also der Wind. Dieser Marquardt wilderte in des Polizeidirektors Revier, was diesem ganz und gar nicht gelegen kam.

Der Mann vom LKA nahm Malthaner ins Visier, so wie er es in seinem Berufsleben vermutlich schon mit vielen bösen Buben getan hatte. Es war ein prüfender Blick, der einfach nur Neugierde, aber keine Abneigung zu beinhalten schien. Braune Augen, passend zum feinen Tuch, wie der Journalist registrierte. So sahen Schauspieler aus, aber keine Polizisten.

»Kommen wir zur Sache, wie der geschätzte Herr Leitende Polizeidirektor schon gesagt hat«, begann Marquardt. Der Kriminaler machte keinen unsympathischen Eindruck, trotz seines gelackten Äußeren. Vielleicht auch deshalb, weil er keine allzu große Meinung vom Polizeidirektor hatte. Das war offensichtlich.

Marquardts Stimme verfügte über einen angenehmen, weichen Klang, ein Timbre, als hätte er vorsorglich eben noch ein Tröpfchen Öl auf die Stimmbänder gegeben. Bestimmt war er im Verhören und Befragen geschult. Malthaner stellte sich vor, wie Marquardt in der Kneipe eine Frau anbaggerte und in weniger als fünf Minuten so weit hatte, dass sie ihm hörig war. Dumme Männerphantasien. Besser, er konzentrierte sich auf das, was im Hier und Jetzt ablief.

»Sie sind ein Mann der Tat, Herr Malthaner, und wir Polizeibeamte sind auch Männer der Tat.«

Eine übertrieben ranschmeißende Vorrede, die deutlich machte, dass Marquardt den Weg ebnen wollte für eine unangenehme Botschaft, dachte Malthaner. Und behielt Recht.

»Es liegt in der Natur der Sache«, fuhr Marquardt fort, »dass wir aufgrund unserer jeweiligen Berufe regelmäßig unterschiedliche Ansichten ein- und desselben Sachverhalts haben. Wenn ich sage, dass Sie ein Mann der Tat sind, dann meine ich zum Beispiel ihre Recherchen heute Vormittag.«

Malthaner spürte, dass das Blut in seinen Ohren pochte und hoffte, dass sie nicht rot leuchteten wie die Rücklichter eines Autos in der Nacht. Noch eine Blöße, die er sich nicht geben wollte.

Alle starrten ihn an: Marquardt, Reiher, Konz, der Leitende Polizeidirektor, der sich wieder im Griff hatte. Malthaner fühlte sich wie der Angeklagte, über den vor Gericht beraten wird, während das Urteil schon längst feststeht.

Marquardt blickte kurz irritiert auf seinen rechten Anzugärmel und wischte eine imaginäre Fussel weg. »Sehen Sie, es ist uns nicht entgangen, dass Sie vor der Wohnung der bedauernswerten Frau Vogel, sagen wir mal, herumgeschnüffelt haben.« Es war eine rein sachliche Feststellung, die nicht unbedingt klang wie ein Vorwurf.

Als Ausdruck seines Unwohlseins rutschte Malthaner in seinem Stuhl ein wenig nach rechts. Woher wussten diese Geier, dass er heute in der Bronx war? Und was hatte das Landeskriminalamt hier zu suchen? »Big Brother is watching you«, sagte er leichthin und fühlte sich zunehmend unbehaglich.

»Wenn Sie so wollen, ja. Ich kann es Ihnen ja sagen: Eine Nachbarin ist misstrauisch geworden und hat sich ihr Autokennzeichen notiert. Es gibt Gründe dafür, dass wir Sie gerne aus der Sache raus halten wollen.« Sonor. Sachlich. Distanziert freundlich. Der Hauptkommissar aus Stuttgart blieb emotionslos. »Wir möchten Sie eindringlich bitten, sich nicht in den Todesfall Caroline Vogel einzumischen.«

»Dann müssen Sie mir schon sagen, warum. Einmischung ist mein Job.«

Marquardt zog kurz die Augenbrauen zusammen, was ihm für Sekunden einen strengen Ausdruck gab, der sich sofort wieder von seinem Gesicht schlich. »Die Erklärung kann ich Ihnen geben, wenn Sie den Inhalt dieses Gesprächs für sich behalten.« Der Kriminalist aus Stuttgart lehnte sich entspannt zurück, als hätte er keinen Grund zum Zweifel

daran, dass Malthaner seinem Wunsch nachkommen würde. »Ich bin mir sicher, dass Sie es für sich behalten, wenn
wir Ihnen sagen, worum es sich handelt.«

»Es kommt auf einen Versuch an.«

Marquardt seufzte leicht. »Die Kollegen hier«, er deutete
mit einer unbestimmten Handbewegung rechts neben sich,
wo Konz und Reiher saßen, die beiden großen Schweiger,
»halten große Stücke auf Sie ...«

»Das ist mir neu«, unterbrach Malthaner. Aus den Augenwinkeln sah er, dass Reiher leicht die Augen verdrehte.

Ein smartes Lächeln umspielte Marquardts Lippen. »Ja,
aber es ist so, glauben Sie mir. Herr Konz und Herr Reiher
sagen, dass Sie sich bestimmt zum Stillschweigen bereit erklären können, wenn ich Sie nachdrücklich darum bitte und
Ihnen im Gegenzug sage, worum es geht.«

»Wie gesagt, versuchen können Sie es.«

»Ich vertraue ganz und gar auf die Menschenkenntnis
meiner hiesigen Kollegen, die Sie schließlich schon lange
kennen.«

Eine wohl dosierte Pause. Ein Blick, als wollte Marquardt
sich mittels Autosuggestion der Verschwiegenheit Malthaners
endgültig versichern. »Kurz und gut, Herr Malthaner. Caroline Vogel wurde Opfer eines Tötungsdeliktes, wie Sie schon
wissen. Was Sie vermutlich noch nicht wissen: Frau Vogel
war eine Kollegin, eine verdeckte Ermittlerin. Wir haben sie
mit einer Legende ausgestattet und vor ein paar Monaten in
die hiesige Satanistenszene eingeschleust. Caroline Vogel war
tatsächlich ihr richtiger Name, ansonsten stimmte so gut wie
nichts an der Geschichte, die Sie kennen. Sie war Kommissarin
im Landeskriminalamt, spezialisiert auf Sektenkriminalität.«

Das war wirklich eine Überraschung.

Damit war klar, dass sich Malthaner in seiner Einschätzung der Vorfälle aus den vergangenen Wochen ziemlich geirrt hatte. »Dann vermuten Sie, dass es sich bei den Vorfällen, die sich in den letzten Wochen in Albstadt zugetragen haben, um ernst zu nehmenden Satanismus handelt?«

Mit einer bestimmt hundertmal eingeübten Mimik legte Marquardt seine Stirn in Falten, was die Augenbrauen wieder miteinander in Zwiesprache treten ließ. »Das kann man so sagen. Ob sich diese Leute nun selbst als Satanisten sehen oder nur Anhänger eines Hexenkults sind, spielt zunächst keine große Rolle. Wir vermuten nur, dass hier der Nährboden für etwas Größeres entstehen soll. Allerdings sind wir bei unseren Ermittlungen noch nicht sehr weit vorangekommen, wie ich zugeben muss.«

»Was ist mit diesem Züll, diesem angeblichen Freund von Frau Vogel?«

»Er gehört auch zu uns, und Helmut Züll ist tatsächlich sein richtiger Name. Die beiden haben im Team ermittelt. Es war Teil der Legende, dass Herr Züll sich als Lebenspartner von Frau Vogel ausgab. Als die Tat geschah, befand er sich gerade bei uns im LKA in Bad Cannstatt zu einem seit längerem anberaumten Treffen. Wo Herr Züll sich im Moment aufhält, möchte ich nicht sagen.«

»Wird er weiter in dem Fall ermitteln?«

Wieder die Suche nach einem Stückchen Staub oder dergleichen auf dem Jackenärmel des Hauptkommissars aus Stuttgart. »Falsche Frage.«

»Und diese angeblichen Satanisten: Was hat es mit denen auf sich? Was meinen Sie damit, dass etwas Größeres geplant ist?«

Marquardt schien zu überlegen, dann sagte er. »Auch dazu kann ich Ihnen im Moment nichts sagen. Das verstehen Sie doch sicher.« Er lächelte ein neutrales Lächeln.

»Sicher.« Malthaners Stimme triefte.

»So weit, so gut. Das ist eigentlich alles, was wir Ihnen sagen wollten. Und bitte: Sie behalten das für sich!« Marquardt. Wieder ganz der Dynamiker.

»Bleibt mir etwas anderes übrig?«

Marquardt lächelte ein Haifischlächeln, das ihn viel bösartiger aussehen ließ als das Zusammenziehen seiner Augenbrauen. »Nein. Ich sehe, wir verstehen uns.« Wenn er jetzt still hielt, musste das nicht zwingend bedeuten, dass er auch in einigen Wochen still halten würde, dachte Malthaner.

Marquardt stand auf und streckte Malthaner die rechte Hand hin wie ein Schwert, an dem man sich böse verletzen konnte. Auch der Leitende Polizeidirektor wuchtete sich aus seinem Stuhl, worauf Konz und Reiher nichts anderes übrig blieb, als es ihm gleich zu tun.

»Dann sehen wir uns sicher morgen bei der Pressekonferenz in dieser anderen Angelegenheit«, kam dem Polizeidirektor über die Lippen und Malthaner ahnte, wie schwer ihm die Worte fielen. Am liebsten hätte der Leitende ein Berufsleben ohne Pressekonferenzen und andere Kontakte zu Journalisten geführt.

»Das ist dann wohl ein Rausschmiss.«

Niemand sagte etwas. Das war auch nicht nötig.

Rudi hatte zurückgerufen, den Namen und die Adresse des Opel-Halters auf Band gesprochen. Eine Adresse im Osten der Stadt. Ein Hochhaus, wie Rudi noch wusste. »Direkt gegenüber vom Obi-Baumarkt«, fügte er hinzu.

Der gute alte Rudi sollte wirklich öfters mal in seine Heimatstadt kommen. Dann wüsste er, dass es den Obi-Markt schon mindestens fünf Jahre nicht mehr gab.

Der Kadett war auf einen Ansgar Schwemmer zugelassen, geboren am 12. September 1974. »Keine Eintragungen«, wie Rudi noch hinzufügte. Das bedeutete, dass dieser Schwemmer nicht polizeibekannt war. Entweder er hatte sich für sein Alter außergewöhnlich gut gehalten, oder er war keiner der vier Typen, die Malthaner von Enzo's aus verfolgt hatte, denn die schienen deutlich jünger gewesen zu sein. Malthaner notierte Namen, Adresse und Geburtsdatum auf ein Stück Papier und legte es auf den Tisch, direkt neben den Brief und seinen Laptop.

Der ominöse Brief, den er aus dem Briefkasten gefischt hatte.

Den musste die rotgesichtige Frau in ihrem Gespräch mit der Polizei offensichtlich vergessen haben, sonst hätte dieser Marquardt ihn ganz bestimmt haben wollen. Gut so, dass er nichts davon wusste. Prüfend wog er den Briefumschlag in seiner Hand. Wo immer er her kam, er hatte einen Umweg über das Briefzentrum in Reutlingen gemacht, so wie alle Postsendungen, die in der Region Neckar-Alb unterwegs waren. Die Adresse war maschinell aufgedruckt. Keine Hinweise, wer der Absender war oder was sich im Umschlag befand.

Einen möglichen Verstoß gegen das Post- oder sonst ein Gesetz nahm Malthaner billigend in Kauf, als er das Papier aufriss.

Er fischte ein zusammengefaltetes Blatt in DIN A 4-Größe heraus. Sofort stach das umgekehrte Pentagramm ins Auge, das jedem Kind als das Satanszeichen bekannt ist. Dazu in fetten schwarzen Lettern die Teufelsinsignien 666. Etwas arg dick aufgetragene Symbolik, fand Malthaner. Darunter in kursiver Computerschrift *Hebsack, Samstag, 23 Uhr.*

Hebsack, das kam ihm irgendwie bekannt vor. War das nicht ein Ortsteil von Waiblingen? Das lag mindestens 120

Kilometer von Albstadt entfernt. Schnell ließ er den Laptop hochlaufen und gab den Begriff in die Suchmaschine ein. Mit Waiblingen hatte er sich geografisch etwas vertan, aber nur ganz leicht. Hebsack war ein Ortsteil von Remshalden – was wiederum im Remstal lag und damit nicht weit von Waiblingen, sehr wohl aber ziemlich weit von Albstadt weg war.

Das Blatt Papier hinterließ neue Fragen, brachte aber keine Antworten.

Schulterzuckend faltete er das Papier wieder zusammen und steckte es zurück in die Hülle. Satanismus auf der Alb? Noch immer kam ihm das reichlich absurd vor, auch wenn Hauptkommissar Marquardts Worte ebenso etwas anderes nahe legten wie der gewaltsame Tod seiner jungen Kollegin Caroline Vogel.

Noch einmal musste er seinen Freund Rüdiger Rehberg in Stuttgart belästigen. Diesmal bekam er ihn problemlos ans Telefon, sofort hob der Dezernatsleiter ab.

»Du schon wieder?«, wunderte sich Rudi. »Ist dir langweilig oder gräbst du jetzt eine ganz heiße Story aus, nachdem du über die Autonummer internationalen Verschwörungen auf die Spur gekommen bist?«

»Du warst schon origineller, Rüdiger. Danke für Deine Recherche.«

»Au weia, wenn du mich Rüdiger nennst, dann ist es wirklich was Ernstes«, frozzelte Rudi zurück.

»Damit könntest du Recht haben. Sag mal, hast du beruflich schon mal mit dem Thema Satanismus zu tun gehabt?«

Rudi schien zu überlegen, jedenfalls antwortete er nicht sofort. »Das ist ziemlich lange her und ich erinnere mich auch nur noch dunkel. Während meiner Mannheimer Zeit hatten wir mal so eine Geschichte. Das war ziemlich schlimm, da haben drei Typen einen jungen Kerl erschlagen, der sich über ihren Kult lustig gemacht hatte, soweit ich mich erinnere. Ich glaube, die drei gehörten der First Church of Satan an.«

»Church of Satan?«

»Ja, die nehmen die Sache ernst. Kommt aus Amerika und wurde von einem Guru dieser Szene gegründet. Jetzt, wo ich zurück denke, erinnere ich mich wieder: Die drei, die wir dann irgendwann verhaften konnten, verkehrten in dieser ganz eigenartigen Szene. Die hatten damals ihre Diskos und Kneipen, in denen sie sich getroffen haben. Es gab sogar einen Laden für diese Leute, sozusagen ein Einzelhandelsgeschäft, in dem die Szene alles von Klamotten über Bücher mit Anweisungen für Schwarze Messen bis hin zu Särgen kaufen konnte.«

»Mit Skonto, wahrscheinlich. Das klingt alles ein bisschen bizarr für mich.«

»Allerdings. Für das Gericht hat der satanistische Hintergrund damals keine große Rolle gespielt, so weit ich noch weiß. Ich glaube, die drei waren geständig und wurden wegen Totschlags verurteilt. Warum interessierst du dich so brennend für das Thema?«

Es gab keinen Grund für Malthaner, sich zurückzuhalten. »Weil anscheinend solche Typen in unserer gemeinsamen Heimatstadt ihr Unwesen treiben.« Er erzählte Rudi von den Vorkommnissen der vergangenen Wochen.

»Davon habe ich noch nichts mitbekommen.«

»Klar, dein Interesse an Albstadt ist ja auch nicht mehr besonders groß.« Rudis Eltern lebten nicht mehr und seit ihrem Tod hatte er fast alle Brücken in die alte Heimat abgebrochen. »Du wirst aber morgen aus der Landeszeitung Neuigkeiten aus Albstadt erfahren, die zwar nichts

mit Satanismus zu tun haben, aber genauso unappetitlich
sind.«

Er erzählte von der skelettierten Leiche, die man im Zollerngraben gefunden hatte. Jetzt wollte Rudi natürlich
alle Einzelheiten wissen, auch er war von Berufs wegen
neugierig. Malthaners Schilderungen unterbrach Rudi
immer wieder mit Fragen, um schließlich zu sagen: »Da
bin ich echt gespannt, wie sich der Fall entwickelt. Was
Satanismus angeht, kann ich dir einen guten Kontakt
vermitteln. Ein Freund und früherer Kollege, der jetzt
im Innenministerium arbeitet, ist Fachmann auf diesem
Gebiet. Wenn du willst, gebe ich dir mal seine Nummer.
Falls du ihn anrufst, kannst du dich natürlich auf mich
berufen.«

Malthaner notierte den Namen Hans-Peter Dillmann
und eine Stuttgarter Behördennummer. Im Moment wollte er die Quelle nicht anzapfen, aber falls er sich weiterhin mit dem Thema befassen sollte, würde er das bestimmt
nachholen.

»Danke, Rudi«, sagte er und wollte noch auf ein ganz
anderes Thema kommen. »Wie eng sind denn Deine Kontakte zum Landeskriminalamt?«

»Warum willst du das wissen?«

Malthaner erzählte von dem Mord an Caroline Vogel
und davon, dass er selbst ein unerquickliches Zusammentreffen mit einem Hauptkommissar vom LKA hatte. Von
Caroline Vogel hatte Rudi noch nie gehört, ganz im Gegensatz zu Marquardt.

»Marquardt?«, entfuhr es Rudi, nachdem Malthaner den
Namen genannt hatte. »Etwa Rolf Marquardt?«

»Kann sein. Hauptkommissar, smarter Bursche, mehr
weiß ich nicht.«

»Die Welt ist klein. Du redest bestimmt von Rolf Marquardt.«

Rudi war begeistert. »Den kenne ich von früher. Wir waren mal zusammen an der Polizeihochschule in Villingen-Schwenningen. Das muss ...«, Rudi rechnete nach und murmelte dabei Jahreszahlen vor sich hin, »das muss vor etwa 12 oder 13 Jahren gewesen sein. Scheiße, wie die Zeit vergeht. Ich habe seit langem nicht mehr mit ihm zu tun gehabt. Er ist schon in Ordnung, ein ganz patenter Kerl, wenn man ihn näher kennt.« Daran zweifelte Malthaner. Rudi schien ehrlich erfreut zu sein, von einem alten Weggefährten zu hören. »Wir nannten ihn immer den schönen Rolf.«

»Das ist er.«

Rudis Freude war sicher nicht gespielt. »Dann ist Rolf jetzt also beim LKA. Betrachtet er bestimmt als einen logischen Karriereschritt, so wie ich ihn einschätze. Sechs, sieben Jahre LKA, das kommt in der Personalakte immer gut.«

Rudi schien zu lächeln, zumindest kam es Malthaner am Telefon so vor. »Rolf hatte damals vor, eines Tages Leiter einer Polizeidirektion zu werden«, informierte er.

»Hast du eben gelächelt?«, fragte Malthaner.

»Hä?«

Wie zu seiner eigenen Bestätigung erlaubte Malthaner sich ein knappes Nicken.

»Vergiss es! Wir sollten uns dringend mal wieder auf ein Bier treffen. Es ist schon wieder viel zu lange her. Freundschaften muss man irgendwann auch einmal pflegen.«

»Das sehe ich auch so. Wann bist du mal wieder im schönen Stuttgart?«

»Wann bist du mal wieder im schönen Albstadt?«

»So wird das nichts. Du bist wesentlich häufiger in Stuttgart, als ich auf der Alb, also treffen wir uns in Stuttgart.

Und bring doch deine hübsche Frau Doktor mal wieder mit.«

»Mal sehen.«

Es klang einsilbig und dem geschulten Zuhörer Rudi fiel das natürlich sofort auf. »Du bist doch noch mit ihr zusammen?«, schob er nach und gab seiner Stimme dabei einen defensiven Klang. Rudi war nicht nur ein geschulter Zuhörer, sondern viel mehr noch ein geschulter Fragensteller. Ihm wollte Malthaner nicht in der Rolle des Verdächtigen beim Verhör gegenüber sitzen, denn dass Rudi bei der Polizei Karriere bis hin zum Dezernatsleiter gemacht hatte, war kein Zufall. Er war gut und er war erfolgreich – zumindest beruflich. Sein Privatleben dagegen war gerade deswegen ein Scherbenhaufen und damit hatten sie beide möglicherweise bald ein weiteres gemeinsames Gesprächsthema.

»Ja, bin ich.« Warum sollte er es seinem langjährigen Freund nicht einfach sagen? »Wobei die Betonung möglicherweise auf dem kleinen Wörtchen *noch* liegt.«

»Willst du darüber reden?« Natürlich hatte sich Rudi in seinem langen Berufsleben, das sich zu einem nicht unerheblichen Teil mit dem Tod beschäftigte, einen Mantel aus Zynismus zugelegt, was sogar befreundete Gesprächspartner gelegentlich zu spüren bekamen. Aber im Gegensatz zu anderen Vertretern seines Berufsstandes bestand Rudi nicht nur aus Zynismus. Anderen gegenüber, die ihn nicht so gut kannten, hielt er gerne das Bild vom harten Burschen aufrecht, der Mord und Totschlage ebenso stoisch zur Kenntnis nimmt wie das Scheitern des eigenen Lebensentwurfes. Malthaner wusste es besser. Wusste aus langen Gesprächen mit Rudi, dass ihn die Mordopfer, die er immer wieder zu Gesicht bekam, nicht selten nachts in den Träumen heimsuchten, und dass er seine gescheiterte Ehe auch nach Jahren nicht einfach als einen längst vergangenen Teil seines

Lebens betrachten konnte, weil er noch immer an Cordula hing, sie vielleicht sogar liebte.

»Lass mal, Rudi. Im Moment weiß ich selbst nicht so genau, wo ich stehe.«

»Ich muss dir nicht extra sagen, dass du nur anzurufen brauchst, wenn du jemanden zum Reden brauchst.«

»Klar. Oder zum Saufen.«

»Oder das.«

»Bis dann.«

»Hey, lass dich nicht hängen. Und steck Deine Nase nicht in Dinge, die dich nichts angehen.«

»Oha, der Herr Kommissar mit dem erhobenen Zeigefinger.«

»Im Ernst, Jörg. Pass auf dich auf. Du hast diese ungesunde Angewohnheit, in Ärger hineinzugeraten und ich bin zu weit entfernt, um dich vor den Folgen zu bewahren.«

»Das ist ja ein rührendes Gespräch unter alten Männern. Der Ärger findet immer mich, nicht umgekehrt.«

»Du gehst dem Ärger zumindest nicht aus dem Weg, falls du dich in den vergangenen Monaten nicht vollkommen geändert hast.«

Beide verabschiedeten sich mit der Bekräftigung ihrer Feststellung, dass sie sich dringend mal wieder treffen wollten.

Malthaner mochte Rudi einfach und wusste, dass es umgekehrt genauso war. Trotz der räumlichen Distanz und ihrer im Lauf der Zeit viel zu selten gewordenen direkten Kontakte konnten sie sich aufeinander verlassen und wussten, was sie aneinander hatten. Die gemeinsam verbrachte Jugend hatte sie zusammengeschweißt.

10

Was für ein ereignisreicher Tag bis dahin, resümierte Malthaner, ein Tag, der schneller verlief als die meisten anderen. Erst ein von Brigitte zubereitetes Frühstück, dann der Anruf von Reiher, der ihm manch bis dato Unbekanntes von dem Toten im Hohenzollerngraben berichtete, anschließend der Abstecher in die Bronx, von dem die Polizei sofort Wind bekam, die freundliche, aber bestimmte Vorladung ins Polizeirevier, wo ihm dieser Marquardt mit Informationen, Andeutungen und Drohungen gekommen war, und schließlich nach längerer Zeit einmal wieder ein Gespräch mit Rudi, der Bestandteil seiner schönsten Erinnerungen an eine unbeschwerte Jugend auf der Schwäbischen Alb war.

Ein Blick auf die Uhr, es war noch immer Nachmittag. Angesichts der bleiernen Atmosphäre war das gar nicht so klar, es schien, als würde keiner dieser Tage überhaupt hell.

Warum sollte er nicht noch einmal schnüffeln gehen, fragte sich Malthaner mit dem Blatt Papier in den Fingern, auf dem Name, Adresse und Geburtsdatum eines Kadett-Besitzers namens Ansgar Schwemmer notiert war. Es konnte nicht schaden, sich die Wohnung von diesem Schwemmer einmal von außen anzusehen, dachte sich Malthaner und hoffte, dass die Bullen das nicht wieder sofort von jemandem aufs Butterbrot geschmiert bekommen würden.

Das Telefonbuch gab keinen Eintrag auf den Namen

Schwemmer her. Egal, er kannte ja die Adresse. Gegenüber von Obi. Von wegen.

Der betagte Saab war dankbar für die überhaupt nicht winterlichen Temperaturen und sprang beim ersten Versuch an, als er den Schlüssel in der Mittelkonsole drehte.

Als dieses Modell vom Band gelaufen war, war ein Saab eben noch ein Saab – ein Auto für Individualisten. Der Motor schnurrte, seidenweich ließ sich der Gang einlegen. Damals, als Malthaners Auto gebaut worden war, hatte Saab noch längst nicht zum großen US-Konzern gehört und sie hatten den soliden Karosserien noch keine Opel-Motoren eingepflanzt, so wie sie es heute tun. Bald würde Saab von den Chinesen übernommen, war neulich im Wirtschaftsteil der Landeszeitung nachzulesen. Welcher Jammer. Stolz und unverwüstlich hatte sein Wagen auf dem Hof des Gebrauchtwagenhändlers gestanden und »Kauf mich« gerufen, als Malthaner auf der Suche nach einem Auto war, das nicht jeder fuhr.

Wie ein rheumakranker alter Mann, so hatte auch das in die Jahre gekommene schwedische Schwergewicht inzwischen seine guten und schlechten Tage, die auf eine Malthaner nicht so recht begreifliche Art und Weise in direktem Zusammenhang mit dem Wetter zu stehen schienen, wobei die schlechten Tage mit zunehmendem Alter häufiger wurden. Heute legte der alte Schwede ein pflichtbewusstes Verhalten an den Tag, wie geschaffen, um beim TÜV vorzufahren, eine der vielen Aufgaben im Leben, die man verdrängen und aufschieben, aber niemals wirklich ignorieren konnte. Zu gerne hätte Malthaner an den Kauf eines neuen Autos gedacht, doch seine finanzielle Lage schob solchen Gedanken einen Riegel vor.

Eigentlich.

Trotzdem konnte man sich ja vollkommen unverbindlich Prospekte von Audi oder BMW besorgen, nur so, um darin zu schmökern. Außerdem konnte man ja auch mal unverbindlich im Autohaus nachfragen, wie denn die Finanzierungskonditionen waren und was der alte Saab noch bringen würde.

Beides hatte Malthaner bereits getan. Unverbindlich. Ohne jeden konkreten Gedanken im Hinterkopf. Ebenso wenig, wie die diversen Probefahrten in den aktuellen Mittelklasse-Limousinen einen ernsten Hintergrund hatten. Dieser neue Dreier-BMW, ja, der hatte schon etwas.

Er manövrierte sich mit dem Saab durch ein Verkehrschaos, das der Größe des Städtchens einfach nicht angemessen war. Für viele Menschen war es offensichtlich ein Makel, die öffentlichen Verkehrsmittel zu benutzen, anders war das nicht zu erklären, was sich in der Innenstadt abspielte. Stop-and-go auf zwei parallel verlaufenden Fahrbahnen. Die städtischen Verkehrsplaner wollten sich augenscheinlich nicht dem Vorwurf aussetzen, hinter dem Mond zu leben. Deshalb hatten sie die innerstädtischen Straßen mit einer Vielzahl von Kreisverkehren überzogen, um den Verkehr auch dort zu stoppen, wo er zuvor noch reibungslos gelaufen war. Was die Verkehrssituation anbelangte, konnte es Albstadt durchaus mit anderen, größeren Städten aufnehmen. Man hätte meinen können, in einer bedeutenden Stadt mittlerer Größe zu leben.

Eine Stadt mittlerer Größe war Albstadt zweifellos. Was die Bedeutung anging, gab es durchaus unterschiedliche Auffassungen. Malthaner zählte zu denjenigen, die mit großer Sorge einen Bedeutungsverlust feststellten, etwas, das man im Rathaus vollkommen anders sah.

Entweder verschloss man dort die Augen vor der Realität,

übte sich in Zweckoptimismus, oder wusste es tatsächlich besser. Letzteres konnte Jörg Malthaner nicht so recht glauben.

Gerade mal drei Kilometer trennten seine Wohnung – Brigittes Wohnung – von der eines gewissen Ansgar Schwemmer und doch war er länger als eine Viertelstunde dorthin unterwegs. Vereinzelt hasteten Passanten auf den Gehsteigen entlang, die Krägen ihrer Jacken und Mäntel hochgezogen, die Blicke nach unten auf den Asphalt gerichtet, um ja keinem Entgegenkommenden in die Augen schauen zu müssen. Eine Atmosphäre wie in einem dieser Schwarz-Weiß-Filme aus den fünfziger Jahren. Die Passanten wirkten wie Statisten, die ohne einen eigenen Willen lediglich auf Anweisung eines Regisseurs durch die Kulisse liefen.

Langsam ließ er den Saab durch die Sigmaringer Straße rollen, zu langsam für den Fahrer des Golfs, der an seiner Stoßstange klebte. Er fuhr vorbei am Parkplatz des ehemaligen Heimwerkermarktes, von dem Rudi nicht wusste, dass er schon lange Geschichte war. Wenige Meter weiter befand sich die BMW-Niederlassung, die Malthaner neulich besucht hatte, um eine Probefahrt zu machen. Links ging es in die Maurerstraße, in der sich das Hochhaus befand, in dem die Wohnung von Schwemmer gemeldet war. Malthaner bog ab, der Passat fuhr geradeaus weiter, nicht ohne ihm ein wütendes Hupen nachzuschicken.

Im Schritttempo fuhr Malthaner weiter, den Kadett von Schwemmer sah er nirgends. Nach hundert Metern wendete er und fuhr in entgegengesetzter Richtung wieder langsam am Haus vorbei. Es brachte nichts.

Nicht, dass er ernsthaft etwas anderes erwartet hätte.

Das Telefon läutete, als Malthaner in die Wohnung zurückkam. Atemlos nahm er ab. Andi Maurer war dran, der

Kumpel, der in Immobilien machte. »Ich hätte was ganz Interessantes für dich, falls du noch auf der Suche bist«, verkündete Andi nach knapper Begrüßung und ersparte sich eine lange Vorrede.

»Lass mal, ich habe zurzeit ein paar drängendere Probleme.« Die Worte kamen Malthaner leicht über die Lippen, dabei wusste er gar nicht so genau, ob sie inhaltlich der Wahrheit entsprachen.

Andi schien irritiert. »Schade, ist eine einmalige Gelegenheit, 110 Quadratmeter Wohnfläche, verteilt auf vier Zimmer, und das Ganze in einem denkbar außergewöhnlichen Ambiente zu einem finanzierbaren monatlichen Mietzins. Eine alte Fabrikantenvilla in Tailfingen, die wir zu drei hochwertigen Eigentumswohnungen umgebaut haben. Der Besitzer wird geschäftlich für drei Jahre in die USA versetzt, möchte aber seine Traumwohnung nicht verkaufen. Jetzt sucht er jemanden Vertrauensvollen, der so lange dort wohnt. Da bist sofort du mir eingefallen.«

»Danke für den Tipp, vielleicht komme ich bei Gelegenheit darauf zurück.«

»Das ist die Gelegenheit. Mann, die Interessenten werden mir dieses Angebot aus den Fingern reißen.«

Zeit, den guten Andi zu bremsen. »Du redest hier nicht mit jemandem, dem du unbedingt eine Wohnung schmackhaft machen musst«, erinnerte Malthaner ihn. Andi schien leicht verschnupft zu sein. Dass jemand seine Begeisterung für eine Wohnung nicht teilen wollte, konnte er überhaupt nicht verstehen. Offenbar bekam man in jeder Branche mit der Zeit ein paar Macken. Warum sollten sich Immobilenverkäufer in dieser Hinsicht von Journalisten unterscheiden?

Ohne große Begeisterung arbeitete Malthaner sich durch das Material für die Gewerkschaftszeitung. Mit seiner Konzentration auf diese Aufgabe haperte es etwas, wie er sich selbst eingestand. Seine Gedanken kreisten um den Mord an Caroline Vogel – dass es ein Mord war, stand für den Journalisten außer Zweifel, auch wenn die Polizei noch einigermaßen herumeierte. Es war schon komisch, aber wenn sich ein solches Ereignis in Albstadt zutrug, dann stachelte das nicht nur seinen beruflichen Ehrgeiz an, sondern er fühlte sich auf eine für ihn selbst nicht erklärbare Weise betroffen. Die heile Welt seiner Kindheit und Jugend gab es schon lange nicht mehr. Ob es dran lag, dass die Welt sich geändert hatte?

Dann war da ja noch immer der ungeklärte und nicht weniger mysteriöse Fall des Toten, der erst nach Monaten gefunden wurde und der auch Opfer eines Gewaltverbrechens geworden war.

Sonderbare Ereignisse, die bei ihm ebenso wie beim Großteil der heimischen Bevölkerung Betroffenheit und Entsetzen hervorriefen. Das war nicht die wohlige Gänsehaut, der man sich im Fernsehsessel hingeben konnte, wenn über grausame Mordtaten in einer fernen Metropole berichtet wurde. Das hier war zu nah, zu real. Als Journalist, der sich freiwillig in die Diaspora zurückgezogen hatte, profitierte er natürlich von diesen Fällen. Als ein Bürger dieser Stadt, als jemand, dem seine Heimat am Herzen lag, machten sie ihm Angst.

Der Anruf riss ihn aus seinen Gedanken. Brigitte. Sie teilte ihm mit, dass es später werden würde, »so etwa neun.« Er war es ja schon längst gewöhnt. Natürlich teilte er ihr mit, was er von diesem Marquardt über ihre Patientin Caroline Vogel erfahren hatte. Brigitte nahm es ohne spürbare Regung zur Kenntnis. Wie immer, wenn sie sich in ihren Praxisräumen befand, stellte sie Professionalität an erste Stelle, da störten Emotionen nur. Komisch, wenigstens in dieser einen Sache waren sie sich so ähnlich: Er konnte auch die größten Katastrophen unter professionellen Gesichtspunkten betrachten, so lange er darüber schreiben musste.

Mit Brigittes Anruf war klar, dass er den Abend bei Enzo oder in einer der anderen Kneipen verbringen könnte, die er ab und zu aufsuchte. Alternativ konnte er auch seine Arbeit vorantreiben.

Oder im Internet zum Thema Satanismus recherchieren.

11

»Was hältst du von einem gemeinsamen Skiwochenende?«, fragte Brigitte, die es sich auf dem Sofa bequem gemacht hatte, die Beine untergeschlagen. Kurz flackerte in Malthaners Kopf der Eindruck auf, dass ihr legerer Hausanzug ein bisschen nachlässig wirkte. Ausgerechnet er musste solche Gedanken hegen. Sie war gegen neun nach Hause gekommen, wie angekündigt, als er noch am Laptop saß. Sie hatten eine halbe Stunde lang Unverbindliches geredet, dann über den Fall Caroline Vogel.

Das war, gemessen an den vergangenen Wochen, geradezu ein harmonisches Beisammensein. Eines, das den falschen Eindruck einer normalen, funktionierenden Beziehung vermitteln konnte. Der vergangene Abend zeigte noch Wirkung.

Ein Skiwochenende. Ihm war, als würde sein Pulsschlag leicht beschleunigen. »Wann?«

»Übernächstes Wochenende beispielsweise. Da könnte ich die Praxis am Freitag geschlossen lassen. Möglicherweise auch noch am Montag darauf. Dann hätten wir mal wieder ein paar Tage für uns. Mir scheint, wir haben das bitter nötig. Wir sollten uns endlich über ein paar Dinge klar werden.«

Es war, als schnürte sich in ihm etwas zu. Er wusste nicht, wie er reagieren sollte, fühlte sich wieder einmal unbeholfen wie ein Schuljunge. Mit Sprache umzugehen, das war sein Beruf und seine Berufung, aber in seiner eigenen Beziehung fand er so häufig nicht die richtigen Worte. »Ja, das sollten wir.«

Nur, es schien ihm ganz und gar nicht der richtige Zeitpunkt für klärende Auseinandersetzungen. Dabei wusste er, dass es den richtigen Zeitpunkt aus seiner Sicht nie geben würde. Er floh vor Auseinandersetzungen, war ihnen nicht gewachsen. Feigheit, das war es, Feigheit vor Brigitte und vor sich selbst. Mangelnde Konsequenz, die ihn auszeichnete, wann immer es galt, eine weit reichende persönliche Entscheidung zu treffen.

»An welches Skigebiet dachtest du?«, fragte er nur und wusste im gleichen Moment, dass es nicht das war, was Brigitte von ihm hören wollte. In seinem Magen deutete sich, wenn nicht die Revolution, so doch ein Scharmützel an.

Sie strich sich abwesend eine Haarsträhne aus dem Gesicht. Die Geste hatte nichts Kalkuliertes, sondern strahlte eine Natürlichkeit aus, wie sie ihm an Brigitte seit längerem nicht mehr aufgefallen war. Wobei er sich eingestand, dass er sie ja überhaupt nicht mehr richtig wahrnahm. Gewohnheit hatte sich schließlich ihrer Beziehung bemächtigt, lähmende Gewohnheit, die ein Kurzurlaub auch nicht mehr aufbrechen konnte.

»Es ist mir ziemlich egal, welches Skigebiet. Es geht mir auch nicht in erster Linie ums Skifahren. Wenn du dir ein wenig mehr Sensibilität mir gegenüber bewahrt hättest, dann wäre dir das klar.«

Da war sie schon wieder, die Kreuzung, an der das Gespräch von selbst die Abzweigung in Richtung Missverständnis nahm. Brigitte sah ihn mit diesem Blick an, der Trauer widerspiegelte, die Trauer über den Verlust eines Gefühls, das einmal wie selbstverständlich da gewesen war und jetzt in unerreichbarer Ferne lag.

»Wir können mal wieder nach Vorarlberg fahren.« Falsche Antwort, ganz falsche Antwort, er wusste es bereits vorher.

»Wenn du meinst.« Sie stand auf. Brigitte war müde, aber nicht wegen eines schweren Arbeitstages. »Ich gehe jetzt ins Bett.«

Schon wieder gingen sie einer Aussprache aus dem Weg. Verzögerungstaktik. Verzögern, bis wann?

»Gut, ich komme dann später nach.«

»Ja.« Kein Kuss, kein *Schlaf gut*. Keine Zukunft. Keine Zukunft? Jörg Malthaner fühlte sich elend, ihm war schlecht, bestimmt sah er auch so aus.

Raus, er musste raus aus der Wohnung, nur draußen konnte er atmen.

Er zog die Lederjacke an und die neuen Sneakers, die eher für Frühjahr oder Herbst als für den Winter geeignet waren. Darauf kam es jetzt nicht an.

In seinem Schädel pulsierte es, sein Körper zitterte leicht. Die Ahnung, dass es vorbei war und dass die Entscheidung unmittelbar bevorstand, sie ließ sich nicht mehr verdrängen, so wie er sie seit Monaten verdrängte. Er zog die Türe hinter sich zu. Wenn nicht heute oder morgen, dann müsste es nächste Woche zur Entscheidung kommen. Oder übernächste, oder im April, im Mai. Alles würde den Bach runter gehen, eher früher als später. Wahrscheinlich müsste er Andi Maurer viel schneller wieder anrufen, als er noch vor wenigen Stunden dachte.

Draußen schien es wesentlich kälter geworden zu sein als in den vergangenen Nächten. Er fror, das konnte aber auch an seinem Gesamtzustand liegen. Malthaner ließ sich in die Sitze seines Autos fallen. Der Saab sprang beim ersten Versuch an, als wolle er ihm einen Trost spenden. Malthaner fuhr in die Innenstadt, den Kopf voll unguter Gedanken. Er steuerte den Parkplatz beim Bürgerturm an, bis zu dem er vor kurzem die Satanisten oder was auch immer das war, verfolgt hatte.

Angrenzend befand sich eine Kneipe, die berüchtigt war für die immer verqualmte Luft, egal ob sie voll war oder nicht. Ihren Namen hatte sie von den beiden ersten Wirten, die beide Thomas hießen. Thomas und Thomas, das war zu lang, also hatte man sich auf TomTom geeinigt. Malthaner setzte sich an die Theke neben einen unglücklich aussehenden Enddreißiger und bestellte sich ein Bitburger, dazu einen Sambuca. 42 Prozent Alkohol. *Was dem Menschen fehlt im Hirne, füllt er auf mit Williams Birne.* Diesen Spruch hatte er vor Jahren in einer Jausenstation in Südtirol gelesen, gebrannt auf einem hölzernen Vesperteller, der an die Wand genagelt war. Warum fiel ihm das jetzt, zur Unzeit, ein?

Müde sah er sich um. Es herrschte wenig Betrieb, was dem Laden etwas Trostloses gab. Klar, die arbeitende Bevölkerung musste früh raus und die vielen Arbeitslosen konnten sich regelmäßige Pintenbesuche nicht leisten. An der Theke hatte sich ein vorwiegend männliches Publikum niedergelassen, nicht so jung wie in den meisten anderen Kneipen. Der Laden war vielleicht nicht der bevorzugte Hort der Albstädter Intellektuellen-Elite, aber ganz in Ordnung.

Der Kerl neben ihm hatte offenbar auch seine Probleme, er starrte in ein Weizenbierglas und es war deutlich zu sehen, dass es nicht sein erstes an diesem Abend war.

Die hübsche blonde Bedienung in ihrem engen, bauchfreien Top senkte den Altersdurchschnitt erheblich. Natürlich hatte sie ein Piercing im Bauchnabel. Sie war höchstens Anfang zwanzig, machte einen auf abgeklärt. Gelangweilter Blick, *ich habe schon alles gesehen* und *eigentlich bin ich viel zu schade für diesen Laden.* Auf einer Schiefertafel war ihr Name mit Laura ausgewiesen, damit ja auch jeder Gast wusste, mit wem er es zu tun hatte. Sie trug eine Jeans, die sie vermutlich nur mit dem Dosenöffner wieder ausziehen konnte, die aber ihrer Figur angemessen war.

Einige der einsamen Typen an der Theke belauerten sie mit unverhohlen geilen Blicken. Nicht aber der Kerl links von Malthaner, der entrückt war und sich im stummen Zwiegespräch mit seinem Bierglas befand. Laura fischte eine Zigarette aus einer angebrochenen Marlboro-Schachtel neben der Zapfanlage und steckte sich einen Glimmstängel zwischen die dezent geschminkten Lippen, während sie ein Pils zapfte. Rauchende Frauen wirkten auf Malthaner in 99 von 100 Fällen vollkommen abtörnend. Aus den unter der Decke hängenden Boxen hämmerte viel zu laut Van Halen. Jump. Solide, aber tausendmal gehört. Der Spiegel hinter der Theke, vor dem eine Großauswahl an Spirituosen aufgereiht war, erlaubte Blicke in die Kneipe, ohne sich dafür der Mühe unterziehen zu müssen, sich umzudrehen.

An einem Stehtisch lümmelten zwei Typen in Jeansjacken, daneben saß eine sechsköpfige Gruppe an einem Tisch und unterhielt sich ziemlich laut. Malthaner sah schlecht aus, wie er beim Blick in den Spiegel feststellen musste. Bleich, mit Ringen unter den Augen, die sonst nicht da waren.

Das frisch gezapfte Bit hielt zwei Schlucke lang. Er orderte ein neues.

Seine Art zu verdrängen. Immerhin fühlte er sich etwas besser und weniger verkrampft als noch eine halbe Stunde zuvor. Der Katzenjammer würde folgen, morgen spätestens, oder schon bei seiner Rückkehr in Brigittes Wohnung. Ob sie schon eingeschlafen war? Sie verfügte für gewöhnlich über einen gesegneten Schlaf. Oder ob sie überlegte, wie es mit ihnen weiter gehen konnte? Wann sie ihn rauswerfen sollte? Ein zweiter Sambuca gab keine Antwort auf diese Fragen. Eben so wenig wie das dritte Bit. Die segensreiche Wirkung des Alkohols setzte ein, Malthaner fühlte sich zunehmend besser. Man konnte schließlich nicht in jeder Sekunde seines Lebens angespannt sein.

Selbst wenn Brigitte ihn auf die Straße setzen würde, könnte ihn das nicht umhauen. Gegebenenfalls müsste er erst mal für ein paar Wochen bei seiner Mutter unterkriechen.

Ein Leben ohne Brigitte, das war durchaus im Bereich des Denkbaren, redete er sich alkoholbeseelt ein und schloss sich dem allgemeinen männlichen Glotzen an.

Laura sah wirklich appetitlich aus und ihre Figur war allererste Sahne. Dass sie gut und gerne seine Tochter hätte sein können, was soll's? Jetzt dröhnte Sweet Home Alabama aus den Lautsprechern. Massenkompatible Musik. Sicher lag ein Sampler im CD-Spieler. Die 100 besten Rocksongs aller Zeiten oder so was. Dann konnte es nicht mehr lange dauern, bis Satisfaction lief.

Satisfaction, Malthaner schnaubte unbewusst. Satisfaction. Davon war er weit entfernt und das nicht nur im körperlichen Sinn.

Er beschloss, seine Sorgen noch besser zu verdrängen, so gut es ging, und bestellte ein weiteres Glas. Morgen würde er sich in die Arbeit stürzen, nahm sich Jörg Malthaner vor. Die Arbeit für die Gewerkschaftszeitung, der Artikel über die Tierbeschlagnahme – das würde ihn ausfüllen. Wer weiß, was sonst noch passieren würde. Dieser sich seinem Ende zuneigende Tag hatte wieder einmal bewiesen, dass es sowieso meistens anders kommt, als man glaubt.

Zum wiederholten Mal ließ er den Tag Revue passieren, der so harmonisch und gut begonnen hatte und dann eine vollkommen unerfreuliche Wendung nahm. Die Geste von Brigitte mit dem Frühstück, das Telefonat mit Reiher, der Abstecher zur Wohnung von Caroline Vogel, die unliebsame Begegnung mit dem LKA und zuletzt diese dumme Auseinandersetzung mit Brigitte, die ihn aus dem Haus und in die Kneipe getrieben hatte.

»'schuldigung.« Der Kerl links von ihm war vom Barhocker gerutscht und stieß Malthaner an, als der gerade trank.

»Macht nichts.« Könnte ihm selbst auch passieren, gestand sich Malthaner ein und wischte sich einen dünnen Faden Bier vom Kinn. »So was kommt vor.«

»Mmh.« Eine unbestimmte Bewegung mit dem rechten Arm, dann positionierte sich sein Nachbar neu auf seinem Hocker. »'Schuldigung«, wiederholte er und stellte die Kommunikation wieder ein. Malthaner war's recht.

Noch ein Bier oder lieber nicht? Mit einer bedachten Bewegung fischte er den Geldbeutel aus der Gesäßtasche. Mit einem großzügigen Trinkgeld erkaufte er sich ein professionelles Lächeln von Laura. Malthaner dachte kurz darüber nach, ob der Job hinter der Theke so viel Geld abwerfen konnte, dass Laura sich ein perfektes Gebiss davon geleistet hatte. Es war zu perfekt, um echt sein zu können. Man las ja so einiges über Teenager, die jedes Jahr zwei oder drei Schönheitsoperationen über sich ergehen ließen.

»Danke vielmals«, sagte sie roboterhaft und schenkte einem neuen Gast ein Lächeln, der in diesem Moment an die

Theke trat, wie Malthaner zuerst im Spiegel sah. Malthaner drehte müde seinen Kopf.

Das erste, was an ihm auffiel, war seine Größe. Den Typen kannte er irgendwo her, musste ihm früher schon einmal begegnet sein. Er mochte im gleichen Alter sein wie Malthaner selbst, vielleicht etwas älter.

Ein markantes, gebräuntes Gesicht, vernarbt, mit Spuren, die nicht nur das Leben hinterlassen hatte. Ein Athlet, ein Klotz von mindestens einem Meter neunzig Körpergröße, eher einsfünfundneunzig, auf die sich vermutlich an die hundert Kilogramm Gewicht vorteilhaft verteilten. Malthaner wollte ihn nicht wirklich anglotzen, aber die Stirn des Mannes zog seinen Blick an, als wäre sie magnetisch. Offensichtlich hatte der Unglückliche einen Unfall oder so etwas in der Art gehabt, denn von der Nasenwurzel aufwärts war eine Delle unter der Haut. Als würde ein Stück vom Knochen fehlen. Mit der Stirn durch eine Autoscheibe vielleicht, überlegte sich Malthaner das Nahe liegende. Nicht, dass der Mann auf den ersten Blick abstoßend aussah, aber diese Delle konnte nur von einem sehr flüchtigen Betrachter übersehen werden. Malthaner wusste, dass er früher einmal mit dem Mann zu tun gehabt hatte. Nur an dieses leicht entstellende Merkmal mitten im Gesicht erinnerte er sich nicht, aber den Typen kannte er. Kein Zweifel.

Der Lange bestellte eine Halbe Bier. Waren sie vielleicht früher zusammen zur Schule gegangen? Es war lange her, dass sie, auf welche Art auch immer, miteinander zu tun hatten, glaubte Malthaner. Vergeblich versuchte er, sich das Gesicht zehn, fünfzehn Jahre jünger vorzustellen. Der Groschen fiel nicht. Der Mann ließ nicht erkennen, dass er Malthaner kannte.

Malthaner ließ sich vom Barhocker rutschen und drehte sich zur Schwingtüre.

»Bis zum nächsten Mal«, rief Laura ihm nach.

Unsinnig, darauf zu antworten. Sie würde Malthaner nicht wieder erkennen, wenn er morgen Abend hereingeschneit käme.

Kalt, wirklich, es war kalt geworden. Wesentlich kälter, als in den vergangenen Nächten. Ein Windstoß sorgte für Bewegung in den dünnen Ästen der Bäume, die vereinzelte grüne Farbpunkte gegen das Einheitsgrau des Parkplatzes setzen sollten. Langsam bewegte er sich auf sein Auto zu und spürte, dass er nicht mehr ganz sicher auf den Beinen war. Schwer ließ er sich in den Fahrersitz plumpsen. Beim zweiten Versuch erwachte der Motor zum Leben. Nicht schlecht. Der Saab durchlebte offenbar seinen zweiten Frühling.

Langsam fuhr er vom Parkplatz. Links, zwanzig Meter geradeaus, dann rechts in die Bahnhofstraße. Die Ampel zeigte rot, natürlich, obwohl weit und breit kein anderes Autos auszumachen war. Malthaner hatte sich so weit im Griff, dass er wartete. Nüchtern wäre er womöglich über die Kreuzung gefahren, um seinen Unmut über diese unnötige Warterei zu demonstrieren. Es gab keines dieser hässlichen Blitzgeräte an der Kreuzung. In fünf Minuten könnte er vor der Wohnung stehen. Endlich gelb. Er trat aufs Gaspedal, der Saab machte einen Satz nach vorne. Er bog in die Gartenstraße ein. Eigentlich war es egal, ob er in fünf Minuten oder in fünfzehn nach Hause kam. Entweder würde er versuchen, möglichst geräuschlos neben Brigitte ins Bett zu schlüpfen, oder er würde sich ihr stellen müssen. Keine Frage, welche Alternative ihm lieber war. Ein Streitgespräch mit seiner Lebensgefährtin überforderte ihn meist schon in nüchternem Zustand und von dem war er ein gutes Stück entfernt, wie Jörg Malthaner sich bewusst war.

Nach Hause ging es geradeaus. Noch bevor er sich so recht darüber klar wurde was er tat, bog Malthaner wieder links ab und dann noch einmal links in die Poststraße. Vorbei am Bahnhof und am Omnibusbahnhof, unter der Grünen Brücke hindurch in die Sigmaringer Straße.

Eine Windböe schüttelte den Saab. Es sah aus, als sollte ein Sturm aufkommen. Davon war in den früheren Abendstunden im Radio nicht die Rede. Dabei warnten sie seit ein paar Jahren lieber zehnmal zu oft vor einem lauen Lüftchen als einmal zu wenig vor einem ausgewachsenen Orkan.

Malthaner fühlte sich einsam auf den nächtlichen Straßen seiner Stadt. Kein einziges Auto war ihm begegnet, seit er die Kneipe verlassen hatte. Er schaute auf die Instrumente in seinem Blickfeld. Viertel vor zwölf. Kurz vor Mitternacht trieb sich der Kleinstädter nicht mehr draußen rum. Die Stadt lag im Tiefschlaf.

Wie schon vor Stunden rollte Malthaners Auto wieder in Richtung des Hochhauses, in dem Schwemmer lebte, und er wusste diesmal noch viel weniger als zuvor, warum er das machte.

Ein Fahrzeug kam entgegen, die Scheinwerfer schnitten ein helles Band in die Nachtschwärze. Wieder kam er am ehemaligen Obi-Gelände vorbei. Er setzte den Blinker, hielt an und wollte nach links abbiegen. Das entgegen kommende Auto befand sich jetzt fast auf gleicher Höhe. Es war ein Opel, ein Kadett mit einem Kennzeichen, das Malthaner kannte. Schwemmers Kadett. Im Rückspiegel entfernten sich die Heckleuchten des Opels. Malthaner wendete. Wenn der Kadett-Fahrer in den Rückspiegel schaute, musste er die Aktion bemerken. Egal. Er gab Gas, wollte den Opel nicht aus den Augen verlieren. Wo wollte Schwemmer hin, wenige Minuten vor Mitternacht, fragte sich Malthaner. Ihm war, als würde er den Bieren zum Trotz plötzlich wieder klar denken können. Eine Art Jagdtrieb hatte ihn erfasst. Genügend Abstand, um unverdächtig zu erscheinen und zugleich den Opel nicht aus dem Blickfeld zu verlieren: Das war eine anspruchsvolle Aufgabe, zumal für einen angetrunkenen Autofahrer.

Dass außer ihnen in ganz Albstadt kein Mensch mehr auf den Straßen unterwegs zu sein schien, machte ihm die Sache leichter. Wieder bemerkte Malthaner einen heftigen Windstoß, der den Saab schüttelte, als wäre er ein Spielzeugauto auf einer Modelleisenbahn. Der Opel blinkte an der Kreuzung beim ehemaligen Schlachthof links. Offenbar wollte Schwemmer, falls er denn tatsächlich am Steuer saß, in Richtung B 463 gelangen. Malthaner bemühte sich, nicht zu schnell zu fahren. Auch er bog ab. An der 24 Stunden geöffneten Aral-Tankstelle fuhr der Opel nach rechts auf die Bundesstraße. Auf dem Gelände der Tankstelle flatterte ein blaues Werbebanner gefährlich im Wind, das aus einem Ende seiner Verankerung gerissen war. Unübersehbarer Bote eines aufziehenden Sturms.

Die Ampel war auf gelbes Blinklicht geschaltet. Man hätte sie völlig ausschalten können, es gab zu dieser Nachtstunde einfach keinen Verkehr, den es zu regeln galt. Malthaner gab Gas, bis er selbst an der Kreuzung war. Die roten Rückleuchten des Kadetts wiesen ihm den Weg. Ein Auto kam entgegen, sie waren also doch nicht ganz alleine auf dieser Welt.

Unvermittelt prasselte Regen auf die Windschutzscheibe, ohne jede vorherige Andeutung. Kein Tröpfeln, das sich allmählich zu einem handfesten Guss entwickelte. Nein, die ganze Ladung kam auf einmal aus dem Nichts und überrumpelte Malthaner, der hektisch die Scheibenwischer in Bewegung setzte.

Schwemmer fuhr auf der Bundesstraße, die in diesem Abschnitt Berliner Straße hieß. Gesichtslose Wohnhäuser rechts, hässliche Gewerbebauten links. Nicht gerade eine einladende Visitenkarte für den Durchreisenden, obwohl man vor einigen Jahren versucht hatte, die Wohngebäude in diesem Bereich der Straße optisch und baulich etwas aufzuwerten. Der Erfolg hielt sich in Grenzen. Schwemmer fuhr am Ortsschild vorbei, dort wo einst die Gärtnerei gestanden hatte, die dem Erdboden gleichgemacht wurde. Er beschleunigte den alten Opel aber kaum. Mit einem Blick auf die Tankanzeige vergewisserte sich Malthaner, dass er für eine längere Verfolgungsfahrt gerüstet war. Der alte Opel konnte ihm nicht entkommen, der Saab war dem Kadett von der Motorleistung her deutlich überlegen. David gegen Goliath. Ein gutes Gefühl zu wissen, dass man der Stärkere war. Kein Wunder, dass sich die Besitzer großer Karossen immer aufführten, als würde die Straße ihnen gehören. Genau genommen war es auch so. Von hinten näherte sich ein Fahrzeug sehr schnell, die Lichter blendeten Malthaner im Rückspiegel.

Verfluchter Regen. Dass der ausgerechnet jetzt einsetzen musste. Murphys Gesetz. Irritiert blinzelte Malthaner, als der Kadett rechts blinkte. Sein Fahrer hatte offenbar gar nicht vor, die Stadt zu verlassen. Er fuhr auf die Brücke auf, über die die Straße nach Messstetten verlief. Oben bog er nach links ab. Das war verboten und auch gar nicht so einfach, weil ein solider Blumenkübel aus Holz auf die Fahrbahn gestellt worden war. Malthaner folgte in einigem Abstand und konnte nur hoffen, dass Schwemmer ihn nicht bemerkte. Er schloss sofort wieder auf. Ein paar Schlenker

138

noch, und es war klar, wo Schwemmer hin wollte: Auf den Firmenparkplatz vom Hartmann.

Hier parkten die Beschäftigten von Hartmann, die Nachtschicht.

Dann lag die Vermutung nahe, dass Schwemmer dort arbeitete.

Wie Caroline Vogel.

Der Regen ging in Graupel über, als sich Malthaner auf den Heimweg machte. Wirklich klüger war er nach dieser seltsamen Verfolgungsfahrt nicht, als er weitere zehn Minuten später sein Auto parkte. Zehn Minuten, in denen der Wind sein Spiel mit ihm trieb und der Graupel mal seitlich, mal waagrecht auf das Autoblech trommelte. Als wollte ein zorniger Gott seine Blitze auf ihn hinab schleudern. Bis zum nächsten Morgen würde der Winter zurückgekehrt sein, so wie er in Brigittes Wohnung zurückkehrte.

Sie tat so, als würde sie schlafen und er tat so, als würde er es glauben.

Malthaner brachte eine unruhige Nacht hinter sich. Der Alkohol reichte nicht aus, um ihm einen guten Schlaf zu schenken. Immer wieder schreckte er pochenden Herzens aus apokalyptischen Traumsequenzen auf, von denen nur noch Gedankenfetzen blieben, die sich nach jedem Aufwachen verflüchtigten. Diese zutiefst depressiven Bilder dienten nicht nur der Verarbeitung der Ereignisse des Tages. Sein Unterbewusstsein sandte quälende Signale aus, die sehr viel mit der Frau zu tun hatten, die wenige Zentimeter neben ihm im Bett lag.

Zu den wirren Träumen gesellte sich ein Wind, der bis gegen zwei, drei Uhr unheilvoll an den Jalousien vor dem Schlafzimmerfenster zerrte. Regen prasselte gegen die Fenster. Mehrfach schickte Malthaner in dieser Nacht sehnsuchtsvolle Blicke auf das Leuchtzifferblatt des Weckers. Die Zeit stand still, egal, wie oft er sich hin und her wälzte. Zwischen drei und vier Uhr schlief er keine Sekunde. Er lag mit pochendem Herzen im Bett.

Eine Stunde wachen Zustands, wenn man sich in den Schlaf zwingen will, ist eine lange Zeit. Er versuchte, den Tag Revue passieren zu lassen, bekam aber nur Bruchstücke seiner Gedanken zu fassen. Das Bild des komischen Kauzes kam ihm kurz in den Sinn, der ein Bier bestellt hatte und den er irgendwo her kennen musste, da war sich Malthaner noch immer sicher.

Um fünf Uhr hörte er weit entfernt das Schlagen der Kirchturmuhr. Der Sturm hatte ganz plötzlich aufgehört, ein Spuk, der so schnell ging wie er gekommen war. Es schien Malthaner eine trügerische Ruhe, gerade so, als wolle der Wind nur kurz innehalten und noch einmal Luft holen zum finalen Kerzenausblasen. Doch nichts geschah. Wenn sich der Sturm tatsächlich gelegt hatte, dann bedeutete das sicher, dass am Morgen Schnee lag.

Brigitte schien von alledem tatsächlich nichts mitzubekommen, ihr Atem ging gleichmäßig. Er beneidete sie darum, fast immer schlafen zu können, egal wie die äußeren Umstände und die innere Befindlichkeit auch sein mochten.

Um halb sieben stand sie auf und bemühte sich nicht sonderlich darum, ihn nicht zu wecken. Er blieb liegen, bis sie um 7.15 Uhr die Wohnungstür geräuschvoll hinter sich zuzog.

Dann stand auch er auf. Es machte keinen Sinn, länger im Bett zu bleiben. Er musste sich beschäftigen, von seinen dunklen Ahnungen und bohrenden Gedanken ablenken. Er zog die Jalousie hoch und fand seine Vermutung bestätigt. Der Schnee hatte ein weißes Band über Dächer und Gärten, Straßen und Wege gezogen.

Da grenzte es an ein Wunder, dass noch keiner der kehrwochen-gestählten Nachbarn mit der Schneeschaufel über den Asphalt kratzte. Denn das war im Winter bei den Häuslesbesitzern der weiten Umgebung der beliebteste Frühsport. Dabei ging es gar nicht so sehr darum, die Gefahr abzuwenden, die ein verschneiter Weg möglicherweise für Fußgänger mit sich brachte. Wer ging schon noch zu Fuß. Vielmehr war es Sinn der Sache zu demonstrieren, dass man sich an die allgemein akzeptierten Regeln hielt, egal wie unsinnig sie auch sein mochten. Was sollten denn auch die Nachbarn denken, wenn man seinen Gehweg nicht pflichtgemäß räumte? Die konnten einen ja noch für einen Langschläfer halten und damit für einen Faulenzer.

Malthaner war echt gespannt, wie seine Story über den unbekannten Toten in der heutigen Ausgabe der Landeszeitung platziert war. Viel wichtiger noch war die Frage, ob die anderen Zeitungen tatsächlich keinen Wind von der Sache bekommen hatten. Er schlurfte in die Küche, wo Brigitte eine halb volle Kanne Kaffee hinterlassen hatte. Er schaltete das Radio an, das auf der Arbeitsfläche stand, nein, drapiert war. Ein Designerstück natürlich. Ein Einrichtungsgegenstand, der von seiner Käuferin in erster Linie dazu auserkoren war schön auszusehen. Dass man damit auch Musik hören konnte, nahm Brigitte billigend in Kauf.

Er drehte den umständlich zu bedienenden Sendersuchlauf auf SWR 4. Weiß Gott nicht gerade sein Lieblingssender, aber der einzige, in dem verlässlich regionale Nachrichten zu hören waren. Die Privatsender nahm Malthaner aus beruflicher Sicht nicht ernst, hatten sie sich doch schon längst vor den öffentlich-rechtlichen von jeglichem journalistischen Profil verabschiedet.

Wenn jemand vom Radio schon von dem Leichenfund bei Albstadt wusste, dann die Nachrichtenleute beim SWR.

Ein Busunfall mit 30 verletzten Schülern in Rottenburg, ein Wohnhausbrand in Reutlingen, schlimme Arbeitsmarktzahlen aus Balingen, ein belangloses Blabla des neuen Ministerpräsidenten bei einem Auftritt in Rottweil, nachlassender Sturm, in dessen Folge Schneefall bis auf 500 Meter zu erwarten sei. Mehr hatte die Nachrichtenredaktion aus Tübingen nicht zu melden. Keine Leiche im Zollerngraben. Malthaner hatte die Geschichte ganz offensichtlich exklusiv. Wenigstens ein Lichtblick an diesem Morgen, an dem Malthaner einmal mehr die drückende Last seiner Sorgen aufs Gemüt schlug. Eine Art von Sorgen, die sich nicht in Luft auflösen, sondern in naher Zukunft viele schmerzhafte Erfahrungen bereithalten würde. In dieser Erwartung fühlte er sich nach dem gestrigen Abend bestärkt.

Der Schneefall passte ihm ganz und gar nicht, er hatte eher auf Anzeichen eines beginnenden Frühlings gehofft.

12

Müde schaute er in den kleinen Spiegel neben der Edelstahlspüle. Er konnte nicht gerade behaupten zufrieden mit dem zu sein, was er dabei sah. Als wäre er unter einen Lastwagen gekommen. Die grauen Haare waren nicht mehr zu übersehen, aus einzelnen waren im Lauf der letzten Jahre ziemlich viele geworden. Sie standen wirr in alle Himmelsrichtungen ab; etwas, das nur unter der Dusche zu reparieren war. Das Gesicht, das ihm entgegenblickte, wirkte fahl, so als bringe er den Großteil seiner Zeit unter Tage zu. Die Ringe unter seinen Augen waren früher nicht da und die Haut war straffer. Damals.

Wie schnell es doch gegangen war, übergangslos geradezu. Eben noch ein jugendlicher Leichtfuß, der nach dem Mir-gehört-die-Welt-Prinzip gelebt hatte und jetzt ein sorgengeplagter Mann in den angeblich besten Jahren. Wer immer diesen Ausdruck geprägt hatte, musste einen galligen Humor besessen haben. Die besten Jahre waren die zwischen 20 und 25, nur dass man das in diesem Alter nicht ahnen konnte.

Die Falten ließen sein Gesicht im Spiegel wirken wie eine Kraterlandschaft. Gut, das Glas vergrößerte enorm, vielleicht reichte das als Rechtfertigung sich selbst gegenüber an diesem frühen Morgen.

Das Frühstück ließ er aus, gönnte sich nur noch eine weitere Tasse des mittlerweile lauwarmen Kaffees und tigerte damit durch die Wohnung.

Sein Blick streifte den Briefumschlag, der noch immer auf dem Tisch lag, und den er aus dem Briefkasten von Caroline Vogel und Helmut Züll gemopst hatte. Einmal mehr faltete er den Zettel auseinander. 666, das umgedrehte Pentagramm, Hebsack, Samstag 23 Uhr. Böhmische Dörfer.

Nach einer kurzen Dusche fuhr er ins Zentrum. Die meisten Autofahrer passten sich den neuen Gegebenheiten an und fuhren langsamer als sonst. Dräuende dunkle Wolken am Himmel kündeten noch mehr Schnee an. In der gut sortierten Bahnhofs-Buchhandlung erstand Malthaner Exemplare des Albblatts, des Reutlinger Generalanzeigers, des Schwäbischen Tagblatts, der Schwäbischen Zeitung, des Schwarzwälder Boten und nicht zuletzt der Landeszeitung. Abonniert hatte er die Stadtausgabe der Landeszeitung, die immer einen Tag später kam.

Noch im Auto blätterte er die Zeitungen durch, ungeachtet dessen, dass er fror. Sein nächstes Auto müsste nicht nur über eine exzellente Musikanlage verfügen, schwor er sich zum wiederholten Mal, sondern auch über eine Sitzheizung. Beides Grundausstattungsmerkmale eines modernen Wagens, von denen er als Besitzer eines zehn Jahre alten Saab nur träumen konnte.

Malthaner gähnte. Die schlafarme Nacht steckte ihm ebenso in den Knochen wie seine unerquickliche Lebenssituation.

Seine Story fristete ein Mauerblümchendasein links unten auf der Seite. Nicht gerade die Platzierung, die sich der Autor für gemeinhin wünscht. Immerhin, in keiner der anderen Zeitungen war der Tote erwähnt. Er hatte die Nase also tatsächlich vorn, stellte Malthaner zufrieden fest. Auch in der Diaspora auf der Alb gab es für einen Journalisten ab und zu kleine Erfolgserlebnisse. Die Kollegen von den anderen Zeitungen würden ihm später bei der Pressekonferenz mit einer Mischung aus Bewunderung und Verärgerung begegnen. Kurz zeigte sich ein Grinsen auf seinem Gesicht. Das Leben hatte nicht nur Niederlagen für ihn parat.

Mit einem erneuten Gähnen blickte er auf seine Armbanduhr. Noch knappe zwei Stunden bis zur Pressekonferenz, von der er nicht wirklich Neues erwartete. Er beschloss, ein wenig durch die Innenstadt zu bummeln, Schneefall hin oder her, und dann im Café im Zentrum einen Cappuccino zu trinken und sich dazu ein süßes Stückle zu gönnen.

Dieses ganz leichte Triumphgefühl wollte er so lange wie möglich konservieren. Die Reaktion der Kollegen konnte er voraus ahnen. Sie würden ihm mit der einen Hand auf die Schulter klopfen, während die andere geballt in der Hosentasche steckte.

Die Autofahrer legten tatsächlich ungewöhnlichen Langmut an den Tag und schlichen vorsichtig über die schneebedeckten Fahrbahnen im Stadtzentrum. Wegen so eines Wetters machte kein Älbler ein Aufhebens. Wer hier seine Autofahrerlaufbahn begonnen hatte, kam schon mit dem Schnee zurecht. Die meisten jedenfalls.

Die Räumfahrzeuge des städtischen Bauhofs waren erst einmal damit beschäftigt, die Bundesstraße und die Landstraßen zu räumen. Der Einsatz der Räumfahrzeuge war eine logistische Meisterleistung. Im vergangenen Winter hatte Malthaner eine Reportage über den Schneeräumdienst am Beispiel Albstadts geschrieben und war selbst beeindruckt, wie gut organisiert die Sache ablief. Zumindest an der Mehrzahl der Wintertage. Kein Vergleich mit dem Chaos, das sie unten im Großraum Stuttgart anrichteten, sobald mal ein paar Schneeflocken auf der Straße lagen.

Es war ein geschäftiger Morgen. So lebhaft ging es in der

Innenstadt sonst eigentlich nur am Familieneinkaufstag Samstag zu. Fußgänger hasteten ihrem Ziel entgegen, konnten dem neuerlichen Wintereinbruch keinen Reiz abringen. Auch die Gehwege waren schneebedeckt. Die Halbwertszeit von Schuhspuren im frischen Schnee betrug bestenfalls ein paar Minuten, dann wurden sie von der weißen Pracht begraben.

Der Winter meldete sich mit Macht zurück. Außer ihm schienen alle Leute mit Schirmen ausgerüstet zu sein, dachte Malthaner, auf dessen Haare und Jackenkragen sich die Schneeflocken in rasendem Tempo vermehrten.

Egal, er ließ sich nicht davon abbringen, seine Runde zu drehen.

An den Schaufensterfassaden der Marktstraße ging er schnell vorbei. Das Schmuckgeschäft, das exklusive Bekleidungshaus, ein Optiker, ein zweiter und ein dritter, dazwischen eine kleine Bäckereifiliale – die typische Kleinstadt eben. Geschäfte, die ums Überleben kämpfen mussten. Malthaner hastete weiter und versuchte, sich nah an den Gebäuden zu halten, um etwas weniger Schnee abzubekommen. Er kam an der Geschäftsstelle der Zeitung aus dem Schwarzwald vorbei. Sie fristete ein Schattendasein gegenüber dem Albblatt und Malthaner fragte sich seit Jahren, wie lange die Chefetage des Blattes im fernen Schwarzwald das noch mitmachen würde. Die Kollegen hier in Albstadt waren alle recht nett, hatten aber wegen der vergleichsweise geringen täglichen Auflage im eigenen Haus einen schweren Stand, wie Malthaner aus Gesprächen mit ihnen wusste.

Im zu großen Schaufenster der Bankfiliale buhlten zu viele Immobilienangebote um die Aufmerksamkeit zu weniger solventer Passanten. Am Drucker in der Schalterhalle holte sich Malthaner einen Kontoauszug. Der Blick darauf bestätigte, was er sowieso schon wusste. Immerhin war er nicht in den Miesen, aber von einem Polster konnte nicht die

Rede sein. Kein unbekannter Erbonkel aus Amerika hatte einen Batzen Geld überwiesen. Würde er also weiterhin Lotto spielen und sich den Wunsch vom neuen Auto ein andermal erfüllen. Im nächsten Jahr oder im nächsten Leben.

Er trat wieder in die Kälte hinaus.

Auf Höhe der Parfümerie zog ein undefinierbares Duftgemisch in Malthaners Nase, obwohl die Ladentüre angesichts der Temperaturen ausnahmsweise nicht offen stand. Der Lebensmittelmarkt, ein weiterer Optiker, die Filiale des großen Kaffeerösters, ein alteingesessenes Spielwarengeschäft und ein kleiner Zeitungskiosk, der seit vielen Jahren seinen Platz behauptete und erfolgreich den modernen Zeiten trotzte – alles war wie immer, abgesehen vom heftigen Schneefall. Beruhigend. Hier war Malthaner zuhause, hier fühlte er sich wohl, an den meisten Tagen jedenfalls.

Über die Auswirkungen der verkehrsplanerischen Umgestaltungen, die hier gewütet hatten, wollte er sich im Moment keine Gedanken machen. Mit zusammengekniffenen Augen trotzte Malthaner den Schneeflocken, die ein launischer Wind urplötzlich von vorne her auf ihn zutrieb, als er seinen Weg in die Sonnenstraße fortsetzte. Vor der Kreuzung, an deren gegenüberliegender Seite ein potthässlicher Betonklotz hockte, in dem sich ein Multimediamarkt eingenistet hatte, wechselte Malthaner auf die andere Straßenseite. In entgegengesetzter Richtung lief er zurück.

Vor der Buchhandlung, die er besonders schätzte, hielt er kurz an und blickte ins Schaufenster. Durchnässter konnte seine Kleidung sowieso nicht mehr werden. Reiseführer, überall Reiseführer im großen Schaufenster, bunte und dicke Bücher, die eine Flucht in wärmere Länder propagierten, in denen der ewige Sonnenschein herrschte. Zu verlockend angesichts des aktuellen Wetters auf der Schwäbischen Alb.

Vor dem Haushaltwarengeschäft stieß Malthaner fast mit einer Frau zusammen, die ihren Schirm wie ein Abwehrschild vor sich her trug. Bankfiliale, Metzgerei, Schuhgeschäft, Konditorei, noch ein Tchibo. Jetzt wollte er nur noch schnell ins Café kommen und sich wieder aufwärmen. Das war eben doch eindeutig kein Wetter für einen gemütlichen Vormittags-Spaziergang.

Er ließ sich möglichst entfernt von der Eingangstüre nieder. Trotz der relativ frühen Stunde waren schon einige Tische besetzt. Schüler, die entweder eine Hohlstunde hatten oder den Unterricht schwänzten und sich kleideten wie New Yorker Ghettokids, gaben ihr Taschengeld aus, ein paar ältere Frauen genossen den ersten Kuchen des Tages. Ein Mann im ausgesprochen edel wirkenden Zwirn, der einen dampfenden Tee vor sich stehen hatte, versteckte sein Gesicht hinter einer lachsfarbenen Seite der aktuellen Financial Times.

Noch eine gute Stunde bis zur Pressekonferenz. Malthaner schlug sie mit drei Cappuccino, einem Croissant, dem Durchblättern des Spiegels und regelmäßigen Blicken aus dem Fenster tot. Mit der dritten Tasse kam das Niesen. Erst einmal, dann zweimal, dann dreimal. Kein gutes Zeichen, denn so begannen seine Erkältungen meistens.

Noch immer rechnete Malthaner Euro-Preise in Mark um und wusste sich damit in guter Gesellschaft mit dem Großteil der Bevölkerung. Brigitte nervte es immer, wenn er ihr etwas vorrechnete. Über 20 Mark für drei Tassen eines mittelmäßigen Gebräus und ein labberiges Gebäck, das erschien ihm deutlich zu viel.

Missmutig machte er sich auf den Weg zu seinem Auto, um das Polizeirevier anzusteuern. Der Schneefall hatte in seiner Intensität eher noch zugenommen. Erst einmal galt es, den

Wagen von Schnee zu befreien. Mit dem Einschalten der Scheibenwischer war es nicht mehr getan, sie schafften die Massen nicht beiseite. Genervt ließ er sich in den Sitz fallen. Der Motor sprang an. Gott sei Dank. Glück auch, dass ihm auf seinem Weg zum Revier keine Hindernisse in den Weg kamen. Noch lief der Verkehr, langsam zwar, aber er lief.

Eine Handvoll Kollegen warteten schon, als Malthaner ankam. Die meisten kannte er, sie waren von den lokalen und regionalen Blättern, dazu eine junge Frau vom Privatsender aus Reutlingen. Reiher plauderte mit ihnen.

»Schön, Sie zu sehen«, sagte er zu Malthaner und schüttelte ihm die Hand.

»Das meinen Sie nicht ernst«, entgegnete der.

Reiher grinste schief und bekam dabei einen lausbübischen Zug um den Mund, der durchaus zu diesem Mann passte, obwohl er unmittelbar vor der Pensionierung stand. Reiher gehörte zu der seltenen und beneidenswerten Sorte von Menschen, die sich auch im fortgeschrittenen Alter einen jugendlichen Charme erhalten konnten. »Sie haben gestern doch von Marquardt gehört, dass wir Sie sehr schätzen.« Das Grinsen wurde zu einem Lachen, das den Platz zwischen beiden Ohren ausfüllte.

Malthaner winkte ab. »Wie hat Ihr geschätzter Chef denn darauf reagiert, dass ich ihm seinen Knüller gestohlen habe?«

»Ihr Bericht heute? Er hat ihn mir gegenüber noch gar nicht erwähnt, scheint sich also auch nicht besonders zu ärgern. Es war ihm ja klar, dass Sie berichten würden.«

»Also wusste er, dass Sie mich gestern verständigt haben?«

Der Pressesprecher zuckte mit den Schultern. »Natürlich. Er hat Ihnen ja versprochen, dass Sie die Sache exklusiv bekommen, wenn Sie lange genug stillhalten.«

»Hätte nicht gedacht, dass er sich an sein Versprechen erinnert.«

»Malthaner, wir sind Beamte. Wir halten unser Wort.« Wieder ein Grinsen bei Reiher. Zum Ende seiner Dienstzeit wurde er Malthaner immer sympathischer. Volker Vogt, beim Albblatt der Mann für die besonderen Geschichten, kam auf beide zu und knuffte Malthaner in die Seite. »Junge, da hast du ja für einige Aufregung bei uns gesorgt.«

Malthaner stellte sich unwissend. »Warum denn das?«

»Jetzt tu' nicht so. Mein Chef ist vorhin in der Redaktionskonferenz knapp unter der Decke gekreist und hat mich und die Kollegen mal wieder als die allerletzten Deppen hingestellt. Dass du von der Leiche gewusst hast und wir nicht, das sind ein paar neue Sargnägel für ihn.«

»Blödmann.«

Vogt schaute ihn irritiert an.

»Nicht du. Dein Chef. Nimm's leicht.«

Vogt schaute gequält.

Reiher folgte ihrer Unterhaltung stumm, als der Leitende Polizeidirektor in den Raum trat. Heute wieder ganz der Chef. Die Unsicherheit und Angespanntheit, die ihn gestern im eisernen Griff hatte, war wie weggeblasen. Mit einer seiner ausladenden Handbewegungen fordert er die Anwesenden auf Platz zu nehmen. Der große Konferenztisch machte bei dieser Pressekonferenz deutlich mehr Sinn als bei Malthaners erzwungenem Besuch gestern.

Zwei Dutzend Pressemappen lagen auf dem Tisch. Darin befand sich das von Reiher ihm gegenüber bereits angekündigte Foto von den Schuhen und eine stichwortartige Personenbeschreibung des unbekannten Toten – soweit die Kriminaltechniker sein Äußeres noch hatten rekonstruieren können. Aber darin war man heute ja bedeutend weiter als noch vor wenigen Jahren, wie ihm Reiher schon berichtet hatte.

Malthaner schob das Foto achtlos zur Seite, ohne bewusst einen Blick darauf zu werfen.

Der Leitende Polizeidirektor hielt sich überraschenderweise an das branchenübliche Ritual und ließ seinen Pressesprecher die Begrüßung der Journalistenmeute vornehmen, ohne ihm schon beim zweiten Satz ins Wort zu fallen. Dann räusperte er sich, was eine Marotte von ihm war, wie Malthaner immer wieder bemerkte, und kam ausschweifend auf den Leichenfund zu sprechen. Dabei wussten alle Kollegen, die schon einen Blick in die Landeszeitung geworfen hatten, was Sache war.

Der Polizeidirektor redete und redete, dabei fuchtelte er mit seiner siegelberingten Hand umher, wie Zorro mit seinem Degen. Einige der Journalisten wurden zunehmend ungeduldig. Nach 15 langen Minuten kam er zum vorläufigen Ende. Neues erfuhr Malthaner nicht.

Alles lief darauf hinaus, dass die Polizei noch immer nicht die leiseste Ahnung hatte, wessen Überreste sie vor über zwei Wochen vom gefrorenen Boden aufgeklaubt hatten.

Diese Bilder schoben sich in sein Bewusstsein, wie er selbst mit dem Geologen Olaf Ottenbacher im Zollerngraben umher stiefelte. »Sie wissen ja, wie sehr wir Ihre Arbeit schätzen«, hörte er den Polizeidirektor sagen, als er sich wieder auf das Geschehen in diesem Raum konzentrierte.

»Sie meinen wohl, wie sehr wir auf Sie angewiesen sind«, platzte es aus der forschen jungen Kollegin vom Radio heraus. Wo sie Recht hatte ...

Der Leitende Polizeidirektor versuchte, sich nicht provozieren zu lassen. Sein beherrschtes Verhalten stand im krassen Gegensatz zum rot glühenden Gesicht, in dem sich sein Ärger widerspiegelte. Er blickte drein, als wolle er jemanden ermorden.

Malthaner musste niesen, peinlich laut. Die Zeit für die Fragerunde war gekommen. Es waren genau die Fragen, die zu erwarten waren. Wieder schweiften Malthaners Gedanken ab. Die Schuhe schienen tatsächlich der Strohhalm zu sein, an den sich die Ermittler klammerten. Jetzt erst betrachtete Malthaner das Foto. Es zeigte die Abbildung eines Schuhes, einmal in der Draufsicht und einmal die Sohlen. Ein sehr stabiler Halbschuh, der gerne ein Stiefel gewesen wäre, so kam es ihm vor. Sah aus wie ein Trekkingschuh: Dicke Kreppsohlen und ein Obermaterial, für das ein Werbefritze den Begriff »unkaputtbar« gebraucht hätte. Dicke gelbe Schnürsenkel. In die Sohlen war groß der Aufdruck »Scorpion« eingestanzt, dazu deutlich kleiner eine zehnstellige Ziffernkombination und die Buchstaben »key.«

Es schien ihm komisch, aber die Schuhe kamen ihm bekannt vor. Er hatte solche Schuhe ganz bestimmt schon einmal gesehen, konnte aber nicht sagen wo. Malthaner ließ das Foto durch die Finger gleiten und schnippte es vor sich auf den Tisch.

Das Frage- und Antwort-Spiel zog sich hin. Malthaner schaute auf die Uhr. Eine Dreiviertelstunde waren sie schon hier. Wieder entfuhr ihm ein viel zu lauter Nieser, Gott sei Dank kam wenigstens kein Rotz mit. Als Reiher das Schlusswort sprechen wollte, schoss der Kollege Vogt die Frage ab, auf die Malthaner sowieso wartete. »Wo wir gerade hier sind: Was können Sie uns von diesem anderen Mordfall sagen, bei dem diese junge Frau Vogel umgekommen ist?«

Der Polizeisprecher und der Leitende Polizeidirektor waren vorbereitet, hatten solche Fragen ganz offensichtlich erwartet. »Es gibt keine neuen Erkenntnisse«, sagte Reiher und der Polizeidirektor nickte stumm mit dem Kopf dazu.

Für Jörg Malthaner gab es eine neue Erkenntnis. Die Polizei machte sich nicht mehr die Mühe, das Wort vom Mord zu relativieren. So wenig wie dieser Marquardt vom LKA das gestern ihm gegenüber getan hatte. Damit war der Fall Caroline Vogel also endgültig und offiziell ein Mordfall Caroline Vogel.

Es war fast halb eins, als sich die Runde auflöste.

Als er die Unterlagen zusammenpackte und dabei das Foto wieder in die Hand nahm, fragte sich Malthaner erneut, wo ihm solche Schuhe schon einmal untergekommen waren.

Noch eine Erkenntnis nahm Malthaner aus der Pressekonferenz mit: Er hatte sich einen formidablen Schnupfen eingehandelt.

Hauser in der Redaktion der Landeszeitung zeigte kein Interesse an den Fotos von den Schuhen. Hätte es sich um einen Stuttgarter Mordfall gehandelt, dann wäre bestimmt ein Bild abgedruckt worden. Aber Albstadt lag für Malthaners Kollegen von der Landeszeitung ja so weit im Land draußen. Fast wie auf einem anderen Planeten.

Dafür war Hauser an Malthaners Angebot für eine der nächsten Samstagbeilagen interessiert. Tierbeschlagnahme auf einem verlotterten Bauernhof, unterfüttert mit allgemein gültigen Zahlen und Fakten über solche Aktionen, das klang in seinen Ohren gar nicht so übel. »Ein Stück aus der Provinz«, wie Hauser sagte, ohne dass es hämisch klang.

Malthaner versuchte, sich die Szene auf dem Hof ins Gedächtnis zurück zu rufen. Notizen hatte er vor Ort keine gemacht und hinterher war er vom Mordfall Vogel überrascht worden. Immerhin hatte er sich ein paar allgemeine

Fragen notiert, die er der Amtstierärztin stellen wollte. Das wäre jetzt doch die Gelegenheit, dachte er.

Wie hießen noch gleich die alten Leute auf diesem einsamen Hof? Staringer. Ja, klar. Die verarmten Eltern des wahrscheinlich sehr vermögenden Eishockey-Idols, das in der Blütezeit seiner Karriere in die stärkste Liga der Welt nach Amerika gegangen war.

In diesem Moment traf Malthaner die Erkenntnis mit der Wucht eines von der Blauen Linie abgefeuerten Puck.

Staringer. Natürlich. Winfried Staringer.

Das war der Typ, der gestern Abend in die Kneipe gekommen war und ihn so komisch angesehen hatte. Der massige und große Kerl mit dieser eigenartigen Einbuchtung mitten im Gesicht.

Kein Wunder, dass er Malthaner gleich bekannt vorkam. Es war Winfried Staringer, gar keine Frage. Einige Jahre gealtert seit der Zeit, als sein Konterfrei regelmäßig auf den Sportseiten der größeren Zeitungen und im Albblatt abgebildet war. Die Geschichte über seine Eltern musste warten und die Amtstierärztin musste ebenso warten.

Einem inneren Drang folgend, stöberte Malthaner im Internet umher auf der Suche nach Informationen über den ehemaligen Eishockeystar. Im Telefonbuch hatte er es ja schon einmal erfolglos versucht.

Nach einer halben Stunde Internetrecherche formte sich ein Bild von der Karriere des talentierten Jungen von der Alb. Staringer war vier Jahre älter als er selbst, fand Malthaner schnell heraus. Seine große Zeit in der Bundesliga und im Nationalteam war in den frühen achtziger Jahren. Als 26-Jähriger wechselte der Verteidiger von der Düsseldorfer EG zu den Philadelphia Flyers.

Die Flyers also, ein Team, das es in der NHL auch heute

noch gab. Berichte über vereinzelte Einsätze des Deutschen im Profi-Team fand Malthaner in amerikanischen Quellen. Die Philadelphia Flyers selbst hatten eine ansprechende Website. So erfuhr er, dass Staringer es in der Saison 84/85 auf lediglich elf Einsätze brachte, dabei ein Tor erzielte und drei Vorlagen gab. Als Staringer in aller Munde war, dachte noch niemand an die revolutionäre Entwicklung des Internet.

Das war ja interessant: Nach einer schweren Trainingsverletzung lösten die Flyers den Vertrag auf. Staringer versuchte es noch mal in der Bundesliga bei seinem früheren Verein in Mannheim, brachte es aber auch hier nicht mehr zum Stammspieler. Die Verletzung sorgte dafür, dass er seine so hoffnungsvoll begonnene Karriere begraben musste. Finanziell war er bestimmt damals schon ein gemachter Mann. Zwar gibt es in Deutschland noch immer nicht viele Eishockeyprofis, die es mit den Gehältern von Fußballern aufnehmen können, aber der junge Nationalspieler aus Albstadt war eine Zeit lang ein echter Star und warb sogar einmal in einem Fernsehspot für einen Joghurt, wie Malthaner bei seinen Internetrecherchen herausfand.

Welcher Art die Verletzung war, die ihn zum Karriere-Ende zwang, konnte Malthaner nirgends nachlesen. Immer wieder dachte er an diese Verformung in Staringers Gesicht.

Reinhard kam ihm in den Sinn.

Reinhard, der alle und jeden kannte. Es war ja immerhin möglich, dass er etwas über Staringer erzählen konnte. Wenn irgendwer aus Malthaners Bekanntenkreis, dann Reinhard.

Er wählte die Büronummer des Freundes und sah dieses Büro vor seinem geistigen Auge. Vorsichtig formuliert, herrschte dort kreatives Chaos vor. Wie Reinhard es je schaffen konnte, ein erfolgreicher Unternehmer zu werden, war Malthaner völlig schleierhaft.

»Wer stört?«, eröffnete Reinhard das Gespräch. Dabei wusste er das natürlich, weil die Nummer von Malthaners, von Brigittes Anschluss auf seinem Display auftauchte.

»Ich brauche eine Auskunft«, sagte Malthaner, ohne jede Begrüßungsformel. »Sagt dir der Name Winfried Staringer etwas?«

Reinhard musste nicht lange überlegen. »Natürlich. Allerdings wundert es mich, dass du ausgerechnet mich das fragst.«

»Warum?«

»Weil du genau weißt, dass ich mich im Sport nicht besonders gut auskenne.«

»Immerhin scheinst du zu wissen, dass Staringer ein Sportler war.«

»Wer weiß das nicht in dieser Stadt?«, fragte Reinhard zurück. »Ich habe lange nichts mehr von ihm gelesen, aber er läuft mir ab und zu mal über den Weg.«

Malthaner stutzte. »Wo?«

»Na einfach so, in der Stadt. Oder beim Essen in dem einen oder anderen Restaurant. Er wirkt nicht besonders sympathisch. Also, ich wollte noch nie ein Bier mit ihm trinken, ihn umgibt so eine seltsame Aura. Es wundert mich, dass du ihn nicht kennst, er verkehrt auch ab und zu bei Enzo. Staringer fällt immer gleich auf, er ist ein Riese. Außerdem hat er so eine Art Loch im Kopf.« Reinhard gab sich keine Mühe übermäßig sensibel zu erscheinen. »Hat er sich wohl damals beim Eishockey zugezogen.«

»Weißt du genaueres darüber?«

»Nö, interessiert mich auch nicht.« Erst jetzt schien

Reinhard misstrauisch zu werden. »Warum willst du das wissen, wartet da eine heiße Story?«

»Nein«, wiegelte Malthaner ab, »aber ich habe ihn gestern auch in der Kneipe getroffen.«

»Ihr seid fast Nachbarn«, sagte Reinhard leichthin und bewies damit einmal mehr, dass er wirklich über fast jeden in dieser Stadt Bescheid wusste. Hätte die Stasi damals ein paar Informanten von Reinhards Sorte gehabt, der Arbeiter- und Bauernstaat wäre nie untergegangen.

»Wirklich?« Malthaners Überraschung war nicht gespielt.

»Klar, er hat ein Haus in der Lortzingstraße.« Das zählte bei einigem guten Willen tatsächlich noch zur erweiterten Nachbarschaft. Malthaner war baff. Reinhard beschrieb das Haus und Malthaner glaubte zu wissen, welches gemeint war. Wirklich, eine sehr ansehnliche Hütte, wenn auch nicht gerade das, was man sich unter dem Eigenheim eines Stars gemeinhin so vorstellt. Dafür war das Haus dann doch zu gewöhnlich im Land der Häuslesbauer. Malthaner war erstaunt, denn er war Staringer noch nie wissentlich über den Weg gelaufen. »Sag mal«, fragte er Reinhard, »kennst du etwa auch die Eltern von Winfried Staringer?«

»Da muss ich passen.«

Fast schon beruhigend, fand Malthaner.

»Was hat es mit denen auf sich?«, wollte Reinhard natürlich prompt wissen. Wenn er es ihm erzählte, würde Reinhard das sicher in einem entfernten Teil seines Gehirns speichern und bei Bedarf wieder abrufen können. Malthaner sagte es ihm dennoch. »Weißt du, vor ein paar Tagen bei Enzo, da wollte ich dir schon die Geschichte vom alten Bauernhof der Staringers erzählen, aber du hast dich an diesem Abend nur noch für die tote Caroline Vogel interessiert.«

»Moment mal, du bist an diesem Abend den Typen nachgestiegen, die aussahen, als hätten sie sich für die Halloween-Party zurecht gemacht.«

»Apropos, ein Ansgar Schwemmer ist dir nicht zufällig bekannt?«

»Du sagst es.«

»Was?«

»Ist mir nicht bekannt! Wer ist das?«

Reinhards Neugier konnte ihm manchmal ganz schön auf die Nerven gehen. Es hatte aber keinen Zweck jetzt abzuwiegeln, denn Reinhard würde dann sicher quengeln wie ein Kleinkind, das nicht eher Ruhe gab, bis es ein Stück Schokolade bekam.

Also gab er Reinhard seine Schokolade. »Das ist der Typ, auf den der Opel zugelassen ist, mit dem diese dunklen Gestalten neulich unterwegs waren. Wohnt im Hochhaus in der Maurerstraße. Hör dich mal um, vielleicht kennt ihn jemand aus deinem Bekanntenkreis.« Als Mitglied in mehreren Vereinen kannte Reinhard wirklich jede Menge Leute.

»Das klingt mir jetzt aber doch so, als wärst du mal wieder hinter einer Story her, Jörg.«

Damit hatte der gute Reinhard ja nicht Unrecht. Dass das Landeskriminalamt in der Person verdeckter Ermittler und dieses Kommissars Marquardt in der Stadt war, band Malthaner ihm nicht auf die Nase. Schließlich hatte er sich von Marquardt gestern mehr oder weniger einen Maulkorb umbinden lassen. Vorerst zumindest. Vorerst. Sich weiterhin umzuhören, konnte nicht schaden.

»Wenn ich nicht allzu spät aus dem Büro komme, gehe ich heute Abend vielleicht noch ein Stündchen zu Enzo. Kannst ja auch vorbei kommen.«

»Mal sehen. Danke für die Auskunft.«

»Gern geschehen. So lange du mich auf dem Laufenden hältst, helfe ich dir gerne weiter.«

Mit einem Brummen an Stelle einer Antwort legte Malthaner auf.

13

Während des Gesprächs mit Reinhard hatte sich eine Idee seiner bemächtigt. Diesen Schwemmer wollte er sich heute noch einmal aus der Nähe anschauen – warum auch immer. Gut möglich, wenn nicht sogar wahrscheinlich, dass er wieder kurz vor Mitternacht zur Nachtschicht beim Hartmann erscheinen musste. Ja, Malthaner wollte dort sein, wenn der alte Kadett auf den Parkplatz rumpelte. Vorher konnte er ja noch einen Schlenker über die Lortzingstraße machen, in der Winfried Staringer residierte.

Wie so oft fand er keine befriedigen Antwort auf die Frage, warum er das alles machte. In der Vergangenheit hatte sich immer wieder heraus gestellt, dass er bei solchen auf den ersten Blick vollkommen sinnfreien Aktionen Informationen sammeln konnte, die sich später irgendwann als nützlich erwiesen. Manchmal fühlte er sich den Ermittlern aus den Filmen ähnlich, mit denen er aufgewachsen war. »Instinkt«, murmelte Malthaner theatralisch, und fand damit für sich doch noch eine Rechtfertigung seines Handelns. Zum Glück war niemand in der Nähe, der ihn hören konnte.

Dann tat er es doch: Er rief die Amtstierärztin an und stellte ihr die Fragen, die er zur Tierbeschlagnahme notiert hatte. Ihre Antworten waren informativ, sachlich und nüchtern. Ganz zum Ende des Gesprächs erlaubte sie sich ein paar Emotionen und teilte Malthaner seufzend mit, dass sie keinen Schimmer habe, wie man mit dem alten Ehepaar Staringer verfahren solle. Mitleid wog in diesem Moment schwerer als der Ärger, den die Alten ihr immer wieder bescherten.

Malthaner versuchte es einfach mal: »Wissen Sie, dass die Staringers …« Er musste zweimal ansetzen, denn ein Niesen erwischte ihn mitten im Satz. »Wissen Sie, dass die Staringers einen angeblich sehr vermögenden Sohn haben?«

Die Frage entlockte der Veterinärin nicht gerade einen Ausruf grenzenloser Überraschung. »Natürlich. Das weiß doch jeder. Ein Sportler. Er soll ein bisschen komisch sein, wie man hört. Bei diesen Eltern wundert mich das nicht besonders. Aber das wollen Sie bestimmt nicht von mir wissen. Die Familienverhältnisse der Leute interessieren mich selbst auch nicht besonders. Wissen Sie, Herr Malthaner, auch wenn es vielleicht nicht anständig ist, aber ich will mir nicht auch noch die Sorgen fremder Leute aufhalsen.«

»Ein Standpunkt, den ich uneingeschränkt nachvollziehen kann.«

Mit den zusätzlichen Informationen fiel es ihm nicht schwer, relativ schnell einen umfangreichen, informativen und zugleich spannend zu lesenden Artikel zu verfassen. Unterbrochen wurde nur er von einer Serie von Niesanfällen. Als er fertig war, holte er sich ein Bier aus dem Kühlschrank. Alkohol schon am Nachmittag, das war etwas Neues.

Trösten konnte Malthaner sich damit, dass bereits später Nachmittag war, wie der Blick auf die Uhr zeigte. Er korrigierte seinen Text noch einmal, dann schickte er ihn mit einem Mausklick an Hauser.

Malthaner lehnte sich zurück, doch die Bewegung verriet keine Entspannung. Hauser, der gute alte Hauser. Schade, dachte Malthaner, aber der Kontakt zu Hauser hatte in den letzten Monaten erheblich nachgelassen. So wie sein Kontakt zu allen Stuttgarter Kollegen und Freunden. Und nicht nur zu denen, wie Malthaner seine traurige Bilanz fortsetzte. Mit wem von den Freunden hier in Albstadt traf er sich denn noch regelmäßig? Mit Reinhard, ja, aber sonst war da nicht mehr viel. Das hatte sich so ergeben. Nicht, dass er bewusst Abstand halten wollte, nein, Jörg Malthaner wusste, wie wertvoll Freundschaften waren. Ob er auf dem Weg zum Einsiedler war, wollte er sich gar nicht so genau fragen. Auf jeden Fall war er einsam. Er hatte Freunde, die er nie sah und eine Lebensgefährtin, mit der er immerhin noch räumlich aber nicht mehr emotional zusammenlebte.

Kurzentschlossen wählte er die Nummer von Brigittes Praxis. Eine junge Arzthelferin tat ihm sofort den Gefallen und stellte das Gespräch an Brigitte durch.

»Hallo Schatz«, begann er. Malthaner registrierte, wie schwer es ihm fiel, den Kosenamen zu benutzen. Es gehörte eben zum Ritual. »Vorhin habe ich mit Reinhard telefoniert. Er wird heute Abend wohl bei Enzo sein. Hast du Lust, mal wieder mitzukommen?«

Einmal mehr ein Versuch, die Hängepartie, zu der sich ihr gemeinsames Leben entwickelt hatte, zu verlängern. Erhalt des Dämmerzustands ihrer Beziehung, nicht mehr. Er fragte sich, wie lange er das noch aushielt.

»Ob ich theoretisch Lust dazu hätte, ist nicht die Frage. Ich kann schlicht und einfach nicht, weil ich heute noch eine Menge Patienten in die Sprechstunde bestellt habe.« Es kam nicht selten vor, dass selbst um acht Uhr abends das Wartezimmer voller echter und eingebildeter Kranker war.

»Was glaubst du, wann du heim kommst?«, fragte er ohne rechten Enthusiasmus.

»Sicher nicht vor neun, halb zehn«, antwortete Brigitte

neutral und es war nicht zu erkennen, dass sie sich über diesen Umstand grämte.

»Du könntest ja direkt von der Praxis zu Enzo kommen«, unternahm er einen weiteren schwachen Versuch.

»Egal, wann ich die Praxistüre hinter mir schließe, es wird das Ende eines verdammt arbeitsreichen Tages sein. Da kann ich nicht noch in der Kneipe die geistreiche Freundin des Bohemien geben.« Angriffslustig jetzt. Wieder einmal ein Vorwurf, dass sie diejenige war, die hart arbeiten musste, während er ein lockeres Leben führte, das Leben eines Faulenzers. Zu Beginn ihrer Beziehung war Brigitte fasziniert von seinem Dasein als freier Journalist und zeigte sich interessiert an seiner Arbeit und daran, wie er die jeweiligen Tage verbracht hatte. Wie sich die Zeiten doch änderten.

Sie war diejenige, die zuerst auflegte.

Welche Symbolik, dachte er.

Das zweite Bier schmeckte nicht besser als das erste. Lustlos knabberte Malthaner an einer Gurke herum. Viel mehr gab der Kühlschrank nicht her. Arbeit könnte der Schlüssel dafür sein, um an diesem Abend nicht in völliger Depression zu versinken.

Zum wiederholten Male ordnete er das Material für die Gewerkschaftszeitung auf dem Tisch. Aus verschiedenen Quellen einen leserlichen Text zu basteln, war keine große Sache. Inhaltlich ging es um den Arbeitsplatzverlust in der deutschen Textilbranche in den vergangenen zwei Jahrzehnten. Davon konnte man auf der Südwestalb ein Lied singen. Früher war das ein Zentrum der europäischen Textilindustrie gewesen und hatte vielen tausend Familien ein Einkommen gesichert. Jetzt existierten nur noch eine Handvoll Firmen, die produzierten. Viele davon standen mit dem Rücken zur Wand und es schien nur eine Frage der Zeit zu sein, bis auch sie schließen würden. Nicht gerade eine Erkenntnis, die Malthaner aufmuntern konnte. Der wirtschaftliche Niedergang in seiner Heimat bedrückte ihn.

Routiniert verfasste er einen Text und schickte ihn per E-Mail an die Redaktion des Blattes, die in Düsseldorf saß. Ein Gewerkschaftsblatt in der Schickimicki-Metropole. Was es nicht alles gibt.

Malthaner redete sich selbst ein, an diesem Tag richtig rangeklotzt zu haben. Ein Besuch später bei Enzo wäre da nur eine gerechte Belohnung. Außerdem musste er sich den Abend vertreiben, bis er kurz vor Mitternacht den Hartmann-Parkplatz ansteuern wollte. In dieser Affenkälte wollte er nicht allzu lange nachts im Auto sitzen. Wie zur Bestätigung seiner Gedanken, schüttelte ihn ein infernalisches Niesen. Im Bad suchte er nach Papiertaschentüchern und fand keine. Er beschloss, noch schnell in den Supermarkt zu fahren. Konnte ja nichts schaden, den Kühlschrank ein bisschen aufzufüllen.

Natürlich kaufte er vollkommen anders ein, wenn ihm Brigitte einen Einkaufszettel mitgab. So würde er sich den Einkaufswagen mit Tütensuppen, Dosenwürstchen und eingeschweißten Maultaschen voll laden und dafür ein Kopfschütteln von Brigitte ernten.

Wenn es denn beim Kopfschütteln blieb.

Vierunddreißig Euro, siebzig Mark für ein paar Lebensmittel und zwei große Pakete mit Tempo-Tüchern. Wenn seine Mutter früher immer geklagt hatte, dass alles so teuer sei, dann hatte er überlegen in sich hinein gelächelt.

Nachdem er die Einkäufe im Kühlschrank verstaut hatte, schlug Malthaner im Albblatt das aktuelle Kinoprogramm nach. Erst Kino, dann Enzo, dann der Parkplatz vom Hart-

mann, das wäre eine einigermaßen ordentliche Abendge-
staltung, dachte er sich.

Mit Schnupfen ins Kino, das würde die anderen Besucher aber freuen. Egal, er wollte sich ablenken und wenn es
nur für knapp zwei Stunden war. Der einzige sehenswerte
Film schien ihm ein Thriller mit de Niro zu sein. Der große Robert, die Nummer eins. Egal, wie mies der Film sein
mochte, ein Robert de Niro in der Hauptrolle riss es heraus.
Malthaner rief noch einmal bei Reinhard an und sagte ihm,
dass er zwischen zehn und halb elf zu Enzo kommen werde. Natürlich wollte Reinhard nicht mit ins Kino. Kultur
jeder Art – und wenn es sich nur um Kino handelte – war
nicht wirklich sein Ding.

Erst fuhr Malthaner an Staringers Haus vorbei, was ihm
natürlich keinerlei Erkenntnisgewinn brachte. Dann unternahm er einen kurzen Abstecher zu seiner Mutter. Sie
beklagte, dass sie Brigitte schon seit Wochen nicht mehr
zu Gesicht bekommen hatte. Liebe Mutti, da wird ja noch
einiges auf dich zukommen! Malthaner wollte gar nicht
daran denken.

Anschließend begab er sich ins Kino. Der Film war
schlechter als erwartet. Amerikanische Ware von der
Stange. Einer jener Streifen, die man bereits in jenem Moment vergessen hat, wenn sich die Kinotüre hinter einem
schließt.

Reinhard saß schon auf seinem Hocker, als er bei Enzo
eintrat. Es war voll. Vor sich hatte Reinhard ein Hefewei-
zen stehen. Malthaner wollte zunächst bei Wasser bleiben,
denn er hatte ja noch eine Mission zu erfüllen. An diesem
Abend herrschte eine leichte, fröhliche Atmosphäre in der
Bar. Südländisch irgendwie, und das vor der Kulisse einer im
Schnee versinkenden Stadt auf der Schwäbischen Alb. Viele
lachende Menschen. Ihnen schlug das Wetter offensichtlich

nicht aufs Gemüt und sie schienen auch nicht gramgebeugt unter der Last persönlicher Probleme.

»Was gibt's Neues?«, stellte Reinhard seine Standardfrage.

»Meinerseits nicht viel, was du nicht sowieso schon weißt.« Nach wie vor gab es ein paar Dinge, die ihn nichts angingen.

Reinhard brummte. »Ich habe Brigitte schon länger nicht mehr gesehen. Geht es ihr gut?«

»Ja«, antwortete Malthaner mit der knappsten aller Möglichkeiten.

Reinhard sah ihn einen Moment lang prüfend an, sagte aber nichts. Wenn er Lunte gerochen hatte, ließ er es sich nicht anmerken.

Oder doch? »Du bist dünner geworden«, schickte Reinhard hinterher. Das stimmte, hätte ihm aber schon seit Wochen auffallen können – was es vielleicht ja sogar war. Die Lebensumstände zehrten an Malthaner und das machte sich nicht zuletzt beim Gang auf die Waage bemerkbar. Erstmals seit Jahren unterschritt er wieder die 75-Kilo-Grenze.

»Regelmäßiges Biken hält fit«, sagte Malthaner und wusste selbst am besten, wie unglaubwürdig seine Antwort auf sein Gegenüber wirkte. Zum Glück ließ Reinhard die Sache auf sich beruhen.

Malthaner versuchte, das Gespräch in unverfängliches Fahrwasser zu leiten. Es fiel ihm relativ leicht, das Thema zu wechseln. Natürlich sprang Reinhard sofort darauf an, als Malthaner den Fall Vogel und den unbekannten Toten ins Spiel brachte. Die beiden Mordfälle in seiner Heimatstadt regten Reinhards Fantasie ebenso an, wie das bei den meisten anderen Leuten der Fall war. Nur die gut gelaunte Gästeschar bei Enzo hatte das Thema wohl schon durch

166

und ließ sich nicht von ihrer positiven Einstellung abbringen, so wie es aussah.

Malthaner schaute immer wieder auf die Uhr. Schließlich wollte er rechtzeitig auf dem Parkplatz auf Ansgar Schwemmer warten. Reinhard weihte er nicht in seine Pläne für den Rest der Nacht ein.

Kurz nach halb zwölf verabschiedete er sich mit der für Reinhard wenig überzeugenden Ausrede, dass er Schnupfen habe.

Der Schneefall hatte aufgehört, vorübergehend wahrscheinlich. Malthaner steuerte den Parkplatz vom Hartmann an. Etwa 40 Autos standen auf dem Parkplatz, der von mehreren Lampen erhellt wurde. Die Fahrzeuge waren unterschiedlich stark von Schnee bedeckt, was darauf hinwies, dass einige schon länger, andere erst kurz hier standen. Rückwärts setzte er den Saab in eine Lücke zwischen einen Ford Focus und einen älteren Passat. Von diesem Standpunkt aus hatte er eine ganz gute Sicht auf den Parkplatz.

Beim Ausschalten der Zündung sprach er ein toi, toi, toi. Schließlich wusste er nie, ob der Saab beim nächsten Versuch wieder anspringen würde. Das Radio drehte er aus, er wollte keinen Verbraucher eingeschaltet lassen. Es war saukalt und die Batterie war verdammt anfällig.

Nicht einmal fünf Minuten später war die im Wagen gestaute Wärme vollständig entwichen. Zum Glück hatte er daran gedacht, Handschuhe mitzunehmen. Er begann zu frieren und verfluchte sich für seine bescheuerte Idee, hier auf Schwemmer zu warten. Wobei er ja noch nicht einmal wusste, ob der wirklich beim Hartmann arbeitete. Mehr als eine Vermutung war das bisher schließlich nicht. Und wenn dem so wäre, dann war noch längst nicht klar, dass er zur gleichen Zeit wie gestern auftauchte. Selbst, wenn das der Fall wäre: Welche neue Erkenntnis erhoffte er sich überhaupt? Ausgemachter Schwachsinn, mit einem Schnupfen mitten in der Nacht im eiskalten Auto zu sitzen. Vielleicht hatte Brigitte doch Recht mit der Vermutung, dass er nicht mit vernünftiger Arbeit ausgelastet war.

Zehn vor zwölf. Er hörte Stimmen und rutschte tiefer in den Sitz. Drei Männer fortgeschrittenen Alters stapften müde über den Parkplatz. Zwei von ihnen trugen alte Ledertaschen bei sich. Solche, in denen man sein Vesper an den Arbeitsplatz mitnehmen konnte. Sie kamen näher und Malthaner hörte, dass sie sich über das Wetter unterhielten. Ausgerechnet vor seinem Wagen blieben sie stehen.

Die drei verabschiedeten sich voneinander. Einer zückte einen Schlüssel, während die anderen mit ihren schleppenden Schritten davon gingen. Er war bestimmt an die sechzig Jahre alt. Der Kerl stieg ausgerechnet in den Passat ein. Nein, er stieg wieder aus, hatte etwas in der Hand. Malthaner Pulsschlag beschleunigte sich.

Es war ein Eiskratzer. Der Mann befreite die Frontscheibe seines Autos von Eis. Dann kam er um den Wagen herum und kratzte die Scheiben auf der Malthaner zugewandten Seite frei. Dabei ließ er sich viel Zeit. Verdammt, ein Blick in den Saab würde genügen, dass er ihn sehen musste. Doch der Passat-Besitzer schien müde und abgestumpft von einem langen Arbeitstag, einem von unendlich vielen in einem langen Arbeitsleben. Bestimmt wollte er nur noch nach Hause, ein spätes Feierabendbier trinken und dann ins Bett gehen. Stoisch stapfte er wieder zurück um sein Auto herum und wollte einsteigen. In diesem Moment entfuhr Malthaner ein gewaltiges Niesen.

Der Mann hielt inne, die Autotüre halb geöffnet, und glotzte direkt in den Saab. Malthaners dümmlichen Versuch zu grinsen, konnte er wohl nicht sehen, dafür aber das übertriebene Schulterzucken. Es genügte, dass der Ar-

168

beiter sich in seinen Fahrersitz plumpsen ließ und den Passat startete. Ob er wegen seiner Beobachtung die Bullen anrief? Ein Mann, der in einer eiskalten Nacht in seinem Auto saß und wartete, dass es ruhig wurde auf dem Parkplatz, konnte doch nur ein Autoaufbrecher sein. Malthaner wurde nervös. Wie sollte er einer Streife erklären, was er hier trieb? Da gab es genau genommen sogar für ihn selbst nichts zu erklären.

Ein Wagen bog auf den Parkplatz ein und steuerte Malthaners Gedanken in eine andere Richtung. Es war tatsächlich der Kadett, schneebedeckt, der langsam an der Reihe der geparkten Autos entlang fuhr, bis sich eine Lücke auftat. Der Fahrer parkte ein und stieg aus. Vollkommen unspektakulär. Das galt für seine ganze Erscheinung. Ein Arbeiter der Nachtschicht auf dem Weg in die Werkshalle. Schwemmer, wenn es denn Schwemmer war, trug eine Jeans und eine dicke braune Winterjacke. Vom Gesicht war nichts zu erkennen. Er zog die Kapuze auf und hastete davon. Malthaner wartete, bis er aus seinem Sichtfeld verschwunden war. Dann stieg auch er aus und sah sich den Kadett aus der Nähe an. Viel gab es nicht zu sehen, denn der Wagen musste draußen gestanden haben. Eine dicke Kruste aus festgefrorenem Schnee überzog die Karosserie. Der kurze Weg von seiner Wohnung bis auf diesen Parkplatz genügte nicht einmal, um den Schnee auf der Motorhaube zum Schmelzen zu bringen. Schwemmer hatte sich lediglich ein Guckloch in der Scheibe freigekratzt. Durch das versuchte Malthaner ins dunkle Wageninnere zu spicken, sah aber kaum etwas. Im vorderen Radlauf entdeckte er Rost. Wirklich nicht ungewöhnlich für ein Auto dieses Alters. Malthaner versuchte mit seiner behandschuhten Rechten, den festgefrorenen Schnee von der Heckscheibe zu kratzen. Ein Niesen schüttelte seinen Körper. Viele Autos hatten Aufkleber auf der Heckscheibe, die ja durchaus etwas über die Fahrer verraten konnten. Natürlich – kein Aufkleber. Was hatte er auch erwartet?

Gefrustet schlich er zu seinem Auto zurück. Es kam, wie es kommen musste. Der Wagen sprang nicht an. Mit der rechten Hand drehte er den Zündschlüssel, während die Linke einen Stakkatorhythmus auf das Lenkrad trommelte. Zweiter Versuch. Die Karre rührte sich nicht. Verdammte Scheiße! Malthaner schwor sich, in den nächsten Tagen die Batterie wechseln zu lassen.

Beim dritten Anlauf erwachte der Motor zum Leben. Ein Wimmern eher, aber immerhin, noch hatte die Batterie ein wenig Saft. Endlich, der Saab sprang an. Malthaner wollte nur noch nach Hause. Immerhin hielt ihn keine Polizeistreife an.

Wenigstens das konnte er als Plus in seiner unausgeglichenen Bilanz dieser schwachsinnigen Observierungsaktion eintragen.

Halb eins. Es brannte noch Licht, als er die Wohnung betrat. Brigitte war noch nicht zu Bett gegangen. Wieder zog sich sein Magen zusammen.

Sie saß auf dem Sofa, hatte die Fernseh-Fernbedienung in der Hand. Auf dem Couchtisch stand ein fast leeres Glas Rotwein. Daneben eine angebrochene Packung Papiertaschentücher.

»Hallo«, sagte sie, ohne den Blick vom Bildschirm zu wenden, wo ein ergrauter amerikanischer Filmstar zu sehen war, der sein Gnadenbrot in einer Sitcom verdiente.

»Hallo«, antwortete Malthaner. Wie kreativ. Erwartete sie jetzt, dass er sich zu ihr hinunter beugte und ihr einen Kuss gab? Etwas hielt ihn davon ab. Sie schien sich nicht daran zu stören. Er ließ sich neben sie auf das Sofa fallen. Brigitte hielt den Blick starr in Richtung Fernseher gerichtet.

Verstohlen schaute er sie von der Seite an. Sie hatte geweint. Eindeutig. Ein Rumpeln in seinem Magen.

»Als ich nach Hause kam, war ein Anruf für dich auf dem AB«, sagte sie, ohne ihn anzuschauen. »Andi Maurer hat angerufen.«

Katastrophe, meldete Malthaners Gehirn.

Brigitte machte eine Pause, in der das Gesagte wirken konnte. »Er bietet dir eine Wohnung an. Für mich klingt das so, als wärst du gezielt auf der Suche nach einer Wohnung.« Jetzt dreht sie sich zu ihm um und er sah, dass ihre Augen feucht waren.

»Na ja«, stammelte er. »Weißt du…«

Brigitte schüttelte nur den Kopf. »Lüg mich nicht an, Jörg. Du suchst hinter meinem Rücken nach einer Wohnung. Nicht einmal mehr das kannst du mir ins Gesicht sagen. Eigentlich wundert es mich ja schon gar nicht mehr und das ist das Schlimmste. Was für eine jämmerliche Beziehung führen wir denn eigentlich?« Ihre Tränen ließen sich nicht mehr aufhalten. Malthaner fühlte sich, als hätte ihm jemand den Teppich unter den Füßen weggezogen. Er schien zu stürzen, zu stürzen, zu stürzen. Ins Nichts. Er fand keine Worte. Es gab keine passenden Worte für eine solche Situation. Trotzdem versuchte er es und wusste, dass er damit alles nur noch schlimmer machte. »Weißt du, da es bei uns ja schon seit längerem nicht mehr so richtig funktioniert, dachte ich mir, also, falls du mich rauswirfst …«

»Jörg, du bist ein Idiot!«, schrie Brigitte ihn an. »Du hast dich zu einem echten Arschloch entwickelt. Ich hasse dich!«

Es war gesagt. Malthaner wollte kotzen, hatte aber nicht die Kraft, dieses Sofa zu verlassen und ins Bad zu gehen.

Er würgte. Sein Leben, endgültig ein Scherbenhaufen. Das Schlimmste war, Brigitte hatte ja Recht. Es war weiß Gott nicht immer fair, wie er sie behandelte.

Dass dieser unsensible Andi Maurer aber auch alles auf den Anrufbeantworter plappern musste. Dachte der Kerl nicht für fünf Cent?

Sein Kopf war leer, einfach leer und seine Hände zitterten. Brigitte hatte sich wieder im Griff. Sie war aufgewühlt, aber sie hatte sich im Griff. Es war zwangsläufig, was jetzt kommen würde.

»Wenn du schon nach einer Wohnung suchst, dann entscheide dich schnell. Dein Männerfreund Andi kann dir ja sicher weiterhelfen. Ich möchte, dass du ausziehst.«

Sie schleuderte die Fernbedienung auf den Tisch, fegte damit die Papiertaschentücher zu Boden, und sprang auf.

Aus. Ende. Vorbei. Der Trennungsstrich. Vor zwei Jahren war er überzeugt gewesen, dass die Sache mit Brigitte die größte Geschichte seines Lebens war. Jetzt war es aus, alles zerstört, die Träume schmerzhaft geplatzt. Wieder würgte er, aber er wusste, dass er nicht die Kraft zum Kotzen hatte. Er hörte, wie Brigitte die Schlafzimmertür von innen abschloss.

Der Moment, den sie beide seit langem immer wieder hinaus geschoben hatten, er war gekommen. Brutal und mit einer Wucht, die ihn unter sich begrub. Obwohl er gewusst hatte, dass es so kommen würde. So kommen musste.

Zitternd ging Malthaner an das großer Fenster, von dem aus man einen so herrlichen Blick auf die Stadt hatte. Malthaner lehnte die Stirn gegen die Scheibe. Seine Stadt. Er nahm sie nicht wahr.

In der Wohnung würde er durchdrehen. Aber wo sollte er hin, morgens um ein Uhr? Das war keine Großstadt, in der man durchmachen konnte.

Malthaner schnappte sich den Kellerschlüssel. Wenn Brigitte ihn rauswerfen wollte, dann konnte er genau so gut jetzt schon anfangen, die Kartons zu packen. Müde wie ein alter Mann schlich er die Treppe in den Keller hinunter.

Hier hatte er bei seinem Einzug eine ganze Menge Kartons abgestellt, von deren Inhalt er keine Ahnung mehr hatte. Sie waren im hinteren Teil des großen Kellerraumes in drei Reihen an die Wand gestapelt. Die Existenz eines gewissen Jörg Malthaner, gesammelt in ein paar Kartons.

14

Abwesend wühlte er sich durch den Inhalt und ließ seinen Tränen freien Lauf. Es war schweinekalt in diesem Keller, aber er bemerkte es gar nicht. Malthaner riss einen Karton nach dem anderen auf, holte den Inhalt hervor und stopfte ihn wieder in die Kartons zurück. Reine Beschäftigungstherapie.

Die einzelnen Kellerräume waren mit dicken Metallstreben voneinander abgetrennt. Ein Strick, ganz oben mit einem stabilen Knoten befestigt, würde der das Gewicht eines Menschen aushalten? Sein Gewicht?

Er hatte wirklich Angst durchzudrehen und versuchte, sich auf den Inhalt der Kartons zu konzentrieren. Es gelang ihm nicht. Vielleicht half eine Auszeit ihm und Brigitte ja zu erkennen, dass sie doch füreinander da waren. Ein Auszug auf Probe, das war möglicherweise gar nicht das Schlechteste. Aber Brigitte war nicht die Frau für faule Kompromisse. Kaum vorstellbar, dass sie in ein paar Wochen oder Monaten ankommen und ihn wieder bei sich aufnehmen würde, das war ihm nur zu klar.

In einem zerfallenen Karton, der nass geworden war und fast nur noch aus Fetzen bestand, fand er die alten Loriot-Videos, die er so liebte. Seit zwei Jahren lagerten sie im Keller und er hatte es immer wieder verschoben, sie auszupacken und nach oben in die Wohnung zu holen. Jetzt war das nicht mehr notwendig.

Wütend riss er an einem weiteren Karton, der mit Paketband zugeklebt war. Er war schwer. Der Karton enthielt alte Schuhe. Solche, die aufbewahrt wurden, weil sie einen so ungeheuer praktischen Eindruck machten, auch wenn man ahnte, dass man sie nie wieder anziehen würde. Alte braune Slipper, längst aus der Mode gekommen. Weiße Turnschuhe, die mindestens fünfzehn Jahre alt sein mussten. Dann Stiefeletten und halbhohe Stiefel.

Malthaner zog einen davon aus dem Karton heraus. Er drehte ihn ungläubig in der Hand. Ein sehr stabiler Schuh, ein Halbschuh, der aussah, wie ein zu kurz geratener Stiefel. Er hatte die Jahre im kalten Keller anscheinend bestens überstanden, machte geradezu einen fabrikneuen Eindruck. »Scorpion« war groß in die Sohlen eingestanzt. Daneben eine zehnstellige Ziffernkombination und die drei Buchstaben »sil.«

Natürlich! Das Foto eines ganz ähnlichen Stiefels hatte er am Vormittag in Händen gehalten, bei der Pressekonferenz.

Die Schuhe waren ihm gleich so bekannt vorgekommen. Es waren die Schuhe, die der unbekannte Tote im Zollerngraben getragen hatte.

Auf einmal fiel es Malthaner ein, als wäre es gestern gewesen. Er wusste plötzlich ganz genau, wie er damals zu diesen Tretern gekommen war. Mit Britta, seiner Ex-Freundin, war er im Urlaub vier Wochen lang durch den Südwesten der USA gefahren. Das musste Anfang oder Mitte der neunziger Jahre gewesen sein. Auf einem Motel-Parkplatz in Nevada hatten sie seine alten Stiefel stehen lassen. Einfach beim Beladen des Autos vergessen. Als sie am Abend hunderte von Meilen entfernt in einem anderen Motel eingecheckt hatten, bemerkte er den Verlust.

Für die geplanten Wüstenwanderungen brauchte er unbedingt Ersatz und so erstanden sie in diesem Kaff eben diese Schuhe. Nie hätte er so viel Geld für Schuhe ausgegeben, aber Britta hatte darauf bestanden. Malthaner hatte keine Ahnung mehr, wie der Ort hieß, erinnerte sich aber daran, dass in den fünfziger Jahren ein John-Wayne-Western dort gedreht worden war, was diesem Ort auf der touristischen Landkarte seither eine herausragende Stellung garantierte. Da war noch etwas, wie er sich erinnerte: Die US Army hatte dort ebenfalls in den fünfziger Jahren Atomtests durchgeführt. Die Folge war eine exorbitant hohe Krebsrate in der weiten Umgebung. Überdurchschnittlich viele Mitglieder der Filmcrew starben später an Krebsleiden. Das hatte Malthaner damals in einem Reiseführer gelesen.

Malthaner zog das passende Gegenstück zu dem Schuh, den er in der Hand hielt, aus dem Karton heraus. Wirklich, die Dinger sahen aus wie neu. Er konnte sich nicht erinnern, sie nach jenem Urlaub jemals wieder getragen zu haben. Dabei glaubte er zu wissen, dass die Dinger richtig teuer gewesen waren.

Je mehr er darüber nachdachte, desto klarer wurde die Erinnerung. Vor sich sah er den Schuhladen, er konnte sich sogar noch an das Gesicht des Verkäufers erinnern, ein Typ mit dem amerikanischen Dauerlächeln, der den Eindruck vermittelte, niemals einen Kunden lieber bedient zu haben als ausgerechnet ihn, den German guy. Ja, und der Shop gehörte zu einer Kette, die man damals überall im amerikanischen Südwesten sah. Gewaltige Werbetafeln mit dem Konterfei des Al-Bundy-Darstellers wiesen auf die Läden hin.

Seit Jahren hatte Malthaner sich nicht mehr an diese Episode seines Lebens erinnert, eine Fußnote nur, und nun sah er alles ganz deutlich vor sich. Das menschliche Hirn ist eben doch eine ganz besondere Maschine.

Die Schuhe waren nicht hundertprozentig identisch mit denen auf dem Foto, wie ihm auffiel. Sie hatten blaue Schnürsenkel, die auf dem Foto gelbe. Außerdem waren seine hier ganz einfach mindestens zehn Jahre alt. Wahrscheinlich hatte der Tote eine Weiterentwicklung eines Erfolgsmodells getragen, das schon lange produziert wurde. So musste es sein.

Er schlüpfte in die Schuhe hinein. Sie passten. Ideal für den Winter, sehr stabil mit Sohlen wie Jeep-Reifen, wasserundurchlässig, nicht zu schwer. Malthaner nahm sich vor, die Schuhe wieder auszumotten und bei Gelegenheit zu tragen. Am Morgen wollte er seine Erkenntnis mit Polizeisprecher Theo Reiher teilen.

Seufzend nahm er die Schuhe in die Hand und schloss die Kellertür hinter sich ab. Er erklomm die Kellertreppen nach oben. Nie zuvor waren sie ihm steiler vorgekommen.

Die Nacht war furchtbar. Er lag auf dem Sofa, zitternd unter einer Decke und hörte ab und zu ein Schluchzen Brigittes aus dem verschlossenen Schlafzimmer. Er wusste nicht, ob er sauer auf sie war oder einfach nur traurig, ob er sich nur niedergeschlagen fühlen sollte oder nicht doch auch ein bisschen befreit.

In seinem schmerzenden Kopf herrschte Chaos. Ihr gemeinsamer Weg war zu Ende. So trivial zu Ende gegangen wie bei anderen Paaren. Noch vor einem Jahr hätte er das für vollkommen unmöglich gehalten.

Halsschmerzen peinigten ihn und doch war das seine geringste Sorge. Halsschmerzen verschwanden irgendwann wieder. Ganz im Gegensatz zum Wissen darum, dass man sich die Frau zum Feind gemacht hatte, die man einst liebte.

Seine Armbanduhr, die er nicht abgenommen hatte,

zeige genau sechs Uhr, als Brigitte aus dem Schlafzimmer kam.

Er stand auf. »Liebling ...«, stammelte er hilflos. Brigitte sah mitgenommen aus, auch sie hatte eine beschissene Nacht hinter sich.

»Dieses Wort hättest du früher öfters gebrauchen sollen, Jörg«, sagte sie müde, »jetzt ist es zu spät dafür.«

Sie drängte sich an ihm vorbei und ging ins Bad, wo sie den Schlüssel von innen drehte. Er zitterte, was nicht nur an seiner Erkältung lag.

»Lass uns doch reden«, bat er sie durch die verschlossene Türe hindurch.

Auf eine Antwort wartete er vergebens.

Als Brigitte aus dem Bad kam, war auf den ersten Blick nicht zu erkennen, dass es ihr schlecht ging. Sie hatte viel mehr Make up aufgelegt als üblich.

»Zum Reden ist zu spät«, antwortete sie jetzt und sah ihm mit einem traurigen Blick aus ihren wunderschönen blauen Augen an. Augen, in die er nicht mehr oft würde schauen dürfen, wie ihm im selben Moment klar wurde.

Warum nur war alles so gekommen? Malthaner ahnte, dass er im Selbstmitleid versinken würde. Dabei war alles mehr seine als ihre Schuld, wie er wusste. Er war derjenige, der sich abgewandt hatte, er war derjenige, der seiner Lebensgefährtin schon lange keine Aufmerksamkeit mehr entgegen brachte, er war derjenige, der alles verbockt hatte. Weil er ein ichbezogener, selbstgefälliger Arsch war.

»Ich an deiner Stelle würde Andi Maurer anrufen«, sagte Brigitte, die vor dem großen Spiegel im Flur stand und sich die langen blonden Haare zu einem Zopf zusammen band. »Ich will nämlich wirklich, dass du ausziehst, und zwar möglichst schnell. Es hat keinen Sinn mehr mit uns.« Zum

Ende des Satzes wurde ihre Stimme leiser, ihr steckte ein Kloß im Hals. Immerhin war es auch für sie nicht leicht. Doch das änderte nichts an ihrem Entschluss.

Ihm standen Tränen in den Augen. Er wollte sie in den Arm nehmen, sich an sie schmiegen, aber er traute sich nicht.

»Brigitte«, sagte er mit tränenerstickter Stimme, »lass es uns mit einer Trennung auf Probe versuchen.«

Sie schaute ihn an, auch sie weinte. »Was sollte das schon ändern?«, fragte Brigitte. Dann nahm sie ihn in den Arm, presste ihren Körper an den seinen. »Halte mich noch einmal fest.« Sie klammerten sich aneinander wie Ertrinkende, die wussten, dass sie ihrem Schicksal nicht mehr entfliehen können. »Mir tut deine Mutti leid«, sagte sie.

Brigitte und seine Mutter verstanden sich mittlerweile blendend und Brigitte wusste, was ihre Trennung für sie bedeuten musste. So spontan, wie sie ihn an sich gedrückt hatte, schob sie seinen Körper wieder von sich. »Du kannst im Arbeitszimmer schlafen, bis du etwas gefunden hast«, sagte sie mit fester Stimme. Brigitte, die Vernunftbegabte, die mit beiden Beinen fest auf dem Boden der Realitäten stand. Selbst in dieser Situation. Für Brigitte würde die Trennung nicht das Ende der Welt bedeuten, das wusste er, und dieser Gedanke versetzte ihm einen weiteren Stich ins Herz. Natürlich würde auch er weiterleben, aber wie? Wer sein Glück mit Füßen tritt, so wie er, der hatte es nicht verdient.

Sie ging aus dem Haus, ihre Reisetasche umgehängt, und ließ ihn am Boden zerstört zurück.

Wie in Trance stellte er sich einmal mehr ans große Wohnzimmerfenster. Die Stadt lag unter einem weißen Kleid. Auf den Straßen war noch nicht viel los. Da unten lagen die Menschen noch in ihren Betten, glücklich und zufrieden die einen, sorgenbeladen wie er selbst andere. Jeder mit seinem eigenen Schicksal.

Weitermachen. Er musste weitermachen. Das Einschalten der Kaffeemaschine war ein Stück Normalität in seinem Leben, in dem alle Normalität in der vergangenen Nacht verloren gegangen war.

Die Dusche brachte keine Erleichterung. Jörg Malthaner fühlte sich hundeelend. Der Hals schmerzte. Brigitte hatte ihn endgültig rausgeschmissen. Normalität, das war den Strohhalm, an den er sich zu klammern gedachte. Arbeit war Normalität. Ein Gespräch mit Theo Reiher über die Schuhe zum Beispiel.

Andi Maurer. Den würde er zunächst anrufen und zur Sau machen, dass er unbedacht auf den Anrufbeantworter gesprochen hatte. Danach wollte er sich nach einer Wohnung erkundigen. Ein Blick auf die Uhr verriet, dass weder Maurer noch Reiher im Büro sein konnten. Beide begannen ihre Arbeitstage zwar früher als er selbst, was übrigens für den größten Teil der arbeitenden Bevölkerung galt, aber es war noch nicht einmal sieben Uhr.

Malthaner hatte Kopfschmerzen. Die Sorte von Kopfschmerzen, die nichts mit seiner Erkältung zu tun hatte. Rastlos tigerte er in der Wohnung auf und ab. Eine wunderschöne Wohnung, eine Annehmlichkeit, die für ihn bald vorbei war. Im Geist machte er sich eine Liste, was in dieser Wohnung ihm gehörte. Es wurde eine relativ kurze Liste.

Kurz vor acht griff er zum Telefon und wählte Andis Nummer. Er war im Büro. Malthaner erkundigte sich nach der Wohnung und verzichtete darauf, Andi den Kopf zu waschen. Andi hatte ja keine Ahnung.

Eine großzügige Drei-Zimmer-Wohnung, günstig, Baujahr 1993, hübsch, renoviert und sofort beziehbar. Maurer nannte eine Adresse mitten in der Stadt. Nicht gerade eine Gegend, in die Malthaner ziehen wollte, aber darauf kam es nicht an. Schnell sollte es gehen und die Wohnung müsste bezahlbar sein. Sie verabredeten sich für den frühen Nachmittag.

Dann rief er Reiher an und versuchte seine anderen trüben Gedanken für ein paar Minuten wegzusperren. »Hallo Reiher, wollte mich mal erkundigen, was es Neues gibt über die beiden Mordfälle in unserer schönen Stadt.«

»Nichts Neues«, blaffte Reiher zurück, der den Genervten spielte.

»Nichts? Was haben die Veröffentlichungen gebracht?«

»Bisher noch nichts. Es ist noch früher Vormittag, da haben viele Leute ihre Nase noch gar nicht in die heutige Zeitung gesteckt. Wenn, dann erwarten wir frühestens morgen Reaktionen auf die Berichte.«

»Sitzt dieser Marquardt Ihrem Polizeidirektor noch im Nacken?«

»Unter uns: Ja. Er macht ihn nervös, wie Sie vorgestern bestimmt gemerkt haben.«

»Um das nicht zu bemerken, hätte man schon blind und taub auf einmal sein müssen.«

Ein zustimmendes Brummen antwortete Malthaner. »Sonst haben Sie mir gar nichts Neues zu berichten?«, bohrte der weiter nach.

»Nein, selbst wenn Sie noch dreimal fragen.«

»Ich schlage Ihnen etwas vor: Information gegen Information.«

»Was soll denn das jetzt?«

»Nun, sagen wir so: Ich habe da eine Entdeckung gemacht, die im Fall der Leiche aus dem Zollerngraben vielleicht weiterhelfen könnte. Falls Sie Interesse haben, lasse ich Sie gerne an meinem Wissen teilhaben. Im Gegenzug will ich aber von

Ihnen ein bisschen was hören. Sie wissen doch, dass ich nicht gleich alles brühwarm verbreiten werde.«

»Wenn Sie etwas wissen, dann sagen Sie es. Dazu sind Sie als Bürger verpflichtet.«

Wieder einmal verfielen sie in ein Scharmützel, das keinem von beiden richtig behagte. Dennoch schien es ein Automatismus zu sein, den sie beide nicht mehr abstellen konnten. Wie alte Männer, die nicht mehr in der Lage sind, ihre Gewohnheiten zu ändern. »Verpflichtet? Dann sagen ich Ihnen mal, dass Sie als Pressestelle verpflichtet sind, den Medien Auskunft zu erteilen.«

»Wenn es etwas mitzuteilen gibt, dann tun wir das. Also, was wissen Sie oder glauben Sie zu wissen?« Der Polizeisprecher hatte die Stimme erhoben.

»Reiher, lassen wir doch diesen Scheiß! Erzählen Sie mir etwas, was ich noch nicht weiß. Natürlich werde ich Ihnen sagen, was mir aufgefallen ist.«

»Ehrlich, ich kann Ihnen nichts Neues erzählen. Bei dem Toten vom Zollerngraben tappen wir weiter im Dunkeln, wie Sie ja dieser Tage schon richtig bemerkten. Was Caroline Vogel angeht, da kann ich Ihnen schlicht und einfach nichts erzählen. Das Landeskriminalamt hat die Ermittlungen an sich gerissen. Die lassen mich ebenso am ausgestreckten Arm verhungern wie meinen Polizeidirektor. Tja, so sieht's aus.«

»Also gut. Möglicherweise hilft Ihnen meine Entdeckung ja weiter, die ich in meinem Keller gemacht habe.« In Brigittes Keller, der nicht länger auch sein Keller war. Malthaner machte eine Pause, um eine Reaktion Reihers zu provozieren. Sie ließ keine zwei Sekunden auf sich warten. »Im Keller? Jetzt spucken Sie's schon aus!«, forderte der Pressesprecher der Polizeidirektion ihn auf.

»Das Foto von den Schuhen habe ich mir gestern während der PK nur oberflächlich angesehen. Dabei kamen mir die Schuhe irgendwie bekannt vor, was ich zunächst selbst für Quatsch hielt. Dann habe ich das Foto eingepackt und erst Mal vergessen. Gestern Abend, besser gesagt: in der Nacht war ich noch im Keller und dabei fielen mir genau solche Schuhe in die Hände. Vor vielen Jahren habe ich die Dinger in den USA gekauft.«

Reihers Verstand arbeitete schnell. »Sie wollen also andeuten, dass es sich möglicherweise um amerikanische Schuhe handeln könnte und wir ihnen deshalb kein Fabrikat zuordnen können?«

»So sieht es aus. Wenn Sie wollen, bringe ich Ihnen meine Schuhe nachher mal vorbei, dann können Ihre Spezialisten sie mit denen des Opfers vergleichen. Kann ja sein, dass sie damit einen neuen Ansatzpunkt finden.«

»Gut, ich versuche, dass Hauptkommissar Konz auch dazustoßen kann, er führt die Ermittlungen in der Sache. Passt Ihnen kurz vor Mittag?«

»Mir passt es immer.«

Es hatte funktioniert – für ein paar Minuten konnte er seine dunklen Gedanken ein Stück weiter nach hinten in sein Bewusstsein verbannen. In dem Moment, da er auflegte, meldeten sie sich mit voller Wucht zurück.

Malthaner suchte in seiner Schallplattensammlung nach einer ganz bestimmten Scheibe. Melancholie, Erinnerungen an bessere Zeiten, Angst vor dem Ungewissen. Er brauchte einfach die Musik dazu. Da war sie. Songs of Kristofferson. Eine mexikanische Schwarzpressung, die er einmal in Kalifornien auf einem Flohmarkt gekauft hatte. Die besten Lieder von Kris Kristofferson.

Malthaner legte die Platte auf und ließ die Nadel des Plattenarms vorsichtig auf die schwarze Scheibe sinken. Me and Bobby McGee, Help me make it through the night,

The Pilgrim, Lovin' her was easier. Lange hatte er die Platte nicht mehr gehört. For the good times.

Don't look so sad, I know it's over
But life goes on, and this old world will keep on turning
Let's just be glad we had some time to spend together
There's no need to watch the bridges that we're burning

Lay your head upon my pillow
Hold your warm and tender body close to mine
Hear the whisper of the raindrops
Blowin' soft against the window
And make believe you love me one more time
For the good times

I'll get along; you'll find another
And I'll be here if you should find you ever need me
Don't say a word about tommorrow or forever
There'll be time enough for sadness when you leave me

Lay your head upon my pillow
Hold your warm and tender body close to mine
Hear the whisper of the raindrops
Blowin' soft against the window
And make believe you love me one more time
For the good times.

Konnte irgendein Text besser zu seiner Situation passen? Malthaner ließ den Tränen freien Lauf. Die guten Zeiten, sie schienen ihm vorbei. Für immer.

Er ging wieder in den Keller, kleisterte die Kartons, die er in der Nacht zuvor aufgerissen hatte, wieder mit Klebeband zu und stapelte sie in Dreier-Reihen an der Wand. Seine Arbeit wurde immer wieder von Schluchzern unterbrochen. Immerhin würde sein Auszug schnell zu bewerkstelligen sein. Viel besaß er ja nicht. Von wegen Jäger und Sammler. Nicht einmal das Anhäufen unsinniger Gegenstände hatte er auf die Reihe bekommen in fast vierzig Lebensjahren. Vom Besitz einer eigenen Wohnung oder eines Hauses, so wie bei den meisten der früheren Schul- und Studienfreunde, ganz zu schweigen.

Seit seiner Studienzeit hatte er ein improvisiertes Leben geführt, was in jungen Jahren toll war – keine Bindungen, keine Verpflichtungen. Das rächte sich jetzt. Es fehlte ihm an Halt, wie ihm in diesem kalten Kellerraum brutal klar wurde.

Die Verpackungsaktion kostete nicht allzu viel Zeit. In der Wohnung begann er, seine Sachen zusammen zu suchen, was schnell ging. Für seinen Umzug würde er nicht einmal einen Transporter benötigen. Ein Kumpel, der einen dieser großen Geländewagen besaß, kam ihm in den Sinn. Bestimmt könnte er den Wagen ausleihen. Kein Problem. Reinhard fuhr als Zweitwagen einen Jeep. Auch den könnte er sicher mal für einen Tag haben. Das müsste reichen. Drei, vier Fuhren und die Spuren seiner Anwesenheit in Brigittes Wohnung wären getilgt. Die Möbel, die er früher besaß, hatte er vor zwei Jahren bei der Auflösung seiner Stuttgarter Stadtwohnung verkauft.

Der Zettel, auf dem er die Nummer von Rudis Freund beim Innenministerium notiert hatte, kam ihm in die Finger.

Bis zum Termin mit Reiher und Konz war noch reichlich Zeit. Warum sollte er nicht einmal Rudis Kumpel im Ministerium anrufen, der als Experte in Sachen Satanismus galt, ein Kriminalhauptkommissar namens Hans-Peter Dillmann. Konnte ja nicht schaden und er war beschäftigt.

Dillmann stellte sich sofort als zugänglicher und angenehmer Gesprächspartner heraus. Rudi hatte ihn bereits kontaktiert und Malthaners Anruf in Aussicht gestellt.

»Ah, die Sache in Albstadt. Ja, ich habe davon gehört, nicht erst durch Rudis Anruf. Das LKA ermittelt, wie Sie ja offensichtlich ohnehin schon wissen. Zu dem konkreten Fall kann ich Ihnen natürlich nichts sagen, aber allgemeine Fragen beantworte ich gerne, wenn ich kann«, bot Dillmann nach dem Begrüßungsgeplänkel an. Er machte einen zielstrebigen Eindruck.

»Vielen Dank. Es geht mir einfach darum, einen Überblick zu erhalten, weil ich über Satanismus auch nicht viel mehr weiß, als die meisten Leute.«

»Schon klar, aber ich muss Sie wahrscheinlich enttäuschen. Den Satanismus an sich gibt es gar nicht. Wir kennen verschiedene Formen des Satanismus in sehr unterschiedlichen Ausprägungen und Abstufungen. In der Fachliteratur wird zwischen fünf Hauptrichtungen unterschieden. Wahrscheinlich bringt es Ihnen nicht viel, wenn ich wissenschaftliche Bezeichnungen von mir gebe.« Dillmann machte eine Pause und schien auf eine Bestätigung seiner Worte zu warten. »Das sehe ich auch so«, sagte Malthaner.

»Gut. Also, es gibt die Gruftiszene, die Gothicszene sowie Okkultismus und Satanskulte in jedweder vorstellbaren Ausprägung. Die Rituale unterscheiden sich teilweise sehr stark. Die Gruftis beispielsweise werden häufig von anderen Leuten belächelt, die sich selbst als Satanisten verstehen. Eigentlich gehören Gothic, die früher auch als ›Grufties‹ bezeichnet wurden, nicht in den Bereich des Okkultismus. Durch ihr Erscheinungsbild, also schwarze Kleidung und düster geschminkte Gesichter, werden sie aber oft mit Satanisten verwechselt. Die allermeisten Gothics distanzieren sich jedoch deutlich vom Satanismus und drücken ein völlig anderes Lebensgefühl aus. Auch bei den verwendeten Symbolen machen Gothics feine Unterschiede zum Satanismus, zum Beispiel tragen sie aufrecht stehende Kreuze oder Pentagramme anstelle der umgedrehten im Satanismus. Die Gothic-Szene ist eine sehr ästhetische, introvertierte und ausgesprochen friedliche Jugendkultur mit sensiblen, wenn auch mitunter etwas wirklichkeitsfremden Protagonisten, die vornehmlich in der Mittelschicht verankert sind. Die teilweisen Gewaltexzesse des Satanismus sind ihr vollkommen fremd.

Es gibt eine Bewegung, die sich am christlichen Teufelsbild anlehnt, andere sehen in Gott und Satan die beiden Seiten einer Ganzheit. Dann gibt es Thelema-Kulte und so weiter.« Dillmann referierte ganz sachlich, ohne mit seinem Wissen zu protzen. »Häufig haben die okkulten Handlungen eine sexuelle Komponente. Meistens kann man die Leute, die sich selbst als Satanisten verstehen, gar nicht klar einer dieser Klassifizierungen zuteilen, zu unterschiedlich sind Herkunft und Motivation der Satanisten. Es gibt aber Gruppierungen in Deutschland, die einen wesentlich größeren Anteil an der Szene darstellen als andere. Wir stellen seit Jahren einen Zulauf gerade junger Leute zu diesen Szenen fest. Daran hat sicher das Internet einen großen Anteil, denn es gibt jede Menge Foren, die sich mit dem Thema beschäftigen und wo auch gezielt junge Menschen angesprochen und angeworben werden. Festivals erleben einen gewaltigen Zulauf. Dort tauchen Werber der Szene auf, deren Ziel es ist, die Jugendlichen komplett aus ihrem bisherigen Lebensumfeld herauszuziehen. Auf den Konzerten sind <u>häufig</u> schon Zwölf-, Dreizehnjährige.«

»Gibt es ein typisches Alter, in dem Leute aktiven Satanismus betreiben?«

»Das kann man so genau nicht sagen. Große Sorgen

macht uns in der Tat, dass immer wieder und immer mehr Jugendliche Reiz an diesen Dingen finden. In Zeiten so großer sozialer Umbrüche, wie wir sie seit kurzem erleben, scheinen sich viele Jugendliche zu Okkultismus, Spiritismus und Dämonenglauben hingezogen zu fühlen.«

»In der Schule ist der Teufel los«, warf Malthaner ein, dem diese Schlagzeile spontan einfiel, wenngleich er sie nie benutzen würde. Das wäre einfach eine zu saloppe Wortwahl angesichts der Bedeutung des Themas.

»Wenn Sie so wollen«, entgegnete Dillmann. »Man geht davon aus, dass in der Bundesrepublik mindestens jeder zehnte Jugendliche mit okkulten Handlungen in Berührung kommt. Bei den zunächst harmloser scheinenden Varianten wie Gläserrücken soll es sogar jeder Dritte sein. Das sind offizielle Zahlen.« Dillmann atmete hörbar aus, als wäre er selbst über diese statistische Erkenntnis bestürzt. Dann redete er genauso sachlich weiter wie bisher. »Ein Religionslehrer einer Stuttgarter Realschule hat mir neulich gesagt, dass er den Eindruck hat, Okkultismus habe unter den Schülern den Charakter eines Volkssports angenommen. So Unrecht hat er vermutlich nicht. Vor ein oder zwei Jahren gab es eine Umfrage unter 600 Schülern im Alter von dreizehn und vierzehn Jahren. Man wollte von ihnen wissen, ob ihnen spontan die Namen von Video-Filmen einfallen, die sie in den zurückliegenden Monaten gesehen hatten. Dabei wurden zwar einige hundert Filme genannt, die dreizehn Erstgenannten waren allesamt von der Bundesprüfstelle indizierte Horrorfilme.«

Gute Nacht, Deutschland, dachte Malthaner, sagte es aber nicht laut.

»Diese Phänomene gibt es überall in Deutschland im gleichen Maß?«, fragte er den Hauptkommissar.

»Davon müssen wir ausgehen. Allerdings muss man auch

darauf hinweisen, dass der Satanismus gesamtgesellschaftlich eher eine Randerscheinung ist. Es sind regionale Häufungen festzustellen, vor allem im Ruhrgebiet und im Großraum Berlin. In Baden-Württemberg können wir nicht von einer Massierung reden. Eine relativ aktive Gruppierung ist uns aus dem Raum Mannheim/Heidelberg bekannt.«

Die letzten Worte Dillmanns gingen in einem Niesen Malthaners unter, der sich dafür entschuldigte. »Wo, bitte?«

»Mannheim/Heidelberg.«

»Ah, danke. Gehe ich recht in der Annahme, dass der Staat diesen Umtrieben relativ hilflos gegenübersteht?«

»Das kann ich natürlich offiziell so nicht bestätigten, aber lassen Sie es mich so ausdrücken: Die Staatsgewalt tut sich in der Tat schwer damit. Es gab immer wieder Staatsanwaltschaften, die an die Pforte des Teufels geklopft haben, wenn Sie mir diesen kleinen Sprachwitz erlauben. Spontan fällt mir ein Fall aus Berlin ein. Damals hat sich der Staatsanwalt mit dem Thelema-Orden auseinander gesetzt, eine neugnostische Lehre der schrankenlosen Lustentfaltung.

»Schwer, aber nicht unmöglich? Ich denke daran, dass gerade das Landeskriminalamt mit verdeckten Ermittlern in Albstadt arbeitet.«

Dillman blieb die Souveränität in Person. »Natürlich versucht man solche Gruppen zu unterwandern, wenn der Verdacht auf Begehung von Straftaten besteht. Wie gesagt, zu dem konkreten Fall werden Sie von mir nichts hören. Im Übrigen spielen sich viele dieser Dinge in privaten Zirkeln ab. Da kommen wir nicht ran, abgesehen davon, dass die Leute zuhause tun und lassen können, was sie wollen.«

»Mir kommt es halt seltsam vor, dass gerade auf dem Land eine so große Sache ablaufen soll, dass das Landeskriminalamt jemanden einschleust. Wenn das in Berlin oder

von mir aus auch in Mannheim der Fall wäre, könnte ich
es gedanklich eher nachvollziehen. Es wird doch wohl niemand allen Ernstes behaupten wollen, dass ausgerechnet in
einem Kleinstädtchen auf der Schwäbischen Alb der Satanismus fröhliche Urständ’ feiert.«

»Von fröhlich kann in diesem Zusammenhang bestimmt
nicht die Rede sein, Herr Malthaner.«

15

Brigitte rief aus der Praxis an, mit müder Stimme. »Wir sollten uns in den nächsten Tagen aus dem Weg gehen, sonst würden wir uns nur quälen«, sagte sie und teilte mit, dass sie die kommende Nacht und voraussichtlich auch die darauf folgenden bei einer Freundin verbringen werde. Sie sagte nicht, bei welcher Freundin, aber er konnte es sich denken. Monika vermutlich, die für Brigitte so etwas war wie Rudi für ihn. Sie kannten sich schon seit der Schule, hatten sich lange Zeit aus den Augen verloren und waren dann in Albstadt wieder zusammengetroffen.

Daher also die Reisetasche.

»Gut«, antwortete er tonlos. Gut – dabei war alles in seinem Leben das Gegenteil von gut. »Wenn du meinst. Ich treffe mich nachher mit Andi Maurer und schaue mir die Wohnung an. Du weißt ja ...«

»Ja, ich weiß«, sagte sie schwach und legte auf. Malthaner schluckte schwer. Dumpfes Pochen im Schädel, das nicht alleine von seiner Erkältung rührte. Müde hockte er am Tisch, die Glieder fühlten sich fiebrig und schwer an.

Kriminalhauptkommissar Klaus Konz hatte es tatsächlich einrichten können – was denn auch sonst? Immerhin musste er, so wie Malthaner den offenkundig schleppenden Fortgang der Ermittlungen wertete, nach jeder noch so vagen Hoffnung greifen. Wieder saßen sie in dem Konferenzraum zusammen, in dem Malthaner mittlerweile jeden Quadratzentimeter des Bodens und der Wände kannte. Zu dritt schauten sie sich die Schuhe an und verglichen sie mit dem Foto.

»Sehen den Schuhen des Opfers tatsächlich sehr ähnlich«, bemerkte Konz nüchtern. »Wir würden Ihr Paar ganz gerne vorübergehend hier behalten«, sagte er, an Malthaner gerichtet.

»Sind Sie Schuh-Fetischist?«, antwortete Malthaner. Keine Regung, nicht einmal ein missbilligender Blick. Wieder einmal ein Zeichen dafür, dass seine Art von Humor bei Polizisten einfach nicht ankam. Konz fragte ihn stattdessen noch einmal all das, was Malthaner vorhin Reiher schon gesagt hatte. Woher die Schuhe stammten, wann er sie gekauft hatte, ob er den Namen des Ladens noch wusste, und so weiter. Malthaner betete seine Antworten herunter. Konz machte Notizen, hakte ein, fragte nach. In welchem Jahr er sie gekauft hatte, wusste Malthaner beim besten Willen nicht mehr. Dreimal war er mit Britta in den USA gewesen. Er bot den Beamten an, seine alten Fotoalben aus der vordigitalen Zeit zu durchforsten, vielleicht ließe sich so das Jahr des Schuhkaufs herausfinden.

Schließlich sagte der Kripo-Mann: »Kann gut sein, dass Sie uns mit Ihrem Fund weiter helfen.«

»Ihnen schmeiße ich doch immer gerne einen Stein in den Garten, wenn ich kann. Es wäre schön, wenn Sie sich bei Gelegenheit daran erinnern und mir die ein oder andere Information außerhalb des offiziellen Rahmens anvertrauen würden.«

Konz grinste. »Natürlich machen wir das im Rahmen unserer Möglichkeiten. Sie haben doch vom Kollegen Marquardt gehört, wie sehr wir beide Sie schätzen.« Das Grinsen wurde breiter. Konz war privat wahrscheinlich ein ganz umgänglicher Kerl, dachte sich Malthaner und wurde von einem Niesanfall geschüttelt.

Als er das Polizeirevier verließ, hatte erneut leichter Schneefall eingesetzt. Er parkte beim Hallenbad und kämpfte sich zu Fuß durch den Schnee zu dem mit Andi Maurer vereinbarten Treffpunkt.

Wie an jedem Freitagnachmittag herrschte viel Leben im Ortszentrum. Die Hände hatte er tief in den Taschen seiner Jeans vergraben, in denen sich benutzte Tempo-Taschentücher sammelten. Das Haus sah von außen nicht besonders einladend aus. Zweckarchitektur bar jeden Charmes. Ein Gebäude, das den Sinn hatte, möglichst viele Stadtwohnungen zu beherbergen. An der Fassade hingen Satellitenschüsseln wie Abschussrampen für Geschosse gegen Invasoren aus dem All. Andi begrüßte ihn überschwänglich, wofür Malthaner keinen Nerv hatte. Gemeinsam schauten sie sich die Wohnung an. Andis Begeisterung war größer als Malthaners.

»Drei Zimmer, Einbauküche, fast 80 Quadratmeter Wohnfläche, renoviert und im Wohnbereich mit Parkett versehen. Was sagst du?«, fragte Andi freudestrahlend.

»Bin begeistert«, gab Malthaner schlecht gelaunt zurück. »Was soll der Spaß kosten?«

»450 warm.« Mit Mietpreisen hatte sich Malthaner schon länger nicht mehr beschäftigen müssen. 450 Euro war aber, gemessen an den Stuttgarter Verhältnissen, geradezu ein Nasenwasser.

»Weißt du«, sagte er zu Andi, »ich bin von den Ereignissen sozusagen überrollt worden. Bis wann muss ich mich entschieden haben?«

Auf Andis Gesicht zeigte sich ein Lächeln. »Zu jedem anderen Kunden würde ich sagen, dass es furchtbar drängt, weil die Bewerber Schlange stehen. Du kannst dir aber ruhig Zeit lassen. Unter uns: Es ist zurzeit etwas schwierig, Wohnungen zu vermieten. Außer dir hat noch niemand Interesse gezeigt.«

»Ob ich tatsächlich Interesse habe, sei einmal dahin gestellt.«

Andi redete mit berufsbedingter Begeisterung vom Balkon, von einem Tiefgaragenstellplatz, von den Vorteilen einer Wohnung mitten im Zentrum. Malthaner schoss einen bösen Blick in seine Richtung ab. »Andi, ich komme mir vor wie auf einem arabischen Basar, wo man mir unbedingt einen fliegenden Teppich verkaufen will.«

Andi Maurer hob in einer spontanen Geste die Hände zur Abwehrhaltung und lachte. »Entschuldige, aber du weißt ja: wenn ich erst einmal in Fahrt bin, kann man mich nur noch schwer bremsen.«

»Ich weiß, aber ich bin nicht in der Verfassung dafür. Mir geht es nicht besonders gut.«

Andi senkte den Blick und schaute verlegen auf das Muster des Parkettbodens, so als ob er ihn auf seine Unversehrtheit prüfen wollte. »Ja, das dachte ich mir schon. Sorry, ich sollte vielleicht etwas zurückhaltender sein.«

Malthaner verzichtete auf eine Antwort.

Die Wohnung war nicht übel, wie sich Malthaner eingestand. In Stuttgart hätte er das Dreifache an Miete dafür abstoßen müssen. Mindestens. Nach dem Rauswurf aus Brigittes Penthouse würde jede Wohnung, die er sich leisten konnte, einen herben Abstieg darstellen. In seinem Hals bildete sich bei diesem Gedanken ein Kloß.

»Wann willst du spätestens Bescheid?«, fragte er Andi.

»In einer Woche, wenn das für dich in Ordnung ist. Falls sich doch noch ein anderer Interessent melden sollte, sage ich dir Bescheid.«

»Gut, so machen wir's.«

»Kann ich dich noch auf einen Kaffee einladen?«, fragte Andi.

»Nein, lass mal. Ich fühle mich nicht besonders wohl und muss noch in die Apotheke.«

Sie schüttelten sich die Hand. Malthaner schloss sich dem allgemeinen Hetzen an. Im Gegensatz zu ihm hatten die meisten Leute Schirme bei sich, um dem Schneefall zu trotzen.

Die nächst erreichbare Apotheke lag zwei Gehminuten entfernt. Dunkel kam ihn in den Sinn, dass er hier schon als Kind mit seiner Mutter Medikamente geholt hatte. Der frühere Apotheker war lange Zeit Mitglied im Stadtrat, glaubte Malthaner sich zu erinnern.

Eine resolute Blondine händigte ihm einen so genannten Erkältungsdrink aus, der laut Darstellung in der Fernsehwerbung wahre Wunderdinge bewirkte. Wenn das Zeug nur halb so wirksam war wie behauptet, dann müsste er sich am nächsten Morgen fühlen wie neu geboren.

Die Blonde packte noch ein Päckchen Hustenbonbons mit ein. Er hatte gerade noch genügend Bargeld dabei, um die Medizin zu bezahlen. Wo war nur die ganze Kohle schon wieder abgeblieben, fragte er sich. Es half nichts, er musste zur Bank und Geld abheben.

Der Schnee blieb bereits wieder auf dem Gehweg liegen.

Am Geldautomaten standen vier Leute vor ihm.

Warten in jeder Lebenslage war Jörg Malthaner verhasst. Unruhig tippelte er von einem Bein aufs andere. An einer Seitenwand der Schalterhalle war ein großes Transparent angebracht, das seine Aufmerksamkeit erregte. Er ging darauf zu, um es aus der Nähe zu betrachten. Es war eine große Landkarte von Albstadt und Umgebung. Schätzungsweise vier auf drei Meter groß. Rote Fähnchen markierten die Standorte der einzelnen Filialen des Geldinstituts. *Wir sind die Nummer eins in Albstadt* stand in breiten Lettern darunter.

Die Fähnchen störten, ansonsten war es wirklich eine tolle Karte, eine, wie man sie sicher nirgends kaufen konnte, eigens für das Kreditinstitut produziert. Er kannte den Marketingleiter der Bank, vielleicht war da ja was zu machen, überlegte Malthaner.

Über den Maßstab stand nichts auf der Karte, ihre Größe ermöglichte außergewöhnliche Detailgenauigkeit. Selbst die zahlreichen kleinen Wege, die er als ambitionierter Mountainbiker kannte, waren eingezeichnet. Dabei schien ihm, dass selbst die kleinsten Kurven und Schlenker berücksichtigt waren.

In seinem Kopf entstanden die Bilder der Strecken. Fasziniert folgte er mit Augen und Zeigefinger einer seiner Lieblingsrouten von Ebingen hinauf zum Waldheim, oberhalb von Truchtelfingen zum Tailfinger Schützenhaus, weiter entlang der Linkenboldshöhle, in einiger Entfernung vorbei am verfallenden Gehöft, auf dem die alten Staringers lebten, durch den Wald zum Abenteuerspielplatz…

Malthaner stutzte.

Es dauerte ein paar Sekunden, bis ihm bewusst wurde, warum.

Dann sickerte die Erkenntnis durch.

16

Hebsack las er auf der Karte. Hebsack. Der Spielplatz lag in einem Gewann, das diesen Namen trug und zum Ortsteil Onstmettingen gehörte.

Hebsack, Samstag, 23 Uhr. Das stand auf den Brief mit den Teufelszeichen, den er bei Caroline Vogel aus dem Briefkasten geklaut hatte! Von wegen Remstal. Hebsack lag in Albstadt. So hieß dieses Gelände oberhalb von Onstmettingen. Das hatte er bisher nicht gewusst, obwohl er schon hundert Mal mit dem Mountainbike durch das Gelände gefahren war. Samstag 23 Uhr. Was sollte das bedeuten? Eigentlich hätte er ins Bett gehört, wusste Jörg Malthaner, aber er entschied sich, vorher kurz nach Onstmettingen zu fahren und sich das Gelände beim Spielplatz anzuschauen. Vielleicht fand sich ja ein Hinweis, der ihn klüger machte. Er wandte sich von der Karte ab. Die Schlange vor dem Geldautomaten hatte sich in den fünf Minuten aufgelöst, die er fasziniert vor der großen Wandkarte zubrachte.

Schnell eilte er zum Auto und machte sich auf den Weg nach Onstmettingen. Eine Sache von weniger als fünfzehn Minuten normalerweise. Diesmal ging es langsam vorwärts. Die meisten Autofahrer passten ihr Tempo den Straßenverhältnissen an. Die Scheibenwischer liefen auf Intervall, was genügte, um die Scheibe vom Schnee frei zu halten, der sanft aber stetig vom Himmel fiel. Der Schnee bildete eine dünne weiße Decke auf dem Asphalt. Immerhin schien sich

darunter kein Glatteis zu bilden, die Reifen hatten leidlich
Haftung. An einer roten Ampel in Tailfingen fummelte
er das Päckchen mit Hustentabletten aus der Tüte, die er
zuvor achtlos auf den Rücksitz geworfen hatte. Hustenbonbons waren sicher auch gut gegen Halsschmerzen. Man
musste sich die Wirkung nur einreden.

Endlich war er in Onstmettingen, blieb auf der Hauptstraße, die den Ort teilte, bis es rechts in Richtung Ausflugsgaststätte Nägelehaus ging. Ganz in der Nähe befand sich
der Fabrikverkauf eines bundesweit bekannten Herstellers
von Fahrradbekleidung, in dem sich Malthaner regelmäßig
mit Shorts und Trikots eindeckte. Außer dem Fabrikverkauf
war von der Firma an ihrem Stammsitz nicht mehr viel geblieben. Längst wurde in Billiglohnländern produziert und
die Menschen auf der Alb konnten nur noch mit Wehmut
an die Zeiten zurück denken, als das Unternehmen vielen
von ihnen Arbeit gegeben hatte.

Solche Gedanken überfielen Malthaner immer wieder,
auch und unpassenderweise in diesem Moment. Er fuhr
die Linkenboldstraße hinauf, ein Räumfahrzeug des städtischen Bauhofs direkt vor sich. Erst vor wenigen Tagen
war er zusammen mit Reiher in dessen Dienstwagen hier
gefahren, auf dem Weg zu Staringers Hof. Er passierte die
Abzweigung, die sie damals genommen hatten. In sanften
Kurven wand sich die Straße leicht aufwärts. Eine Strecke,
die zum aktiven Autofahren einlud und auf der jugendliche
GTI-Piloten gerne ihren Gasfuß trainierten.

Malthaner hielt sich hinter dem Räumfahrzeug. Fast auf
dem Scheitelpunkt der Straße, die in ihrem weiteren Verlauf
ins so genannte Killertal hinab führte, ging die breite Einfahrt zum Spielplatz ab. An sonnigen Wochenenden war
das Gelände vorwiegend von türkischen Familien bevölkert.
Malthaner ließ den Saab ausrollen, blinkte links und fuhr

auf das Gelände. Der Parkplatz war nicht vom Schnee befreit, aber schließlich fuhr er ja ein schwedisches Auto. Er hoffte trotzdem inständig, nicht stecken zu bleiben. Nach wenigen Metern stellte er den Motor ab und es kam ihm in den Sinn, dass er sich allen Vorsätzen zum Trotz noch immer nicht um eine neue Batterie gekümmert hatte. Die Spielgeräte waren eingeschneit und hielten Winterschlaf, ebenso wie die verschiedenen Grillstellen, die man hier angelegt hatte.

Er stieg aus. Gut, dass er sich vor dem Verlassen der Wohnung für gefütterte Stiefel entschieden hatte. Malthaner stapfte durch den Schnee und nahm seine Umgebung bewusster als sonst in Augenschein. Hebsack, Samstag, 23 Uhr. Wer sollte sich hier nachts in dieser Affenkälte treffen wollen und warum? Die fragenden Blicke gaben ihm keine Antwort. Auf der Straße fuhr ein Mercedes langsam vorbei, der Fahrer glotzte blöd heraus.

Das war von Frühjahr bis Herbst ein beliebter Parkplatz für Spaziergänger und Wanderer ebenso wie für die Besucher des Spielplatzes und der Grillstellen. Heute hatte Malthaner das Gelände für sich. Wäre nicht der andauernde Schneefall in Verbindung mit einem sowieso trüben Himmel gewesen, und wären nicht die Gedanken und Sorgen gewesen, die substanzraubend an ihm nagten, dann hätte diese schneebedeckte Weite durchaus mit dem Wort vom Wintermärchen beschrieben werden können.

Nach fünf Minuten ziellosen Umherstapfens setzte sich Malthaner wieder in das Auto, kein bisschen klüger als zuvor. Dafür ein bisschen mehr durchgefroren.

Er machte sich einen Erkältungstrunk, spülte mit einem dreifachen Whiskey nach, und legte sich ins Bett. In das Bett, das er seit über zwei Jahren mit Brigitte geteilt hatte;

vorgestern Nacht zum letzten Mal, so wie die Dinge sich darstellten. Alleine, er war alleine in Brigittes Bett, alleine in ihrer Wohnung. Allein sein, ein Zustand, an den er sich gewöhnen musste.

In den vergangenen Monaten hatte er sich oft gewünscht alleine zu sein, jetzt, wo die Realität ihn eingeholt hatte, empfand er einen tiefen Verlust. Er war am Ende eines Weges angekommen und hatte nicht die Möglichkeit, sich an der nächsten Gabelung die Richtung auszusuchen, auf der er weiter marschierte. Irgendwer hat einmal gesagt, eine Trennung sei ein bisschen wie Sterben. Ein kluger Satz, der ihm seine Situation aber nicht erträglicher machte.

Als Britta sich damals von ihm getrennt hatte, war es viel leichter, redete er sich ein. Sie hatten eine moderne Beziehung geführt, die auf moderne Art und Weise in die Brüche gegangen war. Eines Tages war ihnen beiden einfach klar, dass sie sich gegenseitig keine Inspiration mehr darstellten, und sie trennten sich. Ein sauberer Schnitt. Natürlich geschah das auf Brittas Initiative hin. Das passte zu Jörg Malthaner. Längst gab es keinen Kontakt mehr zwischen ihnen. Von wegen *lass uns Freunde bleiben*. Dieser Spruch war so hohl. Die Vorstellung, dass Brigitte ebenso vollkommen aus seinem Leben verschwinden würde wie vor wenigen Jahren Britta, ließ ihn schluchzen. Dabei hatte er es Monate lang in der Hand gehabt. Hätte er ihr mehr Aufmerksamkeit geschenkt, ihr gezeigt, wie wichtig sie für ihn war, dann wäre alles nicht so gekommen. Andererseits: Wenn er sie wirklich noch lieben würde, hätte er ihren Wunsch nach Hochzeit und Familiengründung nicht in Bausch und Bogen abgelehnt, dachte er.

Sein Leben war, da bestand kein Zweifel, vollkommen aus den Fugen geraten.

Malthaner fühlte sich kaputt und leer. Möglicherweise

hatte er ja Fieber, vielleicht war auch die Kombination aus Medikamenten und Alkohol schuld an diesem Zustand, darauf kam es auch nicht mehr an.

Brigitte hatte Recht, er war ein bindungsunfähiger Dummkopf, der es sich mit traumwandlerischer Sicherheit immer ausgerechnet mit den wenigen Menschen verdarb, die es aufrichtig gut mit ihm meinten. Über diesen trüben Gedanken fiel er in einen unruhigen Schlaf. Sein Körper schaltete vorübergehend ab, aber nicht seine Gedanken. Es war kein Schlaf, der segensreich die Arme des Vergessens um ihn schlang.

Wirre Traumfetzen waberten durch sein fiebriges Hirn. Er sah Brigitte mit einem überdimensionalen Fieber-Thermometer auf sich zukommen. Sie befanden sich in einem Sumpfgebiet. Es war unerträglich heiß. Andi Maurer versank in einem Tümpel voller Treibsand. Der Sensenmann stand daneben und lachte dröhnend. Schwarzgekleidete mit Teufelsmasken schauten der Szenerie zu und murmelten eine Art Gebet. Dann begann es zu schneien. Aus einem dunklen Himmel tropfte Blut in den weißen Schnee. Reinhard kam plötzlich vorbei und fragte nach Schuhen aus Amerika. Theo Reiher stieß dazu und wollte die Schlüssel des Saab. Malthaner drohte in seinem Schweiß zu ertrinken.

Er erwachte an seinem eigenen Schrei, sein Herz pochte in einem wilden Rhythmus. Bis er sich orientiert hatte, dauerte es zehn quälend lange Sekunden. Dann begriff er, dass er einen Alptraum hatte.

Das leuchtende Zifferblatt des alten Reiseweckers, den er schon so lange besaß, zeigte halb acht. Also hatte er fast drei Stunden geschlafen. Ein dumpfer Schmerz wummerte im Hinterkopf. Benommen schlug er die Bettdecke zurück und fröstelte im gleichen Moment. Sein Schlafanzug war schweißgetränkt. Er fand einen anderen, von Brigitte frisch gewaschen und gebügelt.

Malthaner stand auf, wackelig auf den Beinen und tapste in die Küche, wo er eine halbe Flasche Mineralwasser hinunterstürzte. Dann lümmelte er sich auf die Couch und zog eine Decke über seinen Körper. So lag er da, glotzte über zwei Stunden lang in den Fernseher, ohne hinterher sagen zu können, was er eigentlich angeschaut hatte.

Seine Gedanken waren woanders. Sie waren bei Brigitte, der Frau, die er ab sofort als Ex-Lebensgefährtin bezeichnen musste und die zu dieser Stunde wahrscheinlich bei Monika war und ihr erzählte, mit was für einem Idioten sie die vergangenen zwei Jahre verbrachte hatte.

Um zehn ging er wieder ins Bett, nachdem er erneut einen Erkältungstrunk zu sich genommen hatte.

In den folgenden Stunden schlief er einen traumlosen Schlaf der Erschöpfung. Von vier Uhr morgens an wälzte er sich dann wieder unruhig hin und her. Immerhin wirkte die Medizin, die Halsschmerzen wurden wesentlich erträglicher.

Kein höllisch lautes Kratzen von den Aluminiumlippen großer Schneeschaufeln auf dem Beton des Gehwegs war zu hören. Ein Zeichen dafür, dass in der Nacht kein weiterer Schnee gefallen war. Zwar hatte er manche der Nachbarn in Verdacht, auch dann mit der Schneeschaufel zu hantieren, wenn es gar nicht nötig war, aber an diesem Morgen blieb es ruhig.

Schneeschippen, Kehrwoche machen, dieser verhasste Schwachsinn würde ihm in einer Mietwohnung garantiert wieder blühen. Seltsam, diese Gedanken angesichts seiner aktuellen Lebensumstände. Oder war das schon der unbewusste Versuch, an ein möglichst normales Weiterleben nach der Trennung von Brigitte zu denken? Malthaner wunderte sich darüber, dass ihn ausgerechnet die Frage beschäftigte, warum er Andi Maurer nicht danach gefragt hatte, ob zu der Wohnung ein Hausmeisterservice gehört.

Er zwang sich, bis sieben im Bett liegen zu bleiben. Dann stand er auf und brühte sich einen Tee. Das kam bestenfalls ein- bis zweimal im Jahr vor, wenn er erkältet war. Eigentlich hasste er Tee.

Auf den Blick in den Küchenspiegel verzichtete er bewusst. Überrascht stellte er fest, dass er sich nicht ganz so schlecht fühlte, wie das eigentlich der Fall sein müsste. Das Schwitzen hatte geholfen, die Halsschmerzen hatten sich tatsächlich spürbar gebessert. Zudem ertappte er sich zum ersten Mal seit seinem alkoholgeschwängerten Gedankenspielen im TomTom bei dem Gedanken, dass es ein Leben nach Brigitte für ihn geben könnte. Warum denn auch nicht, verdammt, er war noch keine vierzig Jahre alt! Natürlich würde es nicht einfach, aber er könnte es schaffen. Ihm war, als würde ihm eine unbekannte Macht diese Gedanken soufflieren.

Er fragte sich, was Brigitte wohl in diesem Augenblick tat. Wahrscheinlich war sie schon in der Praxis oder auf dem Weg dorthin, obwohl Samstag war. Häufig, sogar regelmäßig, arbeitete sie samstags Bürokram auf. Oder tratschte sie mit Monika über ihn? Monika musste vor einiger Zeit auch eine Trennung hinter sich bringen. Ihr langjähriger Freund war über Nacht ausgezogen, weil er eine andere hatte.

Einmal mehr überlegte er sich, wie er es seiner Mutter schonend beibringen sollte. Brigittes Vater, der alte Dr. Hans Schick, würde ihre Trennung bestimmt mit Bedauern aufnehmen, sie beide mochten und schätzen sich schließlich sehr. Wenn eine Beziehung in die Brüche ging, bedeutete das immer, eine ganze Menge von Brücken hinter sich abzubrechen. Je älter man war, desto schwerer fiel das.

Malthaner horchte in sich hinein. Zu seiner Trauer und seinem Schmerz hatte sich ein Gefühl unpassender Erleichterung hinzugesellt. Denn jetzt waren die Dinge irgendwie klar. Brigitte hatte die Fronten geklärt.

Unter der Dusche fühlte sich Malthaner vorübergehend sogar in der Lage, Pläne für den weiteren Tag zu schmieden. Hebsack, 23 Uhr, darum kreisten auf einmal seine Gedanken.

Ein Plan nahm Gestalt an.

17

Der Samstag zog sich zäh dahin.

Malthaner telefonierte mit seiner Mutter. Der Mut, sie auf das vorzubereiten, was er ihr sowieso sagen müsste, verließ ihn mitten in dem Gespräch. Er versprach natürlich, die ihm aufgegebenen Grüße an Brigitte weiterzuleiten. Anschließend schlenderte er über den Wochenmarkt. Dort traf er wie fast jeden Samstag seinen alten Freund Roland Tück mitsamt Familie an. Natürlich ließen Roland und seine Frau Grüße an Brigitte ausrichten.

Malthaner fühlte sich nicht in Stimmung, auf einen Cappuccino bei Enzo vorbei zu schauen, obwohl dort samstags um die Mittagszeit immer unglaublich viel Betrieb herrschte.

Dann lief ihm Andi Maurer über den Weg, mit einem Einkaufskorb in der Hand. Seine kleine Tochter begleitete ihn.

Andi musste gar nicht nachfragen.

»Ich nehme die Wohnung«, nahm Malthaner ihm die Antwort auf die nicht gestellte Frage vorweg. »Geht es zum nächsten Ersten?«

»Wann immer du willst«, sagte Andi. Seine Tochter gluckste vergnügt vor sich hin.

Nachmittags legte er sich wieder aufs Sofa und hörte Kris Kristofferson. Eine Mischung aus Trauer und Melancholie durchflutete ihn.

Für die Bundesliga konnte er kein rechtes Interesse aufbringen, er schaltete zwar die Sportschau ein, schaute aber kaum bewusst hin.

Später ging er noch einmal in den Keller, wo seine Kartons gestapelt waren. Abreisebereit.

Er suchte etwas und er fand es schnell. Das Nachtsichtgerät. Seit solche Errungenschaften der Technologie nicht mehr dem Militär vorbehalten waren, sondern schon bei Tchibo für wenig Geld verkauft wurden, hatte er eines. Natürlich hatte er es kaum erwarten können es auszuprobieren. Dann verschwand es in einem Regal und landete schließlich in einem Karton im Keller.

An diesem Abend sollte es ihm gute Dienste erweisen.

Um halb elf setzte er sich in den Wagen. Der Motor benötigte etwas Anlauf und orgelte beim ersten Startversuch müde vor sich hin.

Minuten später war Malthaner auf dem Weg zum Spielplatz. In der Stadt herrschte einiger Verkehr, die jungen Wochenend-Nachtschwärmer waren auf der Piste. Seit der Räumdienst zum letzten Mal gefahren war, hatte es nicht mehr geschneit. Trotzdem war Vorsicht angeraten, der Asphalt glitzerte gefährlich und es konnte an manchen Stellen glatt sein. Wenn man der Außentemperaturanzeige des Saab glauben durfte, dann hatte es satte sechs Minusgrade. Zum zweiten Mal an diesem Tag fuhr er nach Onstmettingen und auf der Linkenboldstraße, einer Kreisstraße, Richtung Spielplatz. Kein Verkehr mehr hier oben. Er fuhr langsam, weniger wegen der Witterung, sondern vielmehr weil er nichts verpassen wollte. Als er an der breiten Zufahrt zum Spielplatz vorbei rollte, sah er keinen einzigen anderen Wagen. Die Zufahrt war jetzt vom Schnee befreit, die Mitarbeiter des städtischen Bauhofs hatten ganze Arbeit geleistet. Es war ihm schon vorhin aufgefallen: alle breiteren Feldwege,

die direkt von der Kreisstraße abgingen, schienen geräumt.
Das sollten sie einmal den Leuten in Stuttgart erzählen, die
bei jedem größeren Schneefall einen Zirkus veranstalteten,
als hätte sie eine Zeitmaschine ins Alaska des neunzehnten
Jahrhunderts expediert.

Malthaner fuhr noch hundert Meter weiter und wendete dann, was auf der schmalen und von Schneerändern ge-
säumten Fahrbahn kein ganz einfaches Unterfangen war.

Langsam bewegte er sich mit dem Auto zurück. Direkt
an der Straße konnte er wegen des Schnees nicht parken, er
hätte den Wagen mitten auf der Fahrbahn abstellen müssen.
Gegenüber von der Spielplatz-Zufahrt führte ein weiterer
Feldweg in den Wald. Wenige Meter weiter befand sich ein
eingezäuntes einfaches Gebäude, wie er von seinen Mountainbike-Touren wusste. Ein Wasserreservoir oder was auch
immer – er hatte sich bisher nie die Frage gestellt. Er fuhr in
den Weg hinein, fünfzig Meter höchstens, dann verschluck-
te der Wald den Saab und machte ihn für jeden Betrachter
unsichtbar wie ein Tarnkappenbomber. Von der Straße aus
war er nicht mehr zu sehen und von der Parkfläche beim
Spielplatz aus schon gar nicht.

Bei dem Gebäude gab es genügend Platz zum Wenden
und zum Parken. Ein Hoch auf den Räumdienst, der sogar
solche Wege vom Schnee befreite, ganz selbstverständlich.
In der Landshauptstadt und den sie umgebenden Landkrei-
sen würden sie dafür vermutlich das Militär benötigen.

Malthaner wendete den Saab und parkte. Fluchtrichtung.
Er schaltete die Lichter aus und vergewisserte sich, dass sein
Handy in der Innentasche der Lederjacke steckte. Minuten
lang blieb er ruhig sitzen, lauschte in die Nacht. Es war einer
der seltenen Momente, in denen er sich wünschte, er wäre
Raucher. Schon wieder wurde es kalt im Auto.

Er stieg aus, verließ seine Schutzhülle aus solidem Schwedenblech, nachdem er die Handschuhe angezogen und das Nachtsichtglas vom Beifahrersitz genommen hatte.

Schnee und Eis knirschten unter den Schuhsohlen der Stiefeletten. Die amerikanischen Schuhe mit den dicken Sohlen hätten ihm jetzt gute Dienste erweisen können, doch die hatte ja die Polizei. Alle paar Meter hielt er inne, lauschte. Nichts. Er ging weiter, kam an die Stelle, an der die Bäume endeten. Hier konnte ihn niemand sehen. Die abweisende Dunkelheit bot ihm Schutz. Bei Vollmond wäre das anders gewesen. Jetzt konnte er auf die wenige Meter entfernte Kreisstraße blicken.

Lichter durchschnitten die Nacht, zogen sich wie Girlanden die Straße herauf. Dazu hörte er die Motorgeräusche. Mehrere Pkw kamen herangefahren, sie bogen zum Spielplatz ab. Der Blick auf die Uhr machte klar, es war kurz vor elf. Hebsack, 23 Uhr.

Malthaners Magen knurrte. Das war kein Ausdruck von Hunger, es war ein Zeichen seiner Nervosität. Was ging hier vor? Der Brief, die Zahlenkombination 666, das umgekehrte Pentagramm. Die Ermittlungen des LKA, der Tod von Caroline Vogel, Marquardts Andeutung, etwas Großes sei möglicherweise im Entstehen. Das alles legte die Warnung nahe, dass er, der kleine Journalist, die Finger davon lassen und sich schleunigst verziehen sollte.

Er tat das Gegenteil und trat ein paar Schritte weiter vor.

Vorsichtig bewegte er sich näher in Richtung Spielplatz, hielt sich eng an das Gestrüpp, das im Sommer eine undurchdringliche Wand darstellte, jetzt aber nur eine Ansammlung von schneebedecktem dürrem Geäst war. Einzelne Äste ragten wie mahnende Finger aus der Schneedecke heraus in den Himmel. Sein Jackenärmel streifte die Gewächse und den Schnee. Etwas trieb ihn weiter. Geduckt hastete er in Richtung der Straße, überquerte sie. Die Autoschlüssel in seiner Jackentasche klimperten bei jedem Schritt. Mit der rechten Hand hielt er das Fernglas krampfig umklammert.

Stimmen, die mit jedem Meter, den er näherkam, lauter wurden. Das Zuschlagen von Autotüren. Zu den an Geröllabgängen erinnernden Geräuschen aus seiner Magengegend kam ein Herzklopfen, das ihm viel zu laut vorkam. Es war definitiv nicht der richtige Augenblick, um sich Gedanken über seinen Blutdruck zu machen. Jetzt nur kein Niesen! Malthaner fror. Gleich hatte er die parkenden Autos erreicht. Es war ihm, als seien die Insassen alle ausgestiegen. Ihre Stimmen schienen sich zu entfernen. Stimmen von Frauen und Männern. Junge Stimmen, wie es ihm vorkam.

Malthaner war Gefangener seiner Angst und wünschte, er könnte sich unsichtbar machen. Dennoch folgte er wie ferngesteuert seinem Drang, näher an das Geschehen heran zu kommen. Noch immer geduckt, lief er auf eines der Autos zu, einen silberfarbenen BMW-Kombi mit heimischem Kennzeichen. Neben dem BMW parkte ein Kadett, Schwemmers Wagen. Malthaner zählte vier Autos. Eindeutig, die Gestalten bewegten sich von ihren Autos weg auf das Spielplatzgelände zu. Er ging vollends in die Hocke und drückte sich an das kalte Blech des alten Opel. Als er das Nachtsichtglas vor die Augen hob, bemerkte er, wie kalt der Kunststoff war und wie unbeweglich die Finger seiner rechten Hand.

Es dauerte etwas, bis er sich mit der Funktionsweise des Glases vertraut gemacht hatte. Verdammt, so etwas probiert man doch rechtzeitig aus! Günstiger Preis gleich bescheidene Leistung, das galt auch für das Instrument in seiner Hand. Schemenhaft immerhin konnte er wahrnehmen, was passierte. Die zehn oder zwölf Gestalten standen vor einer der gewaltigen Buchen, die auf diesem großzügigen Spielplatzgelände seit Urzeiten dem Gang der Dinge trotzten. Sie hantierten mit irgendetwas. Er konnte nicht erkennen, womit. Die Nacht trug ihre Stimmen zu ihm herüber.

Feuerschein aus verschiedenen Quellen flackerte plötzlich auf. Es waren Kerzenständer, die sie vor dem ehrwürdigen Baum aufgestellt hatten. Dann aus dem Nichts laute Musik. Black Metal. Malthaner fror, an die Beifahrertür des Opels gelehnt, und hatte das Gefühl, dass nicht alleine die beißende Winterkälte daran schuld war. Er presste das Nachtglas auf den Nasenrücken. Die Gruppe hatte eine Art Gasse gebildet, in deren Mitte ein Mann – vermutlich war es ein Mann – stand und einen Gegenstand in der Hand hielt wie eine Trophäe. So sehr er sich bemühte, Malthaner konnte nicht erkennen, was es war.

Eine Stimme, laut und theatralisch. »Luzifer, Herr der Finsternis«, schrie der Kerl und wedelte mit dem Ding in seiner Hand. »Höre uns!«

Malthaner fühlte sich wie in einem schlechten Film. Es war eine Show, der er beiwohnte. Ein Haufen Durchgeknallter, die in der Kälte eine irrsinnige Inszenierung zelebrierten, so kam es ihm vor. »Gott ist tot. Maria, du fette Hure«, höhnte die Stimme. Drei oder vier der Umstehenden zertrampelten die gerade angezündeten Kerzen. Jörg Malthaner setzte kurz sein Nachtglas ab und sah sich nach einem Fluchtweg um, falls plötzlich einer dieser Kerle auf ihn zukommen sollte. Er sah keinen.

Wieder setze er das Glas an, fasziniert und schockiert zugleich. Die Szenerie war gruselig und sie war gleichzeitig unendlich trivial. Keinem B-Movie-Regisseur würde man so etwas abnehmen.

Eine Art Schrei, der nichts Menschliches hatte, folgte. Das Ding in der Hand des irren Vorbeters flatterte. Es flatterte. Malthaner presste das Glas so nahe an seine Augen, wie es ihm nur möglich war. Das war ein Tier in der Hand von diesem Typ, wie ihm klar wurde. Das Zappeln hörte auf. Die Bastarde hatten ein Tier umgebracht. Der Kerl ließ den toten Körper in den schneebedeckten Boden fallen, als werfe er ein Kaugummipapier auf die Straße. Dann kehrte Stille ein. Mit gesenkten Häuptern verharrte die Gruppe regungslos.

Malthaner hatte genug gesehen. Das würde ihm sowieso keiner glauben. Zeit, sich unsichtbar zu machen. Er richtete sich leicht auf und schaute noch einmal zu der Buche hinüber. Der Zauber schien zu Ende zu sein, in die seltsamen Gestalten kam wieder Leben. Mist! Auf dem Weg, auf dem er gekommen war, konnte er nicht zurück, ohne gesehen zu werden. Hier bei den Autos konnte er auch nicht verharren. Verflucht, verflucht. Um nicht entdeckt zu werden, blieb ihm wirklich nur der Rückzug in dieses schneebedeckte dürre Geäst. So schnell wie möglich arbeitete er sich vor, immer darauf bedacht, sich nicht aufzurichten, denn dann hätten sie ihn gesehen.

Äste schlugen Malthaner ins Gesicht, ritzten an der eiskalten Haut. Er musste tiefer in das Gewirr aus Ästen und dünnen Stämmen eindringen, es war der einzige Schutz, den er hatte. Schnee fiel ihm in den Kragen. Zum Fluchen hatte er zu viel Angst. Warum hatte er sich nur auf diesen Scheiß eingelassen? Sein Leben hielt doch auch so schon genügend Probleme bereit. Malthaner fühlte, wie er panisch wurde. Hinter sich hörte er Stimmen und knirschende Schritte näher kommen. Er blieb an etwas hängen, fiel hin, brach dabei einige Äste ab und musste einen Schrei unterdrücken. Scheiße! Scheiße! Verdammte Scheiße! Sie mussten ihn bemerken! Das Nachtglas war weg, er hatte es fallen lassen.

Er blieb liegen, mitten im Schnee und wusste, dass er sich in dieser Lage in kürzester Zeit eine Lungenentzündung holen müsste.

Nichts geschah. Niemand schlug ihm einen harten Gegenstand auf den Kopf, niemand schrie »Wer ist denn das?« Die Typen hinter ihm waren mit sich selbst beschäftigt. Vorsichtig, ganz vorsichtig, erhob er sich ein Stück aus dem Schnee, drehte sich um und verharrte in der Hocke. Nicht dieses dürre Geäst bot ihm Schutz, sondern die Nachtschwärze. Bei Tageslicht hätten sie ihn gesehen; er wäre ausgeliefert gewesen, wie ein Zebra in der Steppe einer hungrigen Löwenschar.

Die Gestalten stiegen in die Autos ein. Sie hatten ihn nicht bemerkt. Erleichterung überfiel ihn.

Malthaner kniff die Augen zusammen. Das war ganz bestimmt nicht Ansgar Schwemmer, der die Fahrertür des Kadett aufriss. Viel konnte er zwar aus seinem feuchten, kalten Versteck nicht erkennen, aber Ansgar Schwemmer sah anders aus, so viel war klar. Der hier war jünger und hatte eine viel schmächtigere Figur.

Sie fuhren weg, ein Auto nach dem anderen verließ langsam den Parkplatz. Abgasschwaden zogen durch die Luft. Rücklichter leuchteten auf, rote Farbpunkte in schwarzer Nacht. Keine halbe Stunde nachdem er begonnen hatte, war der Spuk beendet.

Malthaners klamme Finger suchten im Schnee nach dem Nachtsichtgerät. Es lag direkt vor seinen Füßen. Kälte und Nässe krochen an ihm hoch. Genau das Richtige für jemanden mit einer ausgewachsenen Erkältung.

Er kraxelte aus seinem feuchten Versteck, richtete sich auf und sah den Autos nach, die im Konvoi die Straße hinab fuhren. Wer sich in Gefahr begibt, kommt darin um, hörte er seine Mutter sagen und sah sich selbst als kleines Kind an ihrer Hand.

Durchatmen. Er hatte es überstanden. So schlimm war es doch gar nicht. Die Lichter entfernten sich. Malthaner zog die Handschuhe aus, rieb die Handflächen aneinander und machte sich auf den Weg. Von hier hatte er einen freien Blick bis zu der Stelle, wo sich die Straße ins Tal hinabwand. Trotz der Dunkelheit sah er die immer kleiner werdenden Rückleuchten der Fahrzeuge.

Malthaner hielt inne. Bremslichter leuchteten auf, Blinker wurden gesetzt. Die Autos fuhren nicht in die Stadt hinab, sie bogen nach links in einen Feldweg ein. Genau in den Weg, den er vor wenigen Tagen mit Reiher zusammen gefahren war. Den Feldweg, der zum Gehöft der Staringers führte. Außer diesem Verfall atmenden Anwesen gab es dort unten kein einziges Gebäude. Wiesen, einen Acker und jede Menge Bäume. Ob die jungen Leute ihren Hokuspokus wiederholen wollten?

Um warm zu werden, spurtete er los, seinem Auto zu. Oben herum ging es, aber der Stoff der Jeanshose hatte Feuchtigkeit aufgesogen, die zu Eis zu gefrieren schien. Zumindest kam es ihm so vor. Er schlotterte. Froh, dass der Saab beim ersten Mal ansprang, drehte er die Heizung auf höchste Stufe.

So saß er im Fahrersitz, mit laufendem Motor. Wenn jetzt ein Förster vorbei käme, würde der entweder einen Selbstmord mittels Abgasen befürchten oder ein Verbrechen, malte Malthaner sich aus. Das war ihm im Moment scheißegal. Dankbar genoss er die Wärme, die eine gnadenvolle Wirkung entfaltete. Seine Haut prickelte. Er spürte tausend Nadelspitzen im Gesicht und freute sich darüber. Wohlige Wärme vertrieb die Eiseskälte. Schon redete er sich ein, dass seine Erkältung durch die kleine

Expedition ins Eis bestimmt nicht schlimmer werden würde.

Er war aufgedreht und auch die plötzliche Wärme konnte seiner Konzentration nichts anhaben. Die Autos waren dort unten abgebogen. Es gab nur diese beiden Möglichkeiten, die er sich schon ausgemalt hatte: Entweder besuchten sie die alten Staringers, wofür es wohl kaum einen Grund geben konnte, oder sie wiederholten ihre Schwarze Messe, was ihm auch nicht logisch erscheinen wollte.

Minuten lang saß Malthaner im Auto und überlegte, was er tun sollte. Die Angst, diese elementare Angst, die vor einer halben Stunde mit ihrem eisigen Arm nach ihm gegriffen hatte, war so schnell gegangen wie sie gekommen war.

Er wollte wissen, was hier vorging. Diesmal würde er sich aber eine Rückendeckung verschaffen. Die Uhr in der Instrumententafel zeigte 23.35 Uhr, der Spuk hatte also tatsächlich nur eine halbe Stunde gedauert.

Er zog das Handy aus der Jackentasche und wählte Reinhards Handynummer. Vermutlich saß der jetzt bei Enzo, eine große Tasse Cappuccino vor sich.

Sofort wurde abgenommen. Reinhard brummte ein unerfreutes und verschlafenes »Ja?«

»Ich bin's. Hör zu, ich brauche deine Hilfe«, sagte Malthaner.

Kein blöder Spruch, kein Interesse. »Weißt du, wie spät es ist?«, knurrte ihm stattdessen entgegen.

»Ziemlich genau 23.35 Uhr ...«

Weiter kam er nicht, da traf ihn Reinhards Wutanfall. »Ich habe seit einer Stunde geschlafen, du Idiot.«

»Tut mir leid, aber das konnte ich wirklich nicht ahnen. Es ist Samstagabend, Ausgehtag. Hör zu, ich will dich ja nicht drängen, aber ich brauche Deine Hilfe.«

»Das hast du schon gesagt.« Reinhards Auffassungsgabe schien auch im Schlaf zu funktionieren.

»Gut, spitz die Ohren!« Malthaner erzählte im Schnelldurchgang, was sich in der letzten halben Stunde zugetragen hatte und wie seine Pläne für die nächste halbe Stunde aussahen. Damit erreichte er, dass Reinhard endgültig aufwachte. »Alles klar?«, vergewisserte Malthaner sich zum Schluss noch einmal.

»Absolut. Du willst diesen Spinnern weiter nachspionieren, hast aber richtig Schiss.« Aus unerfindlichen Gründen schien Reinhard sich zu freuen. »Wenn du dich in spätestens einer halben Stunde nicht wieder bei mir gemeldet hast, dann rufe ich die Bullen.«

»Genau, so machen wir es«, lobte Malthaner und setzte den Saab in Bewegung.

Dort, wo vor wenigen Minuten die fünf Autos abgebogen waren, bog auch er ab. Tatsächlich war der Feldweg auf seiner ganzen Breite geräumt. Links und rechts des Weges wuchsen Schneewände. Die Reifen griffen knirschend im festgedrückten Schnee.

Langsam fuhr er den Weg entlang, der ganz sanft und kaum merklich anstieg, immer darauf gefasst, dass ihm die jungen Leute jeden Moment wieder entgegen kommen konnten. Wie er ihnen erklären sollte, was er mitten in der Nacht auf diesem Feldweg trieb, darüber wollte er lieber nicht intensiv nachdenken. Immerhin war es möglich, dass sie mit dem Tod von Caroline Vogel zu tun hatten, mit diesem Gewaltverbrechen. Natürlich würden sie den Motor des Saab hören, wenn sie irgendwo da draußen waren. Malthaner hustete. Immerhin wusste diesmal jemand, wo er sich herumtrieb.

Das Scheinwerferlicht wirkte in all dem Schnee ringsum besonders hell. Er kam an eine Wegegabelung. Geradeaus führte der Weg weiter, auf dem er sich befand, rechts ging es in einen etwas schmaleren, aber ebenfalls penibel vom Schnee geräumten Weg. Es war die Richtung zum Hof Staringer.

Malthaner stieg aus und lauschte in die Nacht. Sofort wurde ihm wieder kalt. Das einzige, was er hörte, war der Motor seines Autos. Er ging in die Knie und schaute sich die Reifenspuren an. Wie die Trapper in den Indianerfilmen seiner Kindheit. Zu seiner eigenen Überraschung fand er tatsächlich heraus, dass eine ganz dünne, jungfräuliche Schneedecke auf dem geradeaus führenden Weg lag, während der nach rechts abbiegende Weg Reifenspuren aufwies. Jörg Malthaner, der Fährtensucher. Etwa hundert Meter entfernt befand sich das Staringer-Gehöft. Vorher zweigten weitere kleine Wege ab. Er fuhr weiter, sehr langsam. Malthaner schaltete die Scheinwerfer aus. An der nächsten Gabelung hielt er wieder an und drehte diesmal den Zündschlüssel auf Aus. Hoffentlich machte die Karre nachher nicht schlapp. Erneut stieg er aus. Diesmal hörte er etwas, gar nicht weit entfernt. Es war das heisere, nur gedämpft zu vernehmende Bellen eines Hundes, dem er nicht begegnen wollte. Staringers alter struppiger Schäferhund bestimmt.

Malthaner startete den Motor und das Wunder wiederholte sich: Wieder sprang er beim ersten Versuch an. Vorsichtig rangierte er rückwärts bis zu der Stelle, an der er eben nach Spuren gesucht hatte. Er bugsierte den Saab rückwärts in den anderen Weg und ließ ihn stehen. Aus dem Handschuhfach nahm er die kleine Taschenlampe und steckte sie ein, in der Hand trug er sein Nachtsichtgerät.

Zu Fuß näherte er sich dem Gehöft, alle Sinne angespannt. Verrückt, was ich da mache, kam ihm in den Sinn. Da war es wieder, das Bellen. Dem durchgeknallten Schäferhund wollte er weiß Gott nicht begegnen. Höllenhund, das hatte angesichts der soeben erlebten Schwarzen Messe plötzlich eine ganz andere Bedeutung als noch vor wenigen Tagen. Von Menschen war nichts zu hören. Mit bedächtigen Schritten ging er voran. Das Bellen wurde etwas lauter. Er dachte sich, dass das Vieh bestialisch frieren musste, wenn es draußen angeleint war. Das Bellen wirkte besonders bedrohlich auf ihn in dieser schwarzen Nacht, allein hier draußen auf der Albhochfläche an einem unerbittlich kalten Samstagabend. Hunde, die bellen, beißen nicht, wer hatte diesen dummen Spruch unters Volk gebracht? Auf jeden Fall jemand, der noch nie einem rasenden Schäferhund von Angesicht zu Angesicht gegenübergestanden war. So viel war sicher.

Ohne jede Vorwarnung kam ihm ein längst verdrängtes Erlebnis aus einem Südafrikaurlaub in den Sinn, als er entgegen jeder Vernunft und jeden Verbots in einem Wildpark zum Pinkeln aus dem Auto ausgestiegen war und sich unvermittelt mit einem Löwenrudel konfrontiert sah, das wenige Meter neben der Straße unter dornigen Büschen in der Mittagssonne döste. Ungern erinnerte er sich, dass er sich vor Schreck in die Hosen gepisst hatte, bevor er voller Panik ins Wageninnere zurück sprang. Die Löwen beachteten ihn überhaupt nicht. Mit dem Hund würde sich das anders verhalten.

Malthaner vergewisserte sich, dass sein Handy Netzempfang hatte. Seine eigenen Antennen waren darauf gerichtet, jede Bewegung, jedes Geräusch wahrzunehmen. Er spürte die Kälte nicht mehr, die Adrenalinausschüttung musste enorm sein. Der Herzschlag konnte es vermutlich mit dem Songrhythmus jeder Punkband aufnehmen, das Blut pochte in seinem Kopf. Der Impuls der Angst zu folgen und umzudrehen hielt sich die Waage mit einer schier unerträglichen Neugier. Das Wüten des Schäferhundes hörte sich gedämpft an. Es dämmerte Malthaner, dass der Köter überhaupt nicht draußen war. Dass sein Bellen gar nicht ihm galt.

Er setzte das Nachtglas an die Augen und sah – nichts. Weiter.

Er musste weiter. Langsam, lauschend setzte er bedächtig Schritt vor Schritt. Dabei bemühte er sich, leise vorwärts zu gehen. So leise, wie sich ein 75 Kilogramm schwerer Mensch auf einer festgefahrenen Decke aus Eis und Schnee bewegen konnte. Ihm war, als würde der Schnee unter jedem seiner Schritte lautsprecherverstärkt knirschen. Durch einen Schleier sah er unvermittelt das Gehöft vor sich aus dem Nichts wachsen, wie mit Weichzeichner fotografiert. Autos standen davor, teilweise im Hof, zum Teil noch auf der Zufahrt. Kein Mensch war zu sehen. Näher. Er ging näher und wurde dabei immer langsamer.

Sieben, nein acht Autos zählte er. Kein Baum, kein Busch konnte ihm jetzt Deckung bieten, falls die dunklen Gestalten auf ihn zukämen. Sein Herzschlag legte noch einmal zu, hämmerte hoch in der Brust.

Er erreichte die Wagen, bereit jederzeit hinter dem schützenden Blech in Deckung zu gehen. Die fünf Autos, die zu den jungen Leuten gehörten, die vorhin am Spielplatz ihre Schau abgezogen hatten, waren allesamt dabei. Eine Schau, die nur einen Zuschauer hatte, ihn, Jörg Malthaner.

Auffallend war ein schwarzer Porsche Cayenne. Spätestens der Schriftzug *S* am Heck machte jedem Zweifler klar, dass der Besitzer über viel Geld und viele Pferdestärken verfügte. Ein Angeberkennzeichen. Zwei Buchstaben, die Initialen des Besitzers vermutlich, dahinter als einzige Ziffer eine eins. Lächerlich so etwas.

Das Bellen kam von rechts, noch immer gedämpft. Der Hund befand sich im Wohnhaus des Anwesens, das ansonsten in nächtlicher Ruhe lag. Kein Lichterschein erleuchtete eines der Fenster. Die alten Staringers schienen das Getöse des Hundes gewohnt zu sein und zu schlafen, hoffte er. Eine solide Hauswand befand sich zwischen ihm und dem irren Vieh, beruhigte er sich. Aus dem niedrig gestreckt in der Nacht liegenden Gebäude linker Hand drangen gedämpfte Geräusche. Zwischen Gebäudeoberkante und dem tief herunter gezogenen Dach schimmerte unregelmäßiger schwacher Lichterschein. Malthaner fragte sich, wie seine Beobachtungen mit diesem alten, mittellosen Ehepaar zusammen passten. Waren sie vielleicht gar nicht im Haus, sondern in diesem anderen Gebäude – er hatte keine Ahnung.

Malthaner arbeitete sich noch näher an das rechteckige flache Gebäude heran. Solide Steinbauweise. Irgendwo musste eine Tür sein, denn dort drinnen befanden sich zweifelsfrei die Leute, denen die Autos auf dem Hof gehörten.

Sehr, sehr vorsichtig schlich Malthaner an dem Gebäude entlang. Der Schnee war wie zu einem schmalen Gehweg niedergetrampelt. Das Bellen in seinem Rücken sorgte dafür, dass sich seine Nackenhärchen aufstellten. Ein Blick auf die Uhr: In spätestens zwölf Minuten musste er Reinhard anrufen, sonst würde der die Polizei alarmieren. Sollte das notwendig werden, würden die Beamten hoffentlich die richtigen Schlüsse ziehen. Malthaner bekam plötzlich allergrößte Zweifel an seiner prachtvollen Idee, sich einer Rückversicherung zu bedienen. Was wäre, wenn der diensthabende Polizist Reinhards Anruf als Hirngespinste eines Besoffenen abtun würde, wollte er sich nicht ausmalen.

Dafür war es auch zu spät. Er hatte sich auf einen Weg begeben, von dem es zu diesem Zeitpunkt kein Zurück mehr gab.

Eine niedrige schwere Holztüre an der Rückfront. Sie

hatte einen abgegriffenen Eisenbeschlag, wie Malthaner im Schein seiner Taschenlampe sah. Er fühlte sich wie ferngesteuert, als er die Klinke nieder drückte.

18

Die Geräuschkulisse kam näher.

Komische Laute, keine Gespräche, wie sie unter Menschen üblich waren. Diffuses, flackerndes Licht, das nicht ausreichte, um den Raum auch nur ansatzweise zu erhellen. Fast zu dunkel, um die Hand vor Augen zu sehen. Kurz blieb er stehen. Seine Augen gewöhnten sich an die relative Dunkelheit. Ein fensterloser, schlauchartiger Raum, wie es schien. Malthaner traute sich nicht, die Taschenlampe einzuschalten. Krampfhaft umklammerte er das Nachtsichtgerät. Vorsichtig setzte er Schritt vor Schritt, als bewege er sich über vermintes Gelände. Unebener Steinboden. Der Putz war flächig von den Wänden verschwunden und sammelte sich am Boden. Niemand hatte sich die Mühe gemacht ihn wegzuschaffen. Nackter Stein schimmerte unter der abgeplatzten Wandfarbe durch. Ein komischer Geruch, der sich in Jahrzehnten in dem Gemäuer festgesetzt hatte, modrig, vermischt mit Ausdünstungen von den Tieren, denen das Gebäude lange Zeit als Stall gedient haben mochte. Dazu ein scharfer, nach Rauch riechender Zusatz.

Das Blut pochte in seinen Schläfen. Malthaner zitterte wegen der Kälte und vor purer Angst. Er verfluchte sich dafür, hier eingedrungen zu sein und wollte doch wissen, was vor sich ging. Eine Art Treppe. Stufen, ein oder zwei Meter vor ihm. Tatsächlich schien dieser niedrige Bau noch unterkellert zu sein. Es stellte eine Überraschung für ihn dar. Die Geräusche kamen von unten. Noch langsamer arbeitete er sich vor. Im Tippelschritt-Maß.

Flackernder Lichterschein brach sich an den Wänden. Schatten tanzten gespenstisch über den kalten Stein.

Je näher er den Stufen kam, desto heller wurde es. Der Geräuschpegel hob an. Malthaner drückte sich an die Wand und schlich nur noch Zentimeter für Zentimeter voran.

Plötzlich herrschte eine beunruhigende Stille. Malthaner bildete sich ein, das Knacken von Feuerholz zu hören. Vorsichtig schob er den Kopf nach vorne. Eine Handvoll Treppenstufen führten tatsächlich nach unten. Der Boden im hinteren Teil des Gebäudes war tiefer gesetzt. Noch ein Stück weiter. Er linste nach unten, so vorsichtig wie möglich. Ein kleiner Raum, der wirkte wie der Wurmfortsatz des verwahrlosten Gebäudes, das – da war er sich inzwischen ganz sicher – früher einmal ein Stall war. Hohe, auf den Boden gestellte Kerzenhalter mit flackernden Kerzen darin. Wahrscheinlich genau die von vorhin an der alten Buche beim Abenteuerspielplatz.

Ein Marmortisch. Darauf ein großes, schwarzes Kreuz. Verhüllte Gestalten, die wie in Trance wirkten. Die jungen Typen von vorhin waren dabei, so weit er es beurteilen konnte. Aber das hier waren noch mehr, die meisten mit dem Rücken zu ihm. Ein auffallend großer Mann – es musste ein Mann sein, der Körperbau sprach eine eindeutige Sprache – schien der Mittelpunkt zu sein, um den sich die anderen versammelt hatten. Aus seinem Habitus schloss Malthaner, dass er eine Art Anführer war. Der Riese hielt etwas in der Hand, eine Schale, und murmelte Unverständliches. Hinter ihm knisterten verbrennende Äste in einem offenen Feuer. Lagerfeuerromantik war das definitiv nicht. Malthaner unterdrückte ein drohendes Niesen, indem er beide Hände fest gegen die Nase drückte. Das Nachtsichtgerät erwies sich dabei als äußerst hinderlich.

Zwei der Gestalten schoben einen Jungen näher an den großen Mann heran. Der Junge schien höchstens zwanzig Jahre alt zu sein, die beiden anderen wirkten wie seine Bodyguards.

Der Riese hob die Arme und sprach theatralisch Worte aus, die Malthaner nicht verstand. Dann schlugen die beiden Bodyguards die schwarze Kutte des Jungen zurück, der darunter nackt war, das Glied erigiert.

»Weihe dem Leibhaftigen den Saft«, sagte der Riese.

»Weihe dem Leibhaftigen den Saft«, kam als Echo aus der Runde zurück. Der Junge begann zu onanieren, die anderen sahen fasziniert zu. Eine makabre Show, die wirkte wie schlecht inszeniert, und doch war das die Realität, was sich vor Jörg Malthaners Augen abspielte.

Das Gespräch mit diesem Hauptkommissar Hans-Peter Dillmann aus dem Innenministerium kam Malthaner in den Sinn, dieses Gespräch, das Rudi vermittelt hatte. Dieser Dillmann hatte darauf hingewiesen, dass die satanistischen Handlungen häufig eine sexuelle Komponente enthielten.

Der Junge war so weit. Er erleichterte sich. Sein Sperma ergoss sich in die Schale, die der Riese hielt.

»Geist durchströme uns«, rief er voller Inbrunst aus. Die anderen verharrten in Selbstversunkenheit, einer seltsamen Gebärde der Regungslosigkeit. Wie Statuen standen sie unbeweglich. Scharfer Rauchgeruch zog durch das Gebäude.

»Spürt Ihr diese andere Dimension?«, rief der Riese aus, der eine Art Vorbeter zu sein schien. Ein vielstimmiges »Ja!« antwortete ihm.

Malthaner hatte genug gesehen. Ob das hier eine Privatparty war oder etwas, was Hauptkommissar Marquardt vom Landeskriminalamt interessieren musste, sollte die Polizei entscheiden.

Gerade als Malthaner sich von dem zugleich faszinierenden wie abstoßenden Anblick abwenden wollte, streifte der Riese die Kapuze seiner schwarzen Kutte ab.

Malthaner erstarrte.

Diesen Mann kannte er. Kannte ihn aus der realen Welt, die so weit weg schien von dem, was sich hier abspielte. Erst vor einigen Tagen war er ihm bis auf wenige Zentimeter nahe gekommen.

Ein Fluchtimpuls durchzuckte Malthaner. Er wollte nur noch raus, diesem Alptraum entfliehen, verschwinden, sich in Luft auflösen. So vorsichtig, wie er sich an diese makabre Szenerie angeschlichen hatte, wollte er sich von ihr abwenden, doch Vorsicht und Panik sind nicht gerade nahe Verwandte. Er stolperte vorwärts und es war ihm, als halle sein Herzschlag von den sanierungsbedürftigen Wänden wider. Dringender hatte er selten in seinem irdischen Dasein nach frischer Luft gegiert, die seine Lungen und seinen Kopf durchströmen konnte.

Staringer war der Riese. Winfried Staringer, dem er selbst neulich in der Kneipe begegnet war, der ehemalige Nationalspieler. Das Kennzeichen des Porsche Cayenne draußen im Hof: Endlich kapierte Malthaner, der sich sonst so viel auf seine Kombinationsgabe einbildete.

Malthaner hatte das Nummernschild gesehen, sich noch seine Gedanken darüber gemacht und doch nicht diese so verdammt nahe liegende Verbindung zustande gebracht. Die Abkürzung für den Landkreis und dann WS 1. Winfried Staringer. Ihm gehörte die Protzkarre.

Unvorsichtiger als er beabsichtigte, zog sich Malthaner zurück. Gerade als er Hoffnung tankte, die rettende Tür ins Freie unbeschadet zu erreichen, trat der Supergau ein. Obszön laut klingelte das Handy in seiner Jackentasche. Laut genug, dass alle in diesem modrigen Gebäude es hören mussten.

Sie hörten es tatsächlich.

Wenn das, was er eben beobachtet hatte, ein Blick in den Abgrund des menschlichen Daseins darstellte, dann brach in diesem Moment die wahre Hölle los. Überraschte Rufe, lautes Schreien. Jemand bellte Befehle. Über all dem bimmelte das verdammte Handy munter weiter.

Die vereinbarte halbe Stunde war vorbei. Bestimmt wollte Reinhard rein sicherheitshalber nachfragen, ob er wirklich die Polizei rufen sollte. Schließlich konnte er kein Interesse daran haben, sich wegen eines falschen Alarms zum Gespött zu machen.

Dieser Trottel! Reinhard ritt ihn tief in die Scheiße, ohne auch nur den Hauch einer Ahnung davon zu haben. Hätte er doch nur das Scheiß-Handy abgeschaltet – eine Überlegung, für die es zu spät war. Malthaner erreichte stolpernd die niedrige Holztüre, die schwer nach innen schwang, als er mit purer, aus Angst geborener Gewalt an dem klobigen Griff aus Eisen zog.

Klirrende Kälte umfing ihn. Unbewusst sog er die Luft ein wie ein Schwimmer, der sich auf dem Startblock mit Sauerstoff für sein bevorstehendes Rennen versorgte. Die Panik trieb ihn voran. Ohne Plan rannte er los, über den Hof, im Slalom durch die parkenden Autos, verfolgt von der Meute und vom Bellen des Schäferhundes. Das Nachtsichtgerät war verschwunden. Wenn ihn diese Irren erwischten, würde er nie wieder eines brauchen.

Ihm war, als befänden sie sich direkt hinter ihm. Im Laufen versuchte er das Handy aus der Tasche zu ziehen, das in diesem Augenblick sein Gebimmel einstellte. Er wollte

Reinhard zurufen, dass er von der Polizei gerettet werden wollte und zwar möglichst schon in der nächsten Sekunde. Malthaner kam ins Straucheln. Natürlich war er angesichts seiner nicht auskurierten Erkältung körperlich nicht auf der Höhe. Er kam nicht annähernd so schnell vorwärts, wie er wollte. Als müsste er in einer Ritterrüstung einen Sprint absolvieren. Es war wie in einem bösen Traum, in dem man vor der Gefahr flüchten wollte, sich aber nicht von der Stelle rühren konnte.

Etwas griff nach Malthaners Jacke. Wilde Rufe verfolgten ihn. Er riss sich los, das Handy entglitt seiner Hand und fiel zu Boden. Ein paar Meter, dann riss wieder etwas an seiner Jacke. Diesmal hatten sie ihn. Malthaner fiel auf den Weg, schlug hart auf dem gefrorenen Schnee auf. Etwas, jemand stürzte auf seinen Körper und begrub ihn unter sich. Ein stechender Schmerz durchfuhr Malthaners Körper. Fühlt es sich so an, wenn eine Rippe bricht? Oder wenn sich der todbringende Stahl einer Messerklinge durch die Haut in die Nieren bohrt?

Keine Angst mehr. Ergebenheit gegenüber dem Schicksal. Was kommen muss, das kommt. So oder so.

Malthaners letzter Gedanke galt Brigitte.

Dann tauchte sein Bewusstsein ab.

Die Schmerzen waren beim Versuch, sich zu bewegen, sofort wieder da. Es war das erste, was Malthaner wahrnahm. Ein pochender Schmerz in der rechten Körperseite. Kälte war das nächste Empfinden. Er lag auf einem harten, kalten Boden, Stimmengewirr über ihm. Malthaner versuchte die Augen zu öffnen und kniff sie sofort wieder zusammen. Das Licht blendete und führte zu neuem Schmerz, diesmal im Schädel. Wie ein Blitz, der ohne jede Vorwarnung eine sanfte, behütende Nacht gleißend durchzuckt und für

Sekunden unerträglich erhellt. Brüllende Kopfschmerzen, schlimmer als nach jedem Vollrausch.

Jeder Versuch, sich zu rühren, wurde mit einer neuen Schmerzwelle bestraft, die ihn in die Tiefe zu reißen und zu verschlucken drohte.

Noch einmal versuchte Malthaner vorsichtig die Augen zu öffnen, diesmal vorbereitet auf helles Licht, das ihn mit der Wucht eines Vorschlaghammers treffen würde. Ungläubig blinzelte er in das Gesicht von Staringer. Die Delle in seinem Gesicht wirkte bedrohlicher und teuflischer als je zuvor. Eine Handvoll dunkel gewandeter Gestalten, die ihn hasserfüllt anglotzten.

Mit Wucht schob sich die Erinnerung in seinen Kopf, die Erinnerung an eine Schwarze Messe, vor der er flüchten wollte. Mühsam ließ er seinen Blick gleiten. Die morsche Holzdecke, drei Meter über ihm. Wände eines Gebäudes, die einmal weiß getüncht gewesen sein mochten, jetzt aber nur noch Verfall atmeten. An diesen Wänden waren Leuchtröhren montiert, aus denen das grelle Licht flutete, das ihn blendete. Er war in diesem ehemaligen Stallgebäude, aus dem er zu entkommen versucht hatte, nur dass es jetzt von elektrischem Licht erleuchtet wurde und nicht mehr von dem diffusen Schein der Kerzen. Diese skurrile Messe, wann fand die statt – vor wenigen Minuten, vor einem Tag? Schwer atmend versuchte er seine Situation einzuschätzen und wagte einen weiteren Versuch, seinen Körper zu bewegen. Lass es sein, brüllte ihm der Schmerz ins Ohr. Malthaner war die Hilflosigkeit in Person und fühlte sich, als sei er nur noch eine leblose Hülle. Er fror, das Zittern ließ sich nicht verheimlichen.

»Unser Gast ist erwacht.« Staringer sprach mit sanfter Stimme, die in einem kuriosen Gegensatz zu seinem Gesichtsausdruck stand, der einer Fratze ähnelte. »Dann wollen wir ihn doch einmal fragen, was er will.« Staringer sah ihm von oben ins Gesicht, ganz und gar der Sieger, der den Besiegten nach Belieben beherrscht. An Aufbegehren war nicht zu denken. Malthaner war klar, dass er ein Spielball der Launen dieser angsteinflößenden Gesellschaft in dunklen Kutten war. Das verdammte Licht zwang ihn, die Augen zu schmalen Schlitzen zusammenzupressen. Aus seiner Position auf dem Boden. Er hätte sich in die Hosen pissen können. Möglicherweise hatte er genau das ja schon gemacht. Draußen fuhren Autos weg, wie er eher beiläufig registrierte. Natürlich lag über allem das Bellen des Schäferhundes. Die alten Staringers mussten doch schon längst aufgewacht sein und sich dafür interessieren, was hier auf ihrem Hofgelände vor sich ging.

Winfried Staringer brachte sein lädiertes Gesicht ganz nahe an das Malthaners. »Wer bis du?«, fragte er gefährlich leise, begleitet von einem Schwall schlechten Atems.

»Ich lebe hier in Albstadt«, antwortete Malthaner ausweichend. Idiotisch, auf Zeit zu spielen, und er wusste es.

»Das wollte ich nicht wissen.« Noch immer furchteinflößend sanft, diese Stimme. »Sag mir deinen Namen und was du hier willst.«

»Malthaner, Jörg Malthaner.« Fieberhaft überlegte er sich eine Geschichte, die er diesen Kutten-Trägern erzählen konnte.

»Gut, ich sehe, wir kommen vorwärts. Ich schätze es sehr, nicht angelogen zu werden.« Staringer klappte die rechte Hand aus wie den Greifarm eines Baggers. Darin befand sich Malthaners Geldbörse. In der Geldbörse war aber kein Ausweis, der Rückschluss auf seine Identität geben konnte, denn Malthaner führte seinen Ausweis so gut wie nie mit sich, und die Scheckkarte hatte er ebenso wie den größten Teil seines Bargelds zuhause auf dem Wohnzimmertisch liegen. Staringer schnippte eine Visitenkarte aus dem Geldbeutel. Mist, daran hatte Malthaner nicht gedacht.

»Jörg Malthaner, Landeszeitung«, las Staringer vor und entließ dabei wieder ein übelkeitserregendes Geruchsgemisch aus seinem Mund. »Das führt uns zu der nächsten Frage. Bist du so eine Art Reporter?«

»So eine Art, ja.« Natürlich konnte er es sich nicht erlauben frech zu werden, wie er bewegungsunfähig auf diesem scheißkalten Boden lag.

»Aha.« Staringer drückte wie aus Versehen vorsichtig mit seiner flachen Hand auf Malthaners Rippen, genau auf den Schmerzherd. Malthaner zuckte zusammen, instinktiv versuchte er, sich in eine schützende Embryonalhaltung zu rollen, was die Schmerzen vervielfachte. Er brüllte auf wie ein waidwund geschossener Löwe. Hohngelächter von den Umstehenden. »Ups, entschuldige«, flötete Staringer schauspielerinnenhaft und heizte damit das allgemeine Feixen noch an. »Manchmal bin ich einfach etwas ungeschickt«, sagte er und gab seiner Stimme einen Tonfall des Bedauerns. Als hätte jemand einen Schalter umgelegt, kam es plötzlich hart aus seinem Mund. »Was schnüffelst du hier herum, Reporter?«

Was konnte er nur tun?, fragte sich Malthaner und wusste, dass die Antwort einzig und allein *Nichts* lauten konnte. Dieser Haufen Durchgeknallter hatte ihn vollkommen in der Hand.

»Glauben Sie mir, ich schnüffele nicht hinter Ihnen her«, antwortete er unterwürfig und hoffte, dass es nicht allzu weinerlich rüber kam. Dabei war ihm nach Heulen zumute. Wenn Staringers Truppe tatsächlich Caroline Vogel auf dem Gewissen hatte, dann würde ihnen sein Leben auch nichts wert sein. Im Gegenteil: Sie würden kaum daran interessiert sein, dass er in die Welt hinaus posaunte, was er an diesem Abend gesehen hatte.

Wieder kam dieses furchteinflößende Gesicht mit seinen entstellten Zügen ganz nahe an Malthaner heran. »Nur noch einmal: Was tust du hier?«

Ganz egal, wie die Antwort ausfiel, er konnte sich nur um Kopf und Kragen reden, das war Jörg Malthaner klar. Nur zu gerne hätte er die Wahrheit gesagt, wenn ihm das eine Chance eröffnet hätte.

»Mir ist das Benzin ausgegangen, da dachte ich, dass ich hier auf dem Hof nachfragen könnte, ob man mir nicht ...« Weiter kam er nicht. Staringers Faust donnerte herab, diesmal auf seinen Brustkasten. Ein Schmerzensschrei, dann ein Wimmern. Malthaner war am Ende, bekam keine Luft mehr. Er japste, sein Oberkörper zuckte, aus dem Bereich um die Rippen breitete sich Schmerz strahlenförmig aus.

Staringer sprang auf. Er zitterte vor Erregung und war außer sich vor Wut. »Siehst du das? Siehst du das?« Mit den Fingern der linken Hand deutete er auf die Einbuchtung über seiner Nasenwurzel. »Genau so eines werde ich dir jetzt auch verpassen. Wenn du Pech hast, wirst du es überleben und alle werden dich anglotzen wie einen Aussätzigen, egal, wo du auftauchst.« Malthaner bekam alles nur durch einen Nebel aus Tränen, Schmerz, Wut und archaischer Angst mit.

Staringer schwang etwas in der Hand, er raste. Es war einer der Kerzenständer. Das Ende! Das Ende!

Malthaner nahm nur halb bewusst Geräusche wahr, die nicht zu der Situation passen wollten.

Mit ruckartigen Bewegungen stellte sich Staringer breitbeinig über ihn und schob dabei zwei der anderen Typen rüde beiseite. Den Kerzenständer hielt er über seinem Kopf mit beiden Händen gefasst wie eine Axt, um mit einem gezielten Schlag einen widerspenstigen Holzkeil zu spalten. In die anderen kam Bewegung, Malthaner begriff nicht warum.

Diese Geräusche. Er begriff überhaupt nichts mehr.

»Bitte ...«, wimmerte er und wünschte nur, dass es ein Erwachen aus diesem Alptraum gab. Staringer blickte irritiert zu seinen Gefolgsleuten, was Malthaner nutzen wollte um sich zur Seite zu rollen. Eine Woge des Schmerzes drohte ihn zu begraben, als er sich drehte. Er kam nicht weit, Staringers Bein hielt ihn gefangen. Diese Geräusche. Sie waren weg. Dafür hörte er jetzt andere Geräusche. Stimmen, die von außerhalb dieses feuchten, modrigen Stalls kamen. Anschwellendes Geschrei, Rufe. Staringer warf den Kerzenständer voller Wut gegen eine Wand, wobei der in zwei Teile zerbrach.

Gleichzeitig Splittern und Krachen, doch das kam nicht von dem Kerzenständer, sondern aus Richtung der Türe. Eiskalte Luft strömte herein, Staringer erhob sich und wandte sich seinen Gefolgsleuten zu. »Ruhig!« beschwor er sie und gleich noch einmal: »Ruhig!«

Malthaner sah nicht, was passierte. *Hände hoch! Das ist ein Polizeieinsatz!* Das war, was er hörte. Sein Schädel schien zerbersten zu wollen, das Herz raste und bot sich einen kuriosen Wettkampf mit dem Pochen aus der Körperhälfte, wo die Rippen gebrochen sein mussten.

Rettung! Das war seine Rettung! Reinhard hatte also doch die Polizei angerufen und davon überzeugt, dass der Journalist Jörg Malthaner tief in der Scheiße stecken musste.

Noch einmal versuchte er den Kopf zu drehen. Er musste ein seltsames Bild abgeben, da auf dem Boden, mit seinem langen Hals und in verrenkter Körperhaltung. Rufe, Schreie, Befehle. Schwarze Stiefel. Uniformen. Zivil gekleidete Menschen. Sie fluteten herein, als hätte eine S-Bahn an der Endstation sie ausgespuckt. Ein rechtes Durcheinander.

Staringer und seine Leute standen abwartend da in ihren schwarzen Umhängen, die auf einmal eher lächerlich als bedrohlich wirkten. Wie schnell sich die menschliche Wahrnehmung doch veränderten Situationen anpassen kann. Einige der Uniformierten drängten Staringer und seine Freunde an die Wand. Grüne Uniformen gegen schwarze Kutten.

Es war nicht der richtige Moment sich in diesen Anblick zu vertiefen. Das schien auf eine Verhaftung hinaus zu laufen, wie sich die Situation darstellte. Ein zivil gekleideter Mann kniete sich neben ihm nieder. »Sind Sie Herr Malthaner?«, wollte er wissen.

»Der bin ich«, presste Malthaner zwischen halb geschlossenen Lippen hindurch. Das Reden tat ihm weh. Der Mann schob ihm etwas unter den Kopf, was wohl eine Decke sein musste. Selten war er so froh gewesen Polizei zu sehen.

»Gut. Kessler, Kripo Albstadt«, stellte er sich vor. »Das DRK wird gleich hier sein und sich um Sie kümmern. Bleiben Sie so lange möglichst ruhig liegen.«

Mit einem halbherzigen Nicken signalisierte Malthaner, dass er keine anderen Pläne hatte.

»Wir haben übrigens meinen Kollegen Herrn Hauptkommissar Klaus Konz verständigt. Sie kennen ihn ja bereits.«

Das konnte man so sagen. »Seit Jahren«, quetschte Malthaner die Worte mühsam hervor. Nicht nur das Sprechen verursachte Schmerzen, sondern auch das Luftholen.

Der Polizist erlaubte sich ein Lächeln. »Dann können Sie sich ja vorstellen, wie begeistert er war, dass wir ihn an

einem dienstfreien Samstagabend vor dem Fernseher weg-
geholt haben.«

»Mmh.« Malthaner wollte das Lächeln erwidern, was
ihm nur unzureichend gelang. Grimassieren traf es besser.
Malthaner lag wie festgenagelt auf diesem kalten Steinboden, den vermutlich Generationen von Vieh mit Kot ge-
düngt hatten, während um ihn herum eine große Aufregung
herrschte. Die Kuttenträger wurden abgeführt.

»Hey, altes Haus«, hörte er Reinhards Stimme aus dem
Nichts.

Niemand hielt Reinhard auf, der sich neben Kessler kniete und besorgt auf den lädierten Malthaner hinab blickte.

»Hätte nicht gedacht, dass ich mich einmal so freuen
würde, dich zu sehen«, presste Malthaner unter einigen
Mühen hervor. Schmerz und Rührung trieben ihm die Tränen in die Augen.

»So wie ich das sehe, war das eine ganz knappe Chose
hier«, sagte Reinhard und machte eine Bewegung, die den
ganzen ehemaligen Stall umfasste. »Nachdem du nicht auf
meinen Anruf reagiert hast, habe ich wie besprochen die
Polizei gerufen«, dozierte er. »Dann bin ich selbst hierher
gefahren, weil ich manchmal ja ein bisschen neugierig bin,
wie du weißt.«

Weiter kam er nicht, denn zwei Sanitäter schoben ihn
wortlos beiseite. »Wo brennt's denn?«, fragte einer von
ihnen ganz ernsthaft. Er hatte gut und gerne fünfzehn Kilo
Übergewicht, einen fast kahl rasierten Schädel und schien
geradezu vergnügt zu sein.

»Hier«, sagte Malthaner, ersparte sich weitere Worte und
zeigte stattdessen auf die Stelle, wo der Schmerz wütete.
Der Sani tastete mit einer Sensibilität an ihm herum, die
Malthaner angesichts seines burschikosen Auftritts nicht
für möglich gehalten hätte. Dazu brummte er Unverständ-

liches vor sich hin. Er stand auf und beriet sich mit seinem Kollegen, der daraufhin verschwand.

»Du musst ins Krankenhaus, so wie ich das verstehe«, gab Reinhard ungefragt von sich. Malthaner war alles recht, was ihn von hier fort brachte.

19

»Sie sind ein Glückspilz«, sagte der Arzt, ein kleiner, stämmiger Mann von etwa vierzig Jahren, nach dem Röntgen. Was der Beweis dafür war, dass er keine Ahnung hatte.

»Sie haben eine schwere Rippenprellung erlitten. Es ist aber sicher nichts gebrochen.« Der Weißkittel legte die Stirn in Falten. »Ein kleines Problem gibt es da aber noch. Deshalb werden wir Sie bis morgen hier behalten. Bei Verletzungen, wie Sie sie erlitten haben, könnte ein Milzriss vorliegen. Das ist zunächst schwer zweifelsfrei zu diagnostizieren. Ich gebe Ihnen ein Schmerzmittel. Danach werden Sie schlafen. Morgen Nachmittag können Sie sich dann von Ihren Angehörigen abholen lassen. Sollten Sie tatsächlich einen Milzriss erlitten haben, werden Sie es merken. Ganz bestimmt.«

Von den Angehörigen. Brigitte kam Malthaner in den Sinn, zum ersten Mal, seit sich dieser Kerl auf dem Staringer-Hof mit seinem ganzen Gewicht auf ihn geworfen hatte.

Tief empfundene Trauer durchflutete ihn. Er befand sich in einer Situation, in der er sie so nötig bei sich gebraucht hätte, aber er hatte keine Freundin mehr. Hatte sich durch seinen ewigen Ego-Trip alles versaut.

Hauptkommissar Klaus Konz war auf dem Hof eingetroffen, gerade, als die Sanis ihn auf der Trage in den Krankenwagen schoben. Konz war einfach mit eingestiegen und hatte ihn während des Transports in Krankenhaus befragt. So gut es ging, antwortete Malthaner ihm. Konz schien echt besorgt zu sein, denn er ersparte sich jeden Vorwurf an seine, Malthaners Adresse.

Marquardt vom Landeskriminalamt und seine Mitarbeiter würden den Fall weiter verfolgen, kündigte Konz an. Man habe Marquardt zuhause in Stuttgart aus dem Bett geklingelt. Der Kommissar vom LKA habe sich übers Wochenende zu seiner Familie begeben, sei aber bereits wieder auf dem Weg nach Albstadt. »Daraus können Sie ersehen, welche Bedeutung der Sache zugemessen wird«, wie Konz hinzufügte. »Der Kollege Marquardt wird Sie sicher morgen sprechen wollen.«

»Was ist mit den ... Satanisten?«, presste Malthaner hervor, der dem Lenker des Krankenwagens für seine rücksichtsvolle Fahrweise dankbar war.

»Wir haben alle vorläufig festgenommen. Wahrscheinlich werden sie noch heute Nacht befragt. Vorerst werden wir sie festhalten, aber ich denke mal, dass sie spätestens übermorgen wieder auf freien Fuß gesetzt werden. Bisher kann ich nicht erkennen, dass sie sich etwas haben zu Schulden kommen lassen, das eine weitere Arrestierung rechtfertigt. Alles Weitere werden Marquardt und der Staatsanwalt entscheiden müssen.«

In Malthaners Kopf dröhnte es. Schmerzen und eine durch das Gefühl unendlich großer Erleichterung hervor gerufene Euphorie gingen Hand in Hand. Als der Krankenwagen in die Einfahrt zur Klinik einbog, schlief Malthaner.

Zwei in weiße Medizinerbekleidung gehüllte Männer mit müden Gesichtern schoben Malthaners Bett in ein Zimmer, in dem allerlei Apparate herumstanden. Ein Empfinden dumpfer Teilnahmslosigkeit hatte sich seiner bemächtigt, es war kein unangenehmes Gefühl. »Wie spät ist es?«, fragte er und empfand die Schmerzen gar nicht mehr so schlimm wie vorher. Die Medikamente begannen zu wirken.

Einer der müden Pfleger, ein Pakistani oder Inder, hob den behaarten Arm und schaute auf seine Uhr. »Kurz nach zwei«, antwortete er vollkommen akzentfrei und mindestens so vollkommen desinteressiert.

»Eine beschissene Art, einen Sonntag anzufangen«, presste Malthaner hervor, als wäre er ein harter Hund wie Clint Eastwood. Schon wieder hatte er zwei Männer vor sich, die seinem Humor nichts abgewinnen konnten. Sie lächelten noch nicht einmal müde.

Das erste, was er sah, als er sechs Stunden später aufwachte, war das Gesicht von Marquardt.

Malthaner blinzelte unsicher in den Tag und hatte Sekunden lang Mühe, sich zu orientieren. Doch schneller als ihm lieb warm, drängten sich pochender Schmerz und die Erinnerung an die vergangene Nacht wie eine Bühnenkulisse in sein Bewusstsein.

Marquardt hatte es sich auf einem Plastikstuhl neben seinem Bett gemütlich gemacht, so weit das denkbar war. Dem Kommissar war nicht anzusehen, dass er eine ebenso wenig angenehme und mindestens eben so kurze Nacht verbracht hatte wie er selbst. Marquardt trug wieder einen makellosen Anzug, einen in edlem Grau diesmal, und eine korrekt sitzende, dezent blaue Krawatte. Das Gel entfaltete die beabsichtigte Wirkung und meißelte Marquardts Haar zu einer attraktiven Haube. Die Beine hatte er gekreuzt, die gepflegten Hände ruhten übereinander gefaltet auf dem Knie.

»Guten Morgen«, begrüßte ihn der Mann vom LKA.

»Morgen«, entgegnete er und versuchte flach zu atmen.

»Wie geht es Ihnen?«, zeigte der Kriminalbeamte immerhin etwas Mitgefühl.

»Schlecht«, antwortete Jörg Malthaner wahrheitsgemäß.

»Tut mir leid, was gestern passiert ist, aber ich habe Sie ausdrücklich gewarnt, sich in die Sache einzumischen.«

Da konnte Malthaner nicht widersprechen.

Marquardt verzichtete auf Vorwürfe und hielt sich nicht lange mit der Vorrede auf. Er fragte Malthaner aus, wollte die Ereignisse der vergangenen Nacht haarklein erfahren.

»Woher wussten Sie von diesem Treffen?«

»Ich wusste es überhaupt nicht. Einige von den Kerlen hatten sich zuvor bereits oben bei einem Abenteuerspielplatz getroffen und eine Art Schwarze Messe zelebriert. Dann bin ich ihnen gefolgt.«

»Und wie kamen Sie zu dieser ersten ... Messe?«

Malthaner erzählte von dem Brief, den er sich aus Caroline Vogels Briefkasten angeeignet hatte. Er wartete darauf, dass Marquardt ihm eine Standpauke halten würde, von wegen Unterschlagung von Beweismitteln oder so. Doch der Kriminalbeamte sagte nur ganz ruhig: »So, so. Gut, darauf hätten wir auch kommen können, um nicht zu sagen, müssen.« Marquardt zog ein kleines, in Leder gebundenes Notizbuch aus der Innentasche des Anzugsakkos und trug mit einem edel wirkenden Kugelschreiber etwas ein. Dann steckte er das Büchlein wieder weg und fragte emotionslos weiter.

So gut er konnte, beantwortete Malthaner die Fragen, auch wenn das Sprechen nach wie vor mit Schmerzen verbunden war. So ging das eine halbe Stunde lang, dann schien sich Marquardt auf seine Art für die Auskunftsfreude erkenntlich zu zeigen. »Herr Malthaner, es kann sein, dass Sie uns mit Ihrem unbedachten Verhalten in unseren Ermittlungen gegen die hiesige Satanistenszene einen entscheidenden Schritt voran gebracht haben.« Marquardt ließ Milde walten. »Auch wenn das sicher nicht die Absicht Ihres Handelns war und Sie sich im Grunde dumm und unreif verhalten haben.«

»Sie müssen mir gegenüber nicht den Oberlehrer markieren«, sagte Malthaner, und handelte sich neben den Schmerzen einen kleinen Hustenanfall ein. »Sagen Sie schon, was los ist.«

Richtig sauer schien Marquardt nicht zu sein. »Unsere Befragungen heute Nacht haben einige hochinteressante Ansätze erbracht. Ich glaube sogar, dass wir kurz davor stehen, den bedauerlichen Tod unserer Kollegin Caroline Vogel aufzuklären.«

»Ich platze vor Neugierde«, entgegnete Malthaner und versuchte, die Schmerzen zu ignorieren.

Wenn sich Marquardt ohne Not so weit aus dem Fenster lehnte, dann hatte er sicher einiges in der Hand. »Bilden Sie sich jetzt mal nicht zu viel ein. Unsere Ermittlungen laufen schließlich schon seit Tagen in diese Richtung. Sie haben die Sache nur etwas beschleunigt, wenn ich es so formulieren darf.«

»Kommen Sie schon, lassen Sie den Andeutungen handfeste Informationen folgen.«

»Langsam, langsam. Noch ist das alles nicht spruchreif. Es wird für uns zunächst darum gehen, ihnen strafbare Handlungen nachweisen zu können.«

»Ein Mord ist doch wohl strafbare Handlung genug.« Empörung schön und gut, aber Malthaners geschundener Körper strafte ihn sofort ab, indem er neue Schmerzimpulse an das Hirn sandte.

»Ich rede von dem, was oben bei Onstmettingen geschehen ist. Was diese Leute privat so treiben, geht uns nichts an, so lange sie dabei nicht gegen die Gesetze verstoßen. Wenn das ganze Trara von heute Nacht deren Definition einer lustigen Fete entspricht, bitteschön.«

Ein Niesen schüttelte Malthaner und ihm war, als würde sein Körper zerbersten. Mühsam richtete er sich anschließend ein wenig in seinem Bett auf. »Immerhin haben mich diese Spinner ins Krankenhaus befördert. Ich könnte jetzt gemütlich zuhause sitzen.« Zuhause würde er sich aus ganz anderen Gründen unwohl fühlen, aber das musste Marquardt nicht wissen.

Marquardt zupfte sich die Krawatte zurecht. »An Ihrer Situation sind Sie selbst nicht gerade unschuldig, würde ich meinen.«

»Schon gut«, stieß Malthaner hervor. »Sagen Sie mal: Diese alten Leute, die Eltern von Staringer, was ist mit denen? Die müssen den ganzen Aufruhr heute Nacht doch irgendwie mitbekommen haben. Was haben die mit der Sache zu tun?«

»Und ob die das mitbekommen haben. Wir haben sie schließlich befragt. Wobei sich vor allem die alte Frau nicht gerade sehr kooperativ gezeigt hat.«

Malthaner grinste schief. »Das kann ich mir denken.«

Marquardt schaute ihn fragend an und er erzählte von der Tierbeschlagnahme vor wenigen Tagen.

»Das, ja. Davon haben mir die hiesigen Kollegen berichtet«, antwortete der Kommissar abwesend.

»Und?«

»Was, und?«

»Na, die alten Staringers. Was ist mit ihnen?«

»Ach so.« Marquardt schien sich unmerklich zu straffen und konzentrierte sich augenblicklich wieder auf ihr Gespräch. »Die sind an solche Vorkommnisse anscheinend gewöhnt. Ihr Sohn hat seine komischen Freunde, so weit wir in unseren Befragungen gehört haben, schon öfter zu solch makabren Partys in diesen alten Stall eingeladen. Die Eltern interessieren sich offensichtlich nicht besonders für diese Vorkommnisse, solange es nicht zu laut wird. Wie Sie selbst gemerkt haben, sorgen die dicken Mauern dafür, dass die Geräusche nicht allzu laut nach draußen dringen.«

»Wissen die Alten, dass ihr Sohn auf ihrem Gehöft Schwarze Messen zelebriert?«

»Ob das wirklich eine Schwarze Messe war, sei einmal dahingestellt.« Mit einem einstudiert wirkenden Blick schaute Marquardt auf seine Uhr. »Ich nehme an, Sie werden spätestens am Montag mehr erfahren.« Mit dieser kryptischen Andeutung erhob sich Marquardt aus dem billigen Stuhl. Der Mann hatte reichlich zu tun und benötigte ein ausgefeiltes Zeitmanagement, da war sich Malthaner einigermaßen sicher. Mit großer Wahrscheinlichkeit entsprach das, was hier lief, auch nicht gerade Marquardts Vorstellung von einem harmonischen Wochenende. Bestimmt stand der Hauptkommissar intern unter einem gewaltigen Druck. Der Mord an einer Kollegin musste aufgeklärt werden; das war Marquardt seinen Vorgesetzten, dem ganzen Apparat, den Kollegen und sich selbst schuldig. So gut glaubte Malthaner die Psyche von Polizisten zu kennen.

»Herr Reiher wird Sie auf dem Laufenden halten«, versprach der Mann vom Landeskriminalamt, als er sich mit einem markanten Händedruck verabschiedete. »Der Arzt hat mir gesagt, dass Sie heute noch nach Hause entlassen werden können. Schonen Sie sich. Sie haben es nötig. Ach ja, ich nehme an, dass es Ihnen nur recht ist, dass meine Kollegen Ihren Wagen abgeholt und vor Ihrer Haustüre abgestellt haben.«

Der Saab. An sein Auto hatte Malthaner bisher noch

keinen Gedanken verschwendet. »Danke für den Service«, witzelte er schwach.

»So sind wir eben: Dein Freund und Helfer«, witzelte Marquardt zurück. »Sie sollten übrigens mal die Batterie austauschen.« Damit drehte er sich zur Tür und ging. Als er schon die Klinke in der Hand hielt, drehte er sich noch einmal zu Malthaner um. »Ich nehme an, dass Sie wegen des Vorfalls der vergangenen Nacht Anzeige erstatten werden.«

Mit dieser Frage hatte Malthaner sich noch nicht beschäftigt. »Keine Ahnung, darüber muss ich noch nachdenken.«

»Denken Sie nicht zu lange nach«, gab Marquardt zurück und verließ das Zimmer.

Der Arzt vom Nachtdienst war von einem mürrischen jungen Kollegen abgelöst worden. Er hatte langes braunes Haar und wirkte insgesamt wie ein Medizinstudent. Laut dem Namensschild an seinem weißen Kittel verfügte er tatsächlich über einen Doktortitel. Der Student, der ein Doktor war, fummelte emotionslos an Malthaner herum. Das Ergebnis seines Drückens und Streichens, Klopfens und Greifens schien ihn zufrieden zu stellen. Doktor Student wiederholte noch einmal, was sein erwachsener wirkender Kollege bereits in der Nacht gesagt hatte. Von einem Milzriss war nicht die Rede. Er stellte die Entlassung des Patienten in den nächsten Stunden in Aussicht und gab ihm auf, sich in den kommenden Tagen ins Bett zu legen und auf jede Bewegung zu verzichten. Der junge Mann hatte keinen Schimmer, was das für einen Freiberufler bedeutete.

Reinhard war überrascht, als ihn Malthaner über ein schnurloses Telefon, das eine Krankenschwester aufgetrieben hatte, anrief und bat, ihn aus dem Krankenhaus abzuholen. Brigitte war nicht zu erreichen, sie hatte das Handy abgeschaltet.

Natürlich platzte die Frage sofort aus Reinhard heraus, warum nicht Brigitte diesen Fahrdienst übernahm. Reinhard war nun mal bekannt dafür, dass er mit mehr Neugierde als Sensibilität gesegnet war.

»Das ist eine sehr lange Geschichte«, presste Malthaner müde ins Telefon, »außerdem weiß ich nicht einmal, wie ich Brigitte erreichen sollte.« Reinhard begnügte sich mit der Antwort. Sicher reimte er sich so langsam die Dinge zusammen und lag vermutlich richtig, was die grobe Richtung anbelangte. Spätestens in ein paar Tagen würde er sowieso von Andi erfahren, dass Malthaners Umzug bevorstand.

Man kannte sich.

Man lebte in einer Kleinstadt.

Keine Stunde später war Malthaner zuhause; in der Wohnung, die er noch sein Zuhause nannte. Sie hatten bei der Apotheke einen Stopp eingelegt, die Sonntagsdienst hatte, und Reinhard besorgte die Schmerztabletten, während Malthaner zusammengesunken auf dem Beifahrersitz von Reinhards Jeep wartete.

Reinhards Angebot, noch eine Weile bei ihm zu bleiben, lehnte er ab. Der Freund sah ihn mitleidig an, als er sich verabschiedete. Vielleicht hatte er doch empfindsamere Antennen als Malthaner glaubte.

Mühsam, unter Schmerzen und mit einem anhaltenden dumpfen Pochen im Kopf, schleppte sich Malthaner durch den Tag, lag die meiste Zeit auf dem Sofa im Wohnzimmer. Er zappte durch die Programme und nahm doch nur wenig davon wahr.

Immer wieder schoben sich die Ereignisse der Nacht

in sein Bewusstsein und konkurrierten mit den Gedanken an Brigitte.

Sie war nicht zu erreichen. Ihr Handy blieb stumm. Die Blöße, bei ihrer Freundin Monika anzurufen, bei der sie vermutlich untergekrochen war, wollte Malthaner sich nicht geben. Dabei war verletzte Eitelkeit das Letzte, was er sich erlauben konnte, und es war ihm bewusst.

Außerdem kannte er Monis Nummer überhaupt nicht.

Am frühen Abend klingelte das Telefon und er griff danach wie ein im Treibsand Versinkender, dem vom Ufer aus das rettende Seil zugeworfen wird. Nicht Brigitte meldete sich, wie erwartet und erhofft, sondern Theo Reiher, der Polizeisprecher. »Wie geht es Ihnen?«, fragte er.

»Ging mir schon deutlich besser. Ich fühle mich, als wäre ich unter einen Panzer geraten.«

»Das glaube ich Ihnen aufs Wort. Da haben Sie mir wieder was eingebrockt, Malthaner.« Dabei klang das keinesfalls nach einem Vorwurf. Eher hörte es sich an, als sei Reiher gelöst und erleichtert. Das wollte Malthaner nicht so recht in den brummenden Kopf. Reiher redete weiter. »Wegen Ihres dummen nächtlichen Ausflugs hatten wir heute einen ganz schönen Aufruhr in der Direktion. Marquardt und seine ganze Truppe haben heute am heiligen Sonntag gearbeitet, und auch Konz war mit einem Team schwer am Schuften. Nicht zuletzt ich bin ein Opfer Ihrer Eskapaden geworden, denn mich haben die Kollegen auch aus meinem freien Sonntag geholt.« Reiher legte eine Pause ein, auch Malthaner schwieg. Der Polizeisprecher verlor als erster die Nerven. Da war noch etwas, das er loswerden wollte, glaubte Malthaner heraus zu hören und behielt Recht.

»Sie können sich vorstellen, dass die alle, inklusive meiner Wenigkeit, wenig erfreut waren. Wissen Sie, wir Poli-

zeibeamte an der Front schieben sowieso allesamt Berge
von unbezahlten Überstunden vor uns her.« Wieder eine
Kunstpause.

»Das ist mir bekannt«, warf ihm Malthaner einen Satz
vor, der Reiher zum Weiterreden ermutigen sollte. So, wie
man einem Hund einen Leckerbissen zur Belohnung hin-
wirft, wenn er Männchen macht und man will, dass er noch
weitere seiner Kunststücke vorführt. Komm schon zur Sache, dachte er.

Reiher akzeptierte den Einwurf. »Die Kollegen haben
diese komische Mischpoke in den dunklen Gewändern bereits heute Nacht verhört. Dabei ist mehr heraus gekommen, als sie erwartet hatten. Malthaner, Sie haben da eine
Sache ins Rollen gebracht, von der Sie selbst wahrscheinlich
keine Ahnung haben. So gesehen, war Ihr dummes Detek-
tivspiel durchaus fruchtbar.«

»Etwas in der Art hat Marquardt heute früh angedeu-
tet, als er mich im Krankenhaus besucht hat. Lassen Sie die
Katze schon aus dem Sack!«

»Gut. Ich habe mich mit Marquardt abgesprochen. Er
ist wohl der Ansicht, dass er Ihnen etwas schuldet. Für die
Schmerzen, die Sie erleiden müssen. «

Malthaner war überrascht. »Das wiederum hat er mir
nicht gesagt.« Trotz seines deprimierenden Gesamtzustan-
des wurde Malthaner ungeduldig. »Jetzt sagen Sie schon,
was los ist.«

»Wir haben dank Ihnen wahrscheinlich den Mörder der
Kollegin Vogel dingfest gemacht!«

Es schwang ein bisschen Triumph in Reihers Stimme mit.

Malthaner vergaß vor Erregung kurzzeitig fast die
Schmerzen. »Was sagen Sie da?«

20

Reiher hatte Oberwasser und spannte ihn auf die Folter. Das war nicht unbedingt nur ein normales offizielles Gespräch zwischen dem Pressesprecher der Polizeidirektion und einem von Berufs wegen neugierigen Journalisten. Jetzt machte es sich für Malthaner bezahlt, dass er und Reiher sich gut verstanden, obwohl sie sich regelmäßig mit zur Schau gestellter Bärbeißigkeit begegneten. Für Malthaner stand schon lange fest, dass Reiher privat ganz bestimmt ein dufter Typ war.

Theo Reiher hielt sich an ihre unausgesprochenen Spielregeln und reizte ihn ein wenig. »Natürlich hätten wir ihn auch ohne Ihre Hilfe sehr bald erwischt, aber Sie haben die Ermittlungen mit Ihrer Schnüffelei, die nebenbei bemerkt nicht nur dumm sondern auch ausgesprochen gefährlich war, etwas beschleunigt.«

Malthaner drehte seinen Körper leicht, fast schien es, als wolle er in das Telefon hineinschlüpfen. Er platzte vor Neugierde und versuchte die Schmerzen zu ignorieren, die ihm die unbedachte Bewegung bescherte. »Los, Mann, lassen Sie's raus!«

»Einer der Beteiligten der vergangenen Nacht hat gestanden, vor wenigen Tagen Caroline Vogel umgebracht zu haben. Die Kollegen haben ihn etwas in die Mangel genommen. Irgendwann in der Befragung sind dann wohl alle Dämme bei ihm gebrochen. Er hat geredet und geredet, hat alles erzählt, vollkommen emotionslos, so als plaudere er über die Fußball-Ergebnisse vom Wochenende. Ein ganz junger Kerl, zweiundzwanzig Jahre alt.« Sofort dachte Malthaner an den schmalen Burschen, der vor Ort sein Sperma gewonnen und in die Schüssel gespendet hatte, die Staringer in der Hand gehalten hatte.

Reiher war jetzt nicht mehr zu stoppen, er selbst hatte wohl vom Katz-und-Maus-Spiel genug. »Offenbar war es so, dass diese Typen dahinter gekommen sind, dass Caroline Vogel ein doppeltes Spiel spielte. Einige aus dieser kriminellen Clique wollten sie für diesen Verrat zur Rechenschaft ziehen. Dieser Junge sah darin seine Chance zu beweisen, wie ernst ihm diese satanistische Sache war. Er hat die Kollegin Vogel in ihrer eigenen Wohnung mit einem Stein erschlagen, den er draußen auf dem Feld aufgelesen hatte. Nach seinen eigenen Aussagen hat er den Stein später einfach wieder weggeworfen. Die Spurensicherung sucht nach diesem Stein, hat aber wenig Hoffnung, ihn tatsächlich zu finden.«

»Was für eine Scheiße«, entfuhr Malthaner.

»Das können Sie laut sagen. Die Kollegen haben heute die Wohnungen dieser Leute durchsucht. Sie glauben nicht, was sie dort alles gefunden haben. Neben allerlei Kult-Utensilien unter anderem Knochen und Totenschädel. Nicht etwa solche aus Plastik, sondern echte.« Reiher musste Luft holen. »Vermutlich stammen die aus Raubzügen, die diese Spinner auf dem Friedhof gemacht haben. Da gab es in den vergangenen Wochen einige Vorkommnisse, die wir nicht an die Öffentlichkeit gegeben haben, nachdem das LKA uns darum gebeten hatte. Man könnte auch sagen, nachdem man uns einen Maulkorb umgebunden hatte.«

Jetzt sah Malthaner klarer. Deshalb waren Beamte des Landeskriminalamtes hier in Albstadt. Das war wirklich eine Dimension von Okkultismus, die er hinter den Geschehnissen der vergangenen Wochen bisher nicht vermutet hatte.

Er warf eine der Schmerztabletten ein.

»Es kommt noch schlimmer«, fuhr Theo Reiher fort, »das sind vollkommen Verrückte, wenn Sie mich fragen. Diese Bastarde kennen keine Grenzen. Vor etwa acht Wochen haben sie den Sarg eines frisch beerdigten siebenjährigen Jungen ausgegraben, der bei einem Verkehrsunfall gestorben war. Sie schlugen ein Loch in den Sargdeckel, zerrten die Leiche heraus und bahrten sie in der Aussegnungshalle auf.«

Malthaner fühlte sich noch übler als zuvor. Das war nicht Hollywood, das war nicht Berlin, das war noch nicht einmal Stuttgart, sondern eine kleine Stadt in der schwäbischen Provinz. »So etwas können Sie der Öffentlichkeit vorenthalten?«, wunderte er sich. »Ich kann mir nicht vorstellen, dass sich solche grauenhafte Dinge unter der Decke halten lassen.«

»Doch.« Tonlos. Theo Reiher schien in sich zu gehen, zu überlegen, was er sagen durfte und was nicht. »Können Sie etwas für sich behalten?«, fragte er schließlich.

»Das wissen Sie.«

»Gut. Die Eltern des Jungen wissen bis heute nichts davon. Diese perverse Geschichte war damals der Auslöser, dass die Spezialisten vom Landeskriminalamt nach Albstadt gekommen sind und Caroline Vogel in die Szene eingeschleust haben. Die beiden Friedhofsarbeiter, die die Leiche des Jungen gefunden haben, wurden unter massiven Drohungen eingeschüchtert und zum Stillschweigen verdonnert. Marquardt muss den beiden gegenüber sehr überzeugend gewesen sein, denn soweit wir wissen, halten sie bis heute absolut still.«

»Und die Eltern des toten Jungen wissen tatsächlich

nichts von diesem grausigen Vorfall?« Das schockierte Malthaner zutiefst. »Ich hatte ja keine Ahnung, wie weit der Arm des Gesetzes reicht«, sagte er mehr zu sich selbst als zu Theo Reiher.

»Der Arm des LKA«, verbesserte ihn der Polizeisprecher.

»Stammen diese Satansanhänger von hier?«, fragte Malthaner, nachdem einen Moment Stille geherrscht hatte.

»Ja. Sie alle führen tagsüber ein normales, kleinbürgerliches Leben. Auch dieser Schwemmer ...« Reiher hielt abrupt inne, denn er merkte, dass er sich verplappert hatte. Einen Namen wollte er Malthaner gegenüber vermutlich nicht nennen.

»Schwemmer?« Das wurde ja immer irrsinniger. »Ansgar Schwemmer?«, fragte Malthaner und erntete betretenes Schweigen bei Reiher. »Nein«, sagte der Pressesprecher der Polizei schließlich langsam. »Ein Sven Schwemmer. Lagerarbeiter. Warum?«

Nachdem Reiher ihm so viel anvertraut und dabei sicher auch manches Dienstgeheimnis verletzt hatte, fühlte Malthaner sich in der Pflicht, auch ein Stück von seinem Wissen preis zu geben. Er erzählte, dass er Schwemmer beschattet hatte, nachdem die Satanisten vor einigen Tagen in seinen alten Kadett eingestiegen waren. Wie er die Verbindung von dem Kennzeichen des Opel zu seinem Besitzer recherchiert hatte, dass er dazu das Vertrauen seines alten Kumpels Rudi Rehberg benutzt hatte, behielt Malthaner für sich. Reiher fragte nicht nach.

»Warten Sie mal«, brummte Reiher. Papier raschelte. »Ich habe die Unterlagen zu diesem Fall vor mir liegen.« Eine Pause, weiteres Geraschel. Dann meldete sich Reiher wieder: »Hier haben wir es: Sven Schwemmer ist der jüngere Bruder von Ansgar Schwemmer. Ansgar ist 34, im

Ortsteil Ebingen geboren, keine Eintragungen ins Vorstrafenregister, er arbeitet als Monteur beim Hartmann. Dieser Sven war gestern Nacht mit dem Auto seines Bruders unterwegs. Die Kollegen haben den Fahrzeughalter heute überprüft. Er soll, so entnehme ich es einer Aktennotiz, vollkommen überrascht davon gewesen sein, dass sich sein kleiner Bruder in der Satanistenszene bewegt. Hier steht die Aussage ...« Reiher murmelte Unverständliches vor sich hin, dann meldete er sich wieder. »Es läuft darauf hinaus, dass dieser Ansgar Schwemmer seinem kleinen Bruder immer wieder das Auto geliehen hat. So wie ich die Aktennotiz deute, war er beim überraschenden Besuch der Kollegen vom LKA ehrlich schockiert und wie vor den Kopf geschlagen. Hier steht handschriftlich, dass er vollkommen glaubwürdig wirkte.« Reiher holte kurz Luft, sprach dann weiter. »Wir werden heute Abend noch eine knappe Pressemeldung rausgeben. Die Betonung liegt auf knapp. Darin steht, dass die Polizei im Falle der ermordeten Frau aus Albstadt einen Tatverdächtigen festgenommen hat, nicht viel mehr. Es wäre schön, wenn Sie sich auch an diese Formulierung halten könnten.«

»Da verlangen Sie zum wiederholten Mal seit wenigen Wochen verdammt viel von mir«, entgegnete Malthaner.

In seinem Kopf klopfte es wie irre. Das Gespräch mit Theo Reiher klärte viele der offenen Fragen, die ihn seit Tagen beschäftigten. Wenn seine Gedanken nicht gerade um Brigitte und das Ende ihre gemeinsamen Zeit kreisten. Das alles war mehr, als er in so komprimierter Form ertragen wollte.

»Ich sollte wohl mal Urlaub machen«, bemühte sich Malthaner witzig zu sein. Die Wirkung bei Reiher ließ auf sich warten, stellte sich schließlich aber doch noch ein.

»Bisher war ich immer der Meinung, dass ein Großteil

Ihres Lebens aus Urlaub besteht«, stichelte der Polizeisprecher. »Warten Sie mit dem Urlaub noch ein bisschen, denn
vielleicht bekommen Sie bald noch eine andere Story.«

»Was meinen Sie damit?«

»Nun, dieser andere Mordfall, der unbekannte Tote ...«
Malthaner wollte sich nicht auf die Folter spannen lassen.
»Was ist mit dem Fall?«

»Ihr Tipp mit den Schuhen war ein Volltreffer.«

21

Unter anderen Umständen hätte Malthaner eingeworfen, dass er seine Schuhe gerne möglichst bald wieder zurück haben wollte, aber das war im Moment nicht das Wichtigste. Trotz der Schmerzen waren die Antennen des Journalisten voll auf Empfang geschaltet. »Wir wissen jetzt mehr über diese Schuhe«, redete Theo Reiher weiter. »Ihr Hinweis mit den USA hat sich als richtig erwiesen. Die transatlantische Zusammenarbeit der Behörden hat ausnahmsweise gut und schnell funktioniert. Dabei hat es sich als Vorteil erweisen, dass das Landeskriminalamt in dieser anderen Sache zurzeit bei uns in Albstadt ermittelt. Wenn das LKA sich um eine Angelegenheit kümmert, kann das die Sache extrem beschleunigen, wie wir erfahren durften. Irgendwer muss den amerikanischen Kollegen Beine gemacht haben. Die haben sich jedenfalls sehr bemüht und den Hersteller dieser Schuhe für uns ausfindig gemacht. Mehr noch: Sie haben recherchiert, dass diese Schuhe im Zeitraum der Jahre von 2001 bis 2003 verkauft wurden, und zwar ausschließlich im Bundesstaat Pennsylvania.«

Bei diesen Worten meldete sich in einem hinteren Winkel von Malthaners Bewusstsein kurz ein Gedankenfetzen, der aber so schnell wieder verschwand wie er sich bemerkbar gemacht hatte.

Reiher dozierte weiter. »Sie erinnern sich doch, dass auf der Sohle diese Zahlen- und Buchstabenkombination eingedruckt ist.« Es war wohl nicht als Frage gemeint. Zumindest wartete Reiher nicht auf eine Antwort. »Die Kollegen haben wirklich gute Arbeit geleistet. Die Buchstaben auf den Sohlen des Schuhes bei dem Toten lauteten »key«. Dagegen ist in Ihre Schuhe die Buchstabenkombination »sil« eingedruckt.«

Das waren Details, die Malthaner nicht geläufig waren und deren Bedeutung ihm erst klar wurde, als Reiher das Geheimnis lüftete. »Und hier kommt der Clou«, sagte der Polizeisprecher wie ein Magier, der das verschwundene Kaninchen aus dem Hut zaubert. »Key steht für Keystone State. Verstehen Sie? Jeder US-Bundesstaat hat einen Beinamen. Pennsylvania ist der Keystone-State. Nevada, wo Sie Ihre Schuhe gekauft haben, ist der Silver State. Der Schuhhersteller ist anscheinend stolz darauf, individuelle Schuhe zu produzieren. Jeder Schuh hat eine zehnstellige Nummer, die ihn unverwechselbar machen soll, das ist Marketing. Und jeder Schuh darf nur von Läden dieser einen Kette in eben dem Staat verkauft werden, für den er produziert wurde. Ein weiterer Marketing-Gag. Jeder Käufer erhält eine Urkunde, in der bescheinigt wird, dass er dieses einzigartige Paar Schuhe erworben hat. Die Amerikaner scheinen auf so etwas voll abzufahren. Sie kaufen die Dinger anscheinend in Massen.«

»Ja, die spinnen, die Amis.« Malthaner drehte sich ächzend zur Seite. Von einer Urkunde wusste er nichts. Vielleicht war der Verkäufer seines Paars Trekkingschuhe in Nevada damals doch kein so netter Kerl gewesen. »Ich bin beeindruckt. Aber bringt Sie das in Ihren Ermittlungen auch nur einen Schritt weiter?«

»Vielleicht. Das sind inzwischen längst nicht mehr nur unsere Ermittlungen. Wie gesagt, mittlerweile hängt das LKA drin und längst auch Interpol. Wir versuchen jetzt herauszufinden, ob in Pennsylvania jemand vermisst wird, der eine Reise nach Deutschland gemacht hat. Das sollte nicht allzu schwer sein.«

Wieder hatte Malthaner dieses Gefühl, dass ihm dazu etwas Wichtiges einfallen sollte – wieder Fehlanzeige.

»Der Mann ist seit vielen Monaten tot. Da hätten die Angehörigen sich doch schon lange gemeldet«, warf er ein.

»Es passieren die seltsamsten Dinge. Das wissen Sie doch so gut wie ich.«

Plötzlich sprang ihn der Gedanke aus der Tiefe seines Bewusstseins an. Wie eine Notiz, die man sich macht, dann in eine Schublade legt und nur durch Zufall jemals wiederfindet. »Pennsylvania«, rief Malthaner aufgeregt ins Telefon. »Philadelphia ist die Hauptstadt von Pennsylvania!«

Reiher kapierte nichts. »Ich bin beeindruckt davon, dass Sie bei Geografie in der Schule anscheinend aufgepasst haben«, gab er zur Antwort, ratlos.

»Philadelphia, Mann!«

Reiher war ehrlich baff. Malthaner half ihm auf die Sprünge. »Staringer hat früher bei den Philadelphia Flyers gespielt.«

Ein Pfiff aus dem Telefon. Jetzt hatte Reiher kapiert, was Malthaner ihm zu erklären versuchte. Zwischen Pennsylvania und Albstadt bestand ein Zusammenhang in Person von Winfried Staringer.

»Was passiert mit Staringer nach der Geschichte in der vergangenen Nacht?«, wollte Malthaner wissen.

»Er wurde mittlerweile auf freien Fuß gesetzt, so wie alle anderen. Mit Ausnahme von diesem Sven Schwemmer natürlich, der den Mord an Caroline Vogel gestanden hat. Gegen die anderen Beteiligten dieser Schwarzen Messen haben wir nicht viel in der Hand. Bisher haben Sie als möglicherweise Geschädigter noch keine Anzeige erstattet, wenn ich auf dem Laufenden bin.«

»Damit sind Sie auf dem Laufenden.«

»Wenn Sie einen Rat von mir annehmen wollen: Tun Sie's. Das macht der Polizei die Arbeit leichter, falls Staringer tatsächlich einen Anwalt einschalten will. Genau damit hat er den Kollegen nämlich gedroht, die ihn heute Nacht befragt haben. Der Herr Eishockeystar a. D. scheint der Meinung zu sein, dass seine nächtlichen Eskapaden seine Privatangelegenheit sind.«

»Privatangelegenheit«, kam es empört aus Malthaners Mund. »Ich bin fast Opfer dieser Privatangelegenheit geworden.«

»Da muss ich Ihnen leider sagen, dass der diensthabende Staatsanwalt heute Nacht der Meinung war, es gebe keinen juristischen Grund Staringer festzuhalten. So weit, so schlecht.« Reiher wollte zum Ende des Gesprächs kommen, das nun schon fast eine Stunde dauerte.

»Sie werden doch dieser Philadelphia-Geschichte nachgehen, oder?«

»Was ich tun kann und werde, das ist die ermittelnden Kollegen von Ihrem, nennen wir es einmal *Verdacht*, zu unterrichten. Was die damit anfangen, nun, darauf habe ich keinen Einfluss, wie Ihnen sicher bewusst ist.«

»Natürlich. Versuchen Sie wenigstens, es saumäßig dringend erscheinen zu lassen.«

»Danke für den Tipp. Ich habe auch einen für Sie: Verrennen Sie sich nicht in eine fixe Idee. Und erwarten Sie keine Wunderdinge. Selbst wenn das LKA eingeschaltet ist, dauert alles eine Weile. Internationale Rechtshilfeersuche sind so ziemlich das Komplizierteste, was man sich vorstellen kann. Das LKA geht zum BKA, was in Deutschland die nationale Interpoldienststelle ist. Das BKA setzt sich mit der nationalen Interpoldienststelle in den USA zusammen, was wiederum das FBI ist. Das FBI seinerseits übergibt die Sache an die örtliche Polizeidienststelle, falls es nicht selbst ein Interesse an dem Fall hat. Das wage ich, ganz ehrlich gesagt, erheblich zu bezweifeln.«

»Danke für die wirklich interessante Nachhilfe.«

»Damit wollte ich Ihnen nur deutlich machen, dass es dauern wird. Schließlich weiß ich, dass Geduld nicht Ihre Stärke ist.«

»Sie hören mich nicht widersprechen.«

Damit und mit einer anschließenden kurzen Grußformel war das Gespräch tatsächlich beendet.

Brigitte meldete sich nicht. Die Nummer von Moni war Malthaner ebenso unbekannt wie ihr Nachname. Dabei war Moni, wenn nicht die beste, so doch eine der besten Freundinnen seiner Lebensgefährtin. Wieder ein Beispiel dafür, dass er sich nie ausreichend um das Leben von Brigitte gekümmert hatte.

Malthaner hackte eine kurze Meldung in die Tasten und schickte sie an die Redaktion der Landeszeitung. Die Polizei habe einen Verdächtigen im Fall des Mordes an einer jungen Frau in Albstadt ermittelt und vorläufig festgenommen. Ein zweiundzwanzigjähriger Arbeiter stehe unter Verdacht. Das musste erst einmal genügen. Ob die Kollegen in Stuttgart diese dünne Nachricht als wichtig genug ansahen, damit sie es in die Montagsausgabe schaffte, hatte er nicht mehr in der Hand.

Es war zehn Uhr abends, als Malthaner sich von der Couch ins Bett schleppte, nachdem er eine weitere Schmerztablette eingenommen und mit einem Bier hinuntergespült hatte. Überraschend schnell schlief er ein. Kurz nach Mitternacht war er wieder wach. Er wollte sich auf den Bauch drehen, vermied nach einem ersten schmerzhaften Versuch aber alle weiteren.

Hellwach. Er war hellwach. Seine Rippen schmerzten, aber der Verstand arbeitete kühl und einwandfrei.

Natürlich war es vollkommen unwahrscheinlich, dass die Sache mit den Schuhen aus Pennsylvania und mit dem ehemaligen Eishockeyprofi Staringer irgendeinen Zusammenhang hatte. Zumal Malthaner selbst bis vor wenigen Tagen seit Jahren keinen Gedanken mehr an Winfried Staringer verschwendet hatte.

Etwas anderes als diese mehr als kühne Hypothese hatte er nicht. Außer viel Zeit. Denn an ein schnelles Einschlafen war sowieso nicht mehr zu denken. Dafür quälten ihn neben seinen Schmerzen viel zu viele offene Fragen und viel zu viele echte Probleme. Also quälte er sich wieder aus dem Bett und schlurfte ins Wohnzimmer, wo der Laptop noch immer auf dem teuren kleinen Tisch stand.

Malthaner ließ das technische Wunderwerk, und das war in seinen Augen zweifellos jeder Computer, hochfahren. Er klinkte sich ins Internet ein, auf der Suche nach weiteren Informationen über Staringers Zeit in den USA. Er gab Namen, Jahreszahlen, Vereinsnamen in die diversen Suchmaschinen ein. Unglaublich, wie viele Seiten im weltweiten Netz sich mit dem Profi-Eishockey befassten.

Auch nach mehr als zweistündiger Suche war Jörg Malthaner nicht viel klüger. Staringer schien in der amerikanischen Profiliga keine großen Spuren hinterlassen zu haben. Da blieb nur noch eines, respektive einer: Dirk Sachs, Sportredakteur bei der Landeszeitung. Ein wandelndes Lexikon, wenn es um Randsportarten ging. Wie immer man es drehte und wendete: Eishockey war in Deutschland nach wie vor nicht viel mehr als eine Randsportart.

Es war drei Uhr in der Frühe, als Malthaner erneut ins Bett ging.

Es wurde eine quälend lange Nacht für ihn. Phasen des Schlafs wechselten sich mit solchen ab, in denen er sich mit rasendem Herzen hin und her wälzte, so gut es sein körperlicher Zustand erlaubte. Die körperlichen Schmerzen waren nicht das Schlimmste. Er fror, dann schwitzte er. Es war eine beschissene Nacht, die kein Ende nehmen wollte.

Um sieben Uhr stand er auf, nur um sich auf der Couch im Wohnzimmer erneut hinzulegen. Zehn Minuten, dann trieb es ihn wieder hoch.

Er wollte sich beschäftigen, wollte seine trüben Gedanken und den pochenden Schmerz mit Arbeit verdrängen.

Dirk Sachs würde am Montag nicht vor dem frühen Nachmittag in der Redaktion auftauchen. Die Sportredakteure hatten am Sonntag ihren Großkampftag und waren Woche für Woche komplett im Einsatz. Am Tag des Herrn galt es für sie, die Sportereignisse des Wochenendes für die Montagausgabe der Zeitung aufzubereiten. Sachs war mindestens bis Mitternacht am Schreibtisch gesessen, vielleicht sogar noch länger. Malthaner war ungeduldig. Von der Telefonauskunft ließ er sich die Privatnummer von Sachs geben. Von früher wusste er noch, dass er in Leinfelden wohnte. Zum Glück gab es dort nur einen Dirk Sachs.

Malthaner wartete bis Schlag zwölf Uhr, dann wählte er Dirks Nummer. Der Sportredakteur nahm sofort ab. Dass Malthaner ihn anrief, verwunderte ihn nicht wenig, waren sie sich doch in den zurückliegenden Jahren nur sporadisch in den Räumen der Landeszeitung über den Weg gelaufen.

Mit einer langen Vorrede wollte Malthaner sich nicht aufhalten. »Du bist doch der Eishockey-Experte unter den deutschen Print-Journalisten«, schmierte er dem Berufskollegen Honig ums Maul. »Ganz spontan: Was fällt dir zum Namen Winfried Staringer ein?«

Dirk musste nicht lange überlegen. Wie aus der Pistole geschossen, zählte er die Stationen Staringers während dessen Profikarriere auf.

Malthaner war beeindruckt. »Wie erging es Staringer denn damals in der National Hockey League?«

Dirk Sachs bestätigte zunächst das, was Malthaner durch seine Recherchen bereits herausgefunden hatte. Nämlich, dass Staringer nicht über den Status eines Ergänzungsspielers hinaus gekommen war und dass eine Verletzung seinen Traum von der großen Karriere in Amerika jäh beendet hatte. Näheres wusste Dirk nicht. Er bot an, in seinen Unterlagen nachzusehen und sich wieder bei Malthaner zu melden.

Es dauerte keine zwanzig Minuten, da rief Dirk tatsächlich zurück. »Ich habe einfach mal in meinen alten NHL-Jahrbüchern nachgeschlagen. Das sind die Bibeln in allen Fragen rund ums nordamerikanische Eishockey. Also, pass auf: Staringer hatte in der Saison 1984/85 ganz gut begonnen. Die Verantwortlichen bei den Flyers hielten offenbar große Stücke auf ihn. Dann erlitt er diese fürchterliche Verletzung im Training. Ein Puck erwischte ihn voll im Gesicht, als er gerade den Helm abgenommen hatte und das Eis verlassen wollte. Der Puck zertrümmerte sein Gesicht, er erlitt einen Jochbeinbruch, knallte mit dem Schädel aufs Eis und war wohl gefährlich lange bewusstlos.«

Die Delle in Staringers Gesicht. Davon war er also gezeichnet – für sein Leben. Staringer begann fast Malthaner leid zu tun.

»Den Puck hatte übrigens Mark McInally abgefeuert, in den Achtzigern ein echter Held bei den Flyers.«

»Solche Details stehen in Deiner Eishockeybibel?«
Malthaner war ehrlich beeindruckt.

»Ja. Im amerikanischen Eishockey wird alles und jedes
penibel festgehalten. Wahrscheinlich könnte ich auch problemlos herausfinden, welche Farbe McInallys Stuhlgang
am dritten Spieltag der Saison hatte. Die halten wirklich alles
in irgendwelchen Statistiken und Protokollen fest. Seit es
das Internet gibt, ist das noch viel verrückter geworden.«
Dirk freute sich aufrichtig darüber, dass endlich jemand
sein Wissen zu würdigen wusste. »Wusstest du, dass es eine
private amerikanische Fansite im Netz gibt, auf der du die
Größe der Penisse aller aktuellen Spieler nachlesen kannst?
Kein Witz.«

»Nein, wusste ich nicht. Erzähle mir etwas über diesen
McInally.«

»Nun, er war über viele Jahre eine echte Stütze der Philadelphia Flyers. Ein durchsetzungsstarker Stürmer mit
einem beeindruckenden Schlagschuss. Ist bei den Flyers
groß geworden und über ihr Farmteam schon als junger
Spieler ins NHL-Team gekommen. Er hat nie in einem anderen Verein gespielt. Dürfte weit über 500 Spiele gemacht
haben. Wenn es dich interessiert, sammele ich ein bisschen
Material, sage Dir, wie viele Spiele genau er gemacht hat,
wie viele Tore er dabei erzielt hat, wie viele Assists er gegeben hat und so was. Ist kein Problem.«

Malthaner bremste den euphorischen Sportredakteur,
der nicht einmal fragte, aus welchem Grund er diese Informationen haben wollte. »Nein, das ist wirklich nicht
nötig. Weißt du, was aus McInally nach seiner Karriere
geworden ist?«

»Nein, aber das finde ich raus, wenn du willst.«

»Nur wenn es keine Umstände macht.«

»Doch, macht es, aber es bereitet mir ja auch Spaß. Üb-

rigens habe ich dich schon lange nicht mehr in der Redaktion gesehen.«

»Ich arbeite seit längerem nur noch als fester Freier, vor
allem für Hauser von der Landesseite.«

»Das habe ich gehört.« Dirk schien kurz nachzudenken. »Klar, du sitzt jetzt doch irgendwo in der Provinz
draußen.«

»Provinz? Das muss mir ausgerechnet einer aus Leinfelden sagen.«

»Schon gut, Kollege. Wenn ich ein bisschen mehr über
McInally erfahren habe, sage ich dir Bescheid. Gib mir doch
mal deine Nummer.«

Malthaner nannte die Nummer von Brigittes Anschluss.
»Es kann sein, dass sich meine Nummer ziemlich bald ändert, ich ziehe demnächst um.« Es versetzte ihm einen Stich
das zu sagen.

Malthaner drückte das Gespräch weg und wählte sofort eine
neue Nummer. Die von Polizeisprecher Theo Reiher.

»Sie schon wieder«, begrüßte ihn Reiher, ohne dass es
abwertend klingen sollte.

»Ich schon wieder, ja. Ich habe einen Namen für Ihre
Kollegen, die in Amerika recherchieren. Mark McInally,
müsste jetzt so um die Mitte vierzig sein, ehemaliger Eishockeystar bei den Philadelphia Flyers. Den müssten Sie
doch finden können.«

Reiher wollte wissen, wie er auf McInally kam und Jörg
Malthaner sagte es ihm.

»Da kombinieren Sie sich ja was Wildes zusammen, Sie
Spürnase«, lautete die Reaktion des Polizeisprechers und
Malthaner bildete sich ein, so etwas wie ehrliche Hochach-
tung aus den Worten heraus zu hören.

»Wie haben Sie in unserem Telefonat vorhin so schön

gesagt: Es passieren die unglaublichsten Dinge.« Damit legte Malthaner auf.

Den Nachmittag quälte er sich mit seinen Fragen und seinen Schmerzen herum, nahm zwei Tabletten, dachte über sein Leben nach Brigitte nach und fiel damit wieder in das tiefste schwarze Loch. Das aus jedem Blickwinkel unsinnige Unterfangen, zur Ablenkung seine Plattensammlung neu zu ordnen, brach er schnell wieder ab.

Reinhard meldete sich, fragte nach seinem Wohlbefinden und bot therapeutische und praktische Hilfe an. Ein Anruf genüge. Ob Neugierde oder Ritterlichkeit hinter dem Angebot steckte, wurde Malthaner nicht klar.

Er rief Hauser in der Redaktion an und berichtete ansatzweise davon, was ihm zugestoßen war und dass in den kommenden Tagen nicht mit großen Geschichten seinerseits zu rechnen sei. Hauser schien bestürzt zu sein über seine Schilderungen.

Brigitte ließ sich nicht blicken und rief auch nicht an. Verdammt, sie hätte ruhig erfahren sollen, was für Abenteuer er hinter sich hatte und welche Schmerzen er litt. Den Rest des Tages verbrachte Malthaner in einem Emotionswirrwarr aus Trauer, Selbstmitleid und Hoffnung. Hoffnung worauf, er wusste es nicht.

Zwischendurch schlief er immer mal wieder ein. Jedes Mal war das Aufwachen mit Katersymptomen verbunden, obwohl er nichts getrunken hatte. So dämmerte er der Nacht entgegen und ging um zehn ins Bett. Erstaunlicherweise konnte er einigermaßen schlafen, wenn auch nur etappenweise.

Der Schlaf half. Er fühlte sich ein bisschen besser, als er am Dienstag früh aufstand. Nicht gerade wie das blühende Leben, nicht gerade wie ein junger Springinsfeld, aber deutlich besser als am Vortag.

Der Vormittag verstrich mit Routinetätigkeiten. Malthaner brauchte etwas, an das er sich halten konnte, also putzte er die Küche, so gut sein körperlicher Zustand das erlaubte. Jörg Malthaner als Hausmann, lächerlich und doch beruhigend irgendwie. Sein Mittagessen bestand aus einer Päckchensuppe, die er sich aufwärmte.

Das Telefon. Es war Brigitte, die aus ihrer Praxis anrief.

Sie hatte bis zu diesem Zeitpunkt keine Ahnung davon, was am Wochenende geschehen war. Immerhin nahm sie sich die Zeit ihm zuzuhören. Haarklein schilderte er die Vorfälle.

Sie sprachen eine halbe Stunde miteinander. Als er auflegte, hatte er das Gefühl, dass Brigitte milder gestimmt war als zu Beginn ihres Gesprächs.

Gut möglich, dass er sich täuschte.

Reiher meldete sich gegen zwei am Nachmittag. »Beeindruckt, Malthaner, ich bin beeindruckt.«

»Was?«

»Die Dinge gehen so flugs, dass mir Angst und Bange werden könnte. Halten Sie sich fest: Dieser Mark McInally ist seit Monaten verschwunden.« Malthaners Herz pochte im wilden Rhythmus. »Das heißt, ich bin möglicherweise richtig gelegen?« Er konnte es selbst kaum glauben, mehr als eine spinnerte Idee war das bisher für ihn nicht gewesen.

»Das weiß ich noch nicht. Aber der Name Mark McInally war für die amerikanische Polizei ganz offensichtlich so etwas wie ein wirksamer Tritt in den Allerwertesten. Nach unserem Gespräch gestern habe ich den ermittelnden Kol-

legen den Namen McInally genannt und die haben ihn an
die Amerikaner geschickt. Kurz und gut: Die Kollegen in
Amerika scheinen ein riesiges Interesse an unserem Toten
entwickelt zu haben. Sie interessieren sich wie wild für den
Sachverhalt und eine Beschreibung der Leiche sowie Fotos. Damit nicht genug. Heute sind schon Zahnschema und
DNA-Identifizierungsmuster raus gegangen.«

»Das ist ja 'n Ding.« Malthaner fehlten die Worte. »Was
heißt das: McInally ist verschwunden?«

»Verschwunden eben. Seit Monaten weiß niemand, wo
er sich aufhält. Er gehörte offenbar zu den Charakteren,
die den Abschied aus dem Rampenlicht nicht verkraftet
haben. Alle persönlichen Kontakte hat er irgendwann abgebrochen. Deshalb hat anscheinend auch niemand eine
Vermisstenanzeige aufgegeben. Obwohl McInally zu seiner aktiven Zeit ein echter Star war und Unsummen verdient hat, scheint er keine familiären Kontakte und keine
echten Freunde mehr zu haben. Er soll schon vor langem
mit dem Saufen angefangen haben. Seine Ex-Frau, ein Mo-
del, hat ihm vor Jahren den Laufpass gegeben, haben uns
die amerikanischen Ermittler mitgeteilt. Wie gesagt: Der
hochinteressante Aspekt ist der, dass McInally offenbar
seit Monaten nicht mehr gesehen wurde.«

»Damit sind wir jetzt an dem Punkt angelangt, an dem
wir uns nicht mehr wundern würden, wenn sich heraus
stellen würde, dass der Tote aus dem Zollerngraben ein
ehemaliger Eishockeyprofi namens Mark McInally ist.«

»Genau das versuche ich Ihnen zu sagen.«

»Und dann wäre auch die Verbindung zu einem anderen ehemaligen Eishockeyprofi namens Winfried Staringer
offenkundig.«

»So sieht es aus.«

»Was unternehmen Sie jetzt?«

»Wir warten auf Neuigkeiten aus den USA, und wir sitzen wie auf Kohlen, das dürfen Sie mir glauben. Außerdem haben wir ein Auge auf Staringer geworfen, unauffällig natürlich. Übrigens ist das hier ein, nennen wir es mal Privatgespräch. Ich denke, Sie verstehen, was ich sagen will.«

»Natürlich. Sie bitten mich zum ungefähr tausendsten Mal seit wenigen Wochen, still zu halten.«

»Das auch, ja.«

»Okay, wenn Sie mich weiterhin informieren.«

»Ich mache, was ich verantworten kann, und in diesem Fall sogar mehr als das. Übrigens habe ich Sie noch gar nicht gefragt, wie es Ihnen überhaupt geht.«

»Schon etwas besser. Körperlich zumindest.«

Fast hätte er noch ausgeplaudert, dass er sich bereits beim Kücheputzen versucht hatte, unterließ es klugerweise dann doch. Reiher hakte nicht nach, was es mit der letzten Äußerung auf sich hatte.

Brigitte kam nach Praxisschluss.

Sie hatte eine Tüte mit ein paar Lebensmitteln dabei.

»Wie geht es dir?«, fragte sie, vermied aber eine Berührung oder gar einen noch so flüchtigen Kuss.

»Geht so«, antwortete er und wich ihrem Blick aus wie ein Schulbub, der bei einem Streich erwischt worden war und sich jetzt einer Gardinenpredigt seiner Mutter sicher sein konnte. »Die vorletzte Nacht hat mich ganz schön mitgenommen.« Mit einem Tempotaschentuch putzte er sich die Nase. Eine Geste, die nur zum Teil der Notwendigkeit entsprang und dazu diente Zeit zu gewinnen. Brigitte ließ ihn zappeln. Sie sagte nichts.

»Man wird eben nicht jünger«, versuchte er sich an einem saloppen Spruch, der nicht verfing. Niemand auf dieser Welt schien sich noch mit seinem Humor anfreunden zu können.

Sie überging die Bemerkung einfach. »Was haben die Ärzte gesagt?«, fragte Brigitte.

»Ich sei ein Glückspilz, meinte der eine im Krankenhaus.«

»Ach ja? Fühlst du dich denn als Glückspilz?« Ein bohrender Blick von ihr.

»Im Gegenteil.« Jetzt suchte er doch ihre Augen. Brigittes Blick war hart und signalisierte ihm, dass es kein Zurück gab.

»Welche Medizin haben sie dir verschrieben?«, wollte sie wissen. Malthaner deutete auf das Päckchen mit den Tabletten, das auf dem Couchtisch lag. Brigitte schaute nur kurz darauf und sagte dann: »Das ist in Ordnung. Die hätte ich dir in diesem Fall auch gegeben.« Kein Versuch, sich seine Verletzungen selbst anzuschauen. »Kommst du alleine klar?«, fragte Brigitte stattdessen nur.

Er nickte stumm.

»Gut, ich bleibe noch ein paar Tage bei Moni. Morgen Vormittag rufe ich dich mal an, wenn es recht ist.«

»Natürlich.«

Sie ging ins Schlafzimmer, aus dem sie nach zwei Minuten wieder herauskam, ihre zweite Reisetasche in der Hand, offenbar wahllos voll gestopft mit Kleidung.

»Bis dann«, sagte Brigitte und wandte sich zum Gehen. Auch diesmal kein Kuss, keine Berührung, noch nicht einmal ein Händedruck.

»Brigitte«, rief er ihr nach.

»Ja?«

»Zum ersten des nächsten Monats habe ich eine Wohnung«, sagte er.

»Vermutlich die, von der Andi neulich geredet hat.« Eine Antwort wollte sie gar nicht hören, rauschte davon und ließ ihn mit runderneuerter Traurigkeit in ihrer Wohnung zurück.

Er verbrachte den Rest des Tages in Agonie.

Mittwoch. Es begann zu tauen.

Das Gluckern des ablaufenden Schneewassers in den Straßengullys war bei gekippten Fenstern bis ins Wohnzimmer zu hören. Die Sonne traute sich etwas zu und strahlte selbstbewusst von einem postkartenblauen Himmel.

Ein unerklärliches und gar nicht zu seinen Lebensumständen passendes Hochgefühl hatte sich unbemerkt angeschlichen, wie Malthaner freudig überrascht registrierte. Er fühlte sich dem Tag gewachsen.

Für den Abend nahm er sich einen Abstecher zu Enzo vor. Ein Viertel Wein oder ein Pils konnten keinen großen Schaden anrichten. Vielleicht hatte Reinhard Lust mitzukommen. Sonst würde sich sicher jemand anderer aus seinem Bekanntenkreis finden.

Malthaner wollte unter die Leute, zumal er sich körperlich noch einmal ein gutes Stück besser fühlte als am Dienstag. Er traute sich sogar schon wieder zu Auto zu fahren.

Malthaner erarbeitete eine Checkliste für seinen bevorstehenden Umzug. Dabei wurde ihm zum ersten Mal richtig bewusst, dass er erst einmal die Mindestausstattung an Möbeln kaufen musste. Diese Erkenntnis versetzte seiner Euphorie einen ersten Dämpfer. Da musste er wohl mal mit seiner Mutter reden, ob die etwas zuschießen könnte. Das wäre vielleicht die passende Gelegenheit, ihr klar zu machen, dass es nichts mit einer Schwiegertochter Brigitte werden würde.

Am Nachmittag setzte er sich in den Saab, was nicht ohne körperliche Pein möglich war. Die Scheißkarre sprang natürlich erstmal nicht an. So, wie sich die Dinge in den vergangenen Tagen zugespitzt hatten, konnte er sich den Traum vom BMW abschminken. Auch egal. Er orgelte und orgelte, bis Leben in den betagten Motor kam. Den Sicherheitsgurt anzulegen, erschien Malthaner nach einem ersten Versuch angesichts der damit verbunden Schmerzen überflüssig.

In der Buchhandlung besorgte er sich seine Zeitungen und fand anschließend die Muße, einen kleinen Spaziergang durchs Städtchen zu machen. Er fand alles vor wie immer. Das gefiel ihm. Seine kleine Tour beendete er im Café, wo er sich einen Cappuccino und einen Grappa gönnte. Dann suchte er Reinhard in seiner Firma auf, um ihm mitzuteilen, dass Jörg Malthaner wieder bereit war, am Leben teilzunehmen, und willens, den Abend bei Enzo zu verbringen.

Wieder zuhause, blätterte er sich durch die Zeitungen und vertrödelte die Zeit bis um acht. Dann fuhr er erneut in die Stadt und adelte Enzo mit seinem Besuch. Reinhard war schon da. Sie tranken und redeten. Malthaner flirtete ein wenig mit einer entfernten Bekannten, die mit den anderen Teilnehmern ihres Volkshochschulkurses einen Abstecher zu Enzo machte.

Reinhard war bestens gelaunt. Er kannte sogar jemanden, der Umzugskartons verlieh, er selbst bot seinen Geländewagen für einen Umzug an und stellte ansonsten vollkommen entgegen seiner Gewohnheit keine weiter gehenden Fragen. Dann verabschiedeten sie sich.

Was für ein ereignisloser Tag. Herrlich!

Der Donnerstag begann mit anhaltend guter Laune, was Jörg Malthaner mittlerweile etwas weniger irritierte.

Die Schmerzen schienen von Tag zu Tag konstant nachzulassen, auch wenn er sich das Mountainbiken sicher noch längere Zeit verkneifen musste.

Malthaner sortierte halbherzig seine Habseligkeiten. Allzu vieler Umzugskartons bedurfte es wohl gar nicht, wenn er aus Brigittes Wohnung und ihrem Leben verschwand.

Für den Nachmittag hatte er sich erneut eine kleine Stadtrunde vorgenommen: Zeitungen besorgen und ein paar unnötige Einkäufe erledigen.

Die Frage, womit er in der allernächsten Zukunft Honorar verdienen wollte, ließ sich nicht ganz so leicht verdrängen, wie er sich das gewünscht hätte. Vielleicht ließe sich aus der Satanisten-Geschichte eine interessante Story machen, die er mehrfach verkaufen konnte. Dann dachte er an eine Story über einen ehemaligen Eishockey-Profi, der jetzt einem obskuren Zeitvertreib nachging. Daran würden ganz bestimmt ein paar Sportredaktionen über die Landeszeitung hinaus Interesse zeigen.

Der Saab schien sich wieder mit ihm versöhnt zu haben, der Motor lief auf Anhieb rund. Sicher spürte auch er den möglicherweise doch beginnenden Frühling nach dem letzten, massiven Kälteeinbruch.

Warum auch immer, ohne so recht darüber nachzudenken, wählte er einen kleinen Umweg. Über die Lortzingstraße, Wohnadresse von Winfried Staringer, keine zwei Fahrminuten von Brigittes Penthouse entfernt. Er bog an dem Eckhaus ab, dessen Form der Architekt einer Tropfsteinhöhle nachempfunden haben mochte. Tempo 30. Seine Neugierde hielt ihn dazu an, die vorgeschriebene Höchstgeschwindigkeit noch deutlich zu unterschreiten, als er sich Staringers Haus näherte.

Der Cayenne war auf dem Gehweg geparkt, dahinter ein Streifenwagen. Drei Mercedes kleinerer Bauart, die auf den ersten Blick als zivile Polizeiwagen zu enttarnen waren, standen in der großen Garageneinfahrt, die Fläche für ein weiteres kleines Haus geboten hätte. In jedem Auto saß ein Fahrer. Das Tor von Staringers gewaltiger Doppelgarage stand offen und das knallrote Heck eines Saab-Cabriolets lugte heraus. Gerne hätte Malthaner selbst so ein Auto besessen.

Langsam ließ er seinen alten Wagen vorbeirollen. Er glotzte aus seinem Saab, der es nicht annähernd mit der Eleganz des Cabrios neuesten Jahrgangs aufnehmen konnte, heraus auf die Szenerie, wie Gaffer es bei Autobahnunfällen zu tun pflegten. Er wusste, dass sich die Insassen der Polizeiautos für ihn interessieren mussten, so wie er den Hals reckte.

Auffallend langsam fuhr er weiter. Hundert Meter später stoppte er, kurvte in eine Hofeinfahrt und wendete. Genau so langsam rollte er die Straße in entgegen gesetzter Richtung wieder zurück. Dass sein Interesse an den Vorgängen augenfällig war, daran war nichts zu ändern.

Viel mehr als gerade eben schon machte er nicht aus, nur, dass auch die gewaltige, kupferfarbene Hauseingangstüre offenstand. Die Bullen in dem Mercedes schauten ihn mindestens so neugierig an wie umgekehrt.

Malthaner fuhr weiter. Ein Einsatzkommando bei Staringer zuhause, so malte er sich das aus.

Das konnte nur eines bedeuten.

Unter Schmerzen in der Rippengegend nestelte er das Handy aus der Tasche seiner Lederjacke. Die Büronummer von Theo Reiher hatte er im Kopf und tippte sie ein. Mit der linken Hand lenkte er das Auto, das sich jetzt fast wieder auf Höhe von Brigittes Wohnung befand.

»Polizeidirektion, Pressestelle, Reiher«, tönte ihm entgegen.

»Ich bin's.« Das genügte, um Reiher seufzen zu lassen. »Verhaften Ihre Leute in diesem Moment Winfried Staringer?«, fragte er den Pressesprecher.

»Woher wissen Sie das schon wieder?«, antwortete der mit einer Gegenfrage.

»Sie wissen doch, dass Staringer fast so etwas wie mein Nachbar ist. Auch wenn ich selbst das während der beiden vergangenen Jahre gar nicht gewusst habe. Ich bin eben an seinem Haus vorbei gefahren, rein zufällig, und da sehe ich, dass die Artillerie auf dem Hof steht.«

»Da kann ich Ihnen ja wohl schwerlich etwas vormachen, Malthaner. Sie haben Recht, was Ihre Vermutung angeht. Die Kollegen verhaften Staringer wegen des Verdachts des Mordes an einem amerikanischen Staatsbürger namens Mark McInally.«

Bei den letzten Worten Reihers trat Malthaner so stark auf die Bremse, dass der Saab auf der immer noch nassen Fahrbahn ins Rutschen geriet. Gut, dass kein Wagen hinter ihm war. »Meine Fresse«, entfuhr es Malthaners Mund.

»Nach allem, was Sie sich so zusammengereimt haben, dürfte Sie diese Entwicklung wohl nicht mehr so überraschen«, hörte er von Reiher. »Grund zur Überraschung bietet allerdings die Dynamik, mit der die Sache über die Bühne geht. Das habe ich in meinen vielen Dienstjahren kaum einmal so erlebt.«

Die Zeitungen konnten warten, der Stadtspaziergang auch. Malthaner bugsierte den Saab wieder an die Stelle vor dem Haus, indem sich Brigittes Wohnung befand, von wo aus er vor zehn Minuten gestartet war. »Was haben Sie Konkretes gegen Staringer in der Hand, dass Sie ihn verhaften?« Er blieb zum Telefonieren im Auto sitzen.

»Tut mir leid, aber diesmal kann ich auch Ihnen nichts sagen.«

»Reiher, ohne mich würde die Polizei noch völlig im Dunkeln tappen.«

»Da bilden Sie sich zwar ziemlich viel ein, aber ich habe Ihnen in dieser Angelegenheit bereits viel mehr anvertraut, als meine Position rechtfertigt.«

»Sie werden in ein paar Wochen pensioniert, also haben Sie sich nicht so.«

»Nein, ich kann wirklich nicht. Abgesehen davon, bin ich über die Details selbst noch nicht informiert.«

»Wann erfahre ich etwas?«

Reiher machte einen auf zornig. »Setzen Sie mich nicht unter Druck. Sie wissen, dass ich schon einiges für Sie riskiert habe, also halten Sie sich bitte einmal zurück.«

»In dieser ganzen Angelegenheit haben Sie von Anfang an Zurückhaltung von mir gefordert und ich habe meinen Teil der Abmachung eingehalten.«

»Wir den unseren auch. Sie hören von mir, sobald ich etwas nach außen geben kann«, sagte Reiher und legte auf. Malthaner bedachte sein Handy mit einem wütenden Blick.

Zwei Tage später meldete sich Theo Reiher.

Zwei Tage, die Malthaner damit verbracht hatte, seinen Umzug vorzubereiten, seine künftige Wohnung noch einmal gemeinsam mit Andi Maurer zu inspizieren, im Möbelhaus ein Bett und einen Schrank zu bestellen und seiner Mutter vom Scheitern seiner Beziehung zu Brigitte zu berichten. Die Tränen blieben aus, Gott sei Dank, und auch sonst nahm sie es wenigstens ein bisschen gelassener auf, als er befürchtet hatte.

»Staringer hat ein Geständnis abgelegt.« Wie fast immer kam der Polizeisprecher ohne Umschweife auf den Punkt. Dann berichtete er. Zwanzig Jahre lang hatte die Flamme des Hasses auf Mark McInally in Winfried Staringer gelodert. Jenen schlimmen Trainingsunfall, der nicht nur die Hoffnungen Staringers auf eine Weltkarriere im Eishockey-Sport zunichte gemacht, sondern ihn nach eigenem Empfinden für den Rest seines Lebens entstellt hatte, konnte er nie verwinden. Reiher schien selbst betroffen zu sein, so wie er die Worte heraus stanzte. »Je älter Staringer wurde, desto mehr machte er Mark McInally dafür verantwortlich, sein Leben zerstört zu haben. Gerade so, als hätte sein früherer Mannschaftskamerad ihn mit Absicht schwer verletzt. Die Millionen, die er im Eishockey verdient hatte, konnte Staringer nicht einmal als kleines Trostpflaster empfinden. Können Sie sich das vorstellen?«

»Nein. Aber ich kann mir auch nicht vorstellen Millionen zu besitzen.«

»Passen Sie auf. Es kommt noch besser oder vielleicht sollte ich sagen: schlimmer. Winfried Staringer ist seit zwanzig Jahren in therapeutischer Behandlung, erst in den USA, später nach seiner Rückkehr nach Deutschland dann an seinen jeweiligen Stationen als Profi. Jener Schlag auf seinen Kopf damals hat nicht nur diese äußere Verletzung nach sich gezogen, sondern es muss damals auch im Kopf etwas kaputt gegangen sein, wenn ich mich einmal so laienhaft ausdrücken darf.«

»Sie dürfen.«

»Ein Therapeut in Tübingen, bei dem Winfried Staringer seit langem in Behandlung ist, hat versucht den Kollegen zu erklären, welche Folgen dieser Trainingsunfall für die Psyche von Staringer hatte. Er muss sich wohl im Lauf der Jahre stark verändert haben. *Er war danach vermutlich nicht mehr derselbe,* hat dieser Arzt den Kollegen in die Blöcke diktiert. Staringer steht seit zwei Jahrzehnten permanent unter Psychopharmaka. Im Lauf der Jahre muss sich diese fixe Idee in seinem Kopf festgesetzt haben, dass er sich an McInally rächen muss, dem er die Schuld für das Scheitern seines Lebensentwurfs gibt.«

»Ausgerechnet nach zwanzig Jahren?«

»Ja, so wie es aussieht. Denn früher hat er ihm offensichtlich nie einen Vorwurf gemacht. Es soll sogar ein- oder zweimal im Jahr telefonischen Kontakt zwischen beiden gegeben haben. So hat es uns Staringer erzählt. Erinnern Sie sich, wie Sie mir erzählt haben, dass dieser McInally nach seinem Karriereende zu trinken begonnen hat?«

»Natürlich.«

»Sehen Sie. Auch er soll die Geschichte nie richtig verkraftet haben, weil die beiden damals nicht nur Kollegen, sondern auch Freunde waren. Nun wird niemand behaupten, dass er deswegen irgendwann zehn oder mehr Jahre später zum Trinker geworden ist, aber es mag ein Mosaiksteinchen gewesen sein, das zusammen mit vielen anderen diese Entwicklung gefördert hat. So haben wir es jedenfalls aus Pennsylvania übermittelt bekommen.«

»Und wie kam dieser trinkende, ehemalige Sportheld ohne Freunde und Familie nach Deutschland?«

»Das hat uns Staringer auch verraten. Er macht den Eindruck, dass er mit dem Leben völlig abgeschlossen hat.«

Spontan waberten Bilder durch Malthaners Bewusstsein. Staringer in diesem schwarzen Gewand, wie er die Schale vor sich hält, in die der kleine Schwemmer wichst, während ein halbes Dutzend anderer Schwarzgekleideter in Ergriffenheit zuschauen. Staringer, wie er hasserfüllte Blicke auf ihn am Boden liegend herabschleudert. »... hat er also ausgesagt.« Reihers Stimme wie aus weiter Ferne holte ihn wieder zurück.

»Entschuldigung«, warf Reiher ein, »ich war eben mit den Gedanken etwas abgeschweift. Wie kam dieser McInally hier her nach Albstadt?«

Reiher war irritiert. »Das habe ich doch eben erzählt.«

»Tun Sie mir den Gefallen und erzählen Sie es noch mal.«

Reiher sprach weiter: »Der Kontakt zwischen Staringer

und McInally war in all den Jahren nie völlig abgerissen, wie ich Ihnen schon sagte. Sie telefonierten wohl zwei-, dreimal im Jahr miteinander. Wahrscheinlich, und das vermuten die in diesem Fall ermittelnden Kollegen nach den Aussagen von Staringer sehr stark, hat dieser McInally nie gewusst, dass ihm sein deutscher Freund schwerste Vorwürfe macht. Unglaublich, oder?«

»Ja, aber jetzt weiß ich immer noch nicht, wie McInally nach Albstadt kam.«

»Ganz einfach, Staringer hat ihn eingeladen, der alten Zeiten wegen, und der arme Teufel kam ohne irgendwelchen Argwohn. Wahrscheinlich hat er sich riesig gefreut, seinen alten Kumpel aus guten gemeinsamen Tagen bei den Flyers nach zwanzig Jahren wieder zu sehen.«

»Sind das alles Vermutungen oder Fakten?«

»Es sind die Aussagen Staringers. Sie werden sich vermutlich durch die DNA-Analysen bestätigen. Als Sie vor zwei Tagen bei Winfried Staringers Haus vorbeigefahren sind, war ein Team gerade dabei, das Haus zu durchsuchen und nach verwertbarem DNA-Material von Mark McInally zu suchen. Sie wissen ja, ein Haar oder ein paar Hautschuppen reichen. Das Zeug ist jetzt im Labor und wir sind sicher, dass sich herausstellen wird, dass McInally tatsächlich zu Besuch bei Staringer war.

»Und wie kam McInally ums Leben und seine Leiche in den Zollerngraben?«

»Laut seiner Aussage hat Staringer ihn in seinem Haus erschlagen. Dreimal dürfen Sie raten, mit welchem Gegenstand.«

»Einen Eishockeyschläger, würde ich vermuten.«

»Genau damit! Dann hat er die Leiche in Müllsäcke gepackt und mit seinem Geländewagen zum Zollerngraben gefahren. Wären nicht diese Geologen zufällig genau an dieser Stelle aufgetaucht, dann hätte vermutlich bis heute niemand die Leiche von diesem unglückseligen Amerikaner gefunden.«

»Es passieren eben doch die unglaublichsten Dinge.«

»Malthaner, Sie sagen es.«

22

Der Wein schimmerte rot und verlockend im Glas.

Wieder hielt Malthaner die Hülle der alten Kristofferson-Platte in Händen, die er seit Jahren nicht mehr angerührt hatte und nun schon zum zweiten Mal innerhalb weniger Tage hörte und deren Songs ihn berührten, wie das seit langem keine Musik mehr geschafft hatte. Wieder und wieder dachte er an Brigitte. Sie rief immerhin jeden Abend an, weigerte sich aber, ihm die Nummer von Moni zu geben.

Es hat keinen Sinn. Das waren Brigittes Worte bei ihrem letzten Anruf. Sie hatte innerlich längst Abschied genommen.

Vorsichtig, geradezu zärtlich, setzt er den Tonarm auf die Platte.

Loving her was easier.

Er gab sich der Melancholie hin.

I have seen the morning burning golden on the mountain in the skies
Aching with the feeling of the freedom of an eagle when she flies
Turning on the world the way she smiled upon my soul as I lay dying
Healing as the colors in the sunlight and the shadows of her eyes

Waking in the morning to the feeling of her fingers on

my skin
Wiping out the traces of the people and the places that
I've been
Teaching me that yesterday was something that I'd
never thought of trying
Talking of tomorrow and the money love and time we
had to spend

Loving her was easier than anything I'll ever do again
Coming close together with a feeling that I've never
 known before in my time
She ain't ashamed to be a woman or afraid to be a
friend
I don't know the answers to the easy way she opened
every door to my mind

But dreaming was as easy as believing it was never gon-
na end
And loving her was easier than anything I'll ever do
 again.

Die Dinge würden nicht einfacher werden in Zukunft.

Jörg Malthaner goss sich ein weiteres Glas ein. Schwerer Rotwein und dazu Songs von Kris Kristofferson, die er in seiner Jugend gehört hatte und die Malthaner deutlich machten, dass er seine besten Zeiten hinter sich hatte. Er wusste, dass seine Stimmung sehr schnell in Depression umschlagen konnte, aber das war ihm egal an diesem Abend.

ENDE

Peter Wark
Versandet

260 Seiten, 11 x 18 cm, Paperback.
ISBN 3-89977-57-3. € 9,90.

Beim Bau einer Sandburg macht Aussteiger Martin Ebel, der seine Stuttgarter Heimat mit der idyllischen Kanareninsel La Palma tauschte, eine grausame Entdeckung: Ein leichenstarrer Arm streckt sich ihm aus dem Ufersand entgegen.

Dass es sich bei der Leiche um einen ehemaligen Bekannten aus dem Schwabenland handelt, ist nicht gerade von Vorteil für ihn. Die spanische Polizei scheint sich immer hartnäckiger darauf zu versteifen, dass der ehemalige Rechtsanwalt und jetzige Aussteiger der ideale Täter ist.

Und auch die Inselmafia zeigt plötzlich Interesse am bis dahin harmlosen Individualisten.

Peter Wark
Absturz

279 Seiten, 11 x 18 cm, Paperback.
ISBN 3-89977-601-1. € 9,90.

Der Wander- und Biketourenführer Miguel verschwindet spurlos bei einer Tour mit einigen deutschen Touristen auf der Kanareninsel La Palma. Die Suche seiner deutschen Aussteigerfreunde Ebel und Siggi bleibt erfolglos. Alles spricht dafür, dass er an einem steilen Grat mitsamt seinem Mountainbike abgestürzt ist. Nichts erhärtet den Verdacht, dass jemand bei Miguels Absturz nachgeholfen haben könnte.

Dafür kommen eigenartige Dinge aus Miguels Privatleben ans Licht: Was hatte er mit dubiosen Grundstücksgeschäften auf La Palma zu tun? Welche Rolle spielt das Unternehmen Canarias Invest? Hängt alles mit dem großen Tunnelbauprojekt auf der Insel zusammen?

Ihre Meinung ist gefragt!

Mitmachen und gewinnen

Als der Spezialist für Themen-Krimis mit Lokalkolorit möchten wir Ihnen immer beste Unterhaltung bieten. Sie können uns dabei unterstützen, indem Sie uns Ihre Meinung zu den Gmeiner-Krimis sagen!

Füllen Sie den Fragebogen auf www.gmeiner-verlag.de aus und nehmen Sie automatisch am großen Jahresgewinnspiel teil. Es warten »spannende« Buchpreise aus der Gmeiner-Krimi-Bibliothek auf Sie!

Die Gmeiner-Krimi-Bibliothek

Alle Gmeiner-Autoren und ihre Krimis auf einen Blick